這個世界孤獨而寂寞，殘酷而艱難，但足夠美。

2025. 張雲

鯨背上的少年

張雲——著

WHALE RIDER

寫給我的兒子多吉

在一切足跡中，
大象的足跡最為尊貴，
因為牠的大腳，
總選擇最困難的那條路。

在一切歌聲裡，
鯨的歌聲最為動聽，
因為牠的吟唱，
折射出星空和大海。

當初，一切都是虛空。

神創造了大海、陸地和星光，也創造了萬物生靈。

他看到人作惡，就掀起洪水淹沒世界。

有一對男女在洪水中倖存，划著木架皮舟在海上漂流。

在他們快要餓死的時候，一頭巨鯨游過來，

牠說：「我把我的身體奉獻給你們，

我的後代也將如此，但你們要發誓，

只能用於你們的生存，否則便會受到詛咒。」

兩人發了誓，獵捕了巨鯨，活了下來。

後來，他們發現了一片廣袤的土地，自此繁衍生息。

他們，就是我們尤皮特人的祖先。

——尤皮特人的古老傳說

人類捕鯨的歷史已有兩三千年，當初只是為了基本的生存。
十六世紀，人類有了能夠遠洋航行的船隻，便將貪婪的目光聚焦到鯨身上。
鯨的最大用處首先在於能夠提供照明和作為工業原料的鯨油，
其次是用來支撐歐洲女人「緊身束腰魚骨」裙撐的鯨鬚。

之後的幾百年，無數船隻衝向大海，
無數捕鯨槍瘋狂地射向這種世界上最大的動物。
他們剖開鯨的身體掏出鯨油，割下鯨的尾巴抽出鯨鬚，
然後把鯨屍拋入大海。

幾百年內，鯨的鮮血染紅了海水，
牠們的淒慘叫聲從未斷絕，沒人能說清有多少頭鯨慘遭屠戮。
僅以北極地區為例，從 1532 年到 1914 年，
商業捕鯨在這裡持續了近四個世紀，共有約二十億頭弓頭鯨被捕殺。

這種曾經在海洋裡繁衍生息無數年、隨處可見的龐然大物，
如今已很難再見到，甚至瀕臨絕跡。

——《捕鯨史》

繪製 © 林彥伶

冰裂谷
希望角
禁地
觀察站
惡魔島
斷頭
旅館
颶風的帳篷
碼頭
船塢
弓頭村
道

序幕

「先生，警察這個職業，你做了多少年？」

「這個……二十幾年了吧。」

「在此之前，你去過大海嗎？」

「休假的時候會到沙灘曬曬太陽。吹著海風，喝著啤酒，看看身穿比基尼前凸後翹的漂亮美女，嘖嘖……」

「我說的不是旅遊。我是說，你在海上待過嗎？」

「你指的是在船上？」

「是的。在船上作業，比如捕魚。」

「我一個連游泳都不會的人，你覺得我會在船上工作嗎？你到底想說什麼？」

「先生，你知道海上的人死了之後，會怎樣嗎？」

「應該是被洗刷乾淨，裹上白布，大家湊在一起百無聊賴地悼念一下，接著哐啷一聲拋進海裡吧。」

「然後呢？」

「然後？還能有什麼狗屁然後，當然是餵魚了！海洋裡最不缺的就是饑腸轆轆的魚！死了就是死了。」

「不不不，據我所知，不是這樣。」

「不是這樣？」

「是的。」

「那會怎樣？」

「他們的靈魂會騎著巨鯨，在壯闊的海洋裡巡游、嬉戲。在風暴停息、星斗閃爍的晚上，如果你足夠幸運，就能見到他們。」

「別扯了，你以為我是一個喜歡《彼得潘》的小屁孩嗎？」

「不，先生，我沒有騙你。我親眼見過。」

那東西

「應該是狼，這傢伙遇到了狼群，可憐的東西。」一條腿半跪在地上的「紅鼻頭」站起來，吸了吸鼻子，喃喃地說。

他是個高大的中年白人，滿臉的鬍鬚，穿著一身圓鼓鼓的棉服，腰上掛著的是一隻僵硬的山貓，隨著他的動作晃悠了幾下。

「真是冷極了。」紅鼻頭哆哆嗦嗦地掏出菸，點上火，抽了一口，看著地面。

這是北地最邊緣的一片林地。短暫的秋季很快就要過去，綿延的黑杉林和低矮的灌木叢沿著山丘起伏，再往北，能遙遙看到一望無垠的茫茫冰原。

地面已經結凍，苔蘚呈現出半死不活的灰綠色，再過段日子，就會下雪，那時這裡將成為世界上最荒涼之地。

「不光狼，還有別的。」紅鼻頭的同伴蹲在地上，表情很不好地說。

他的年紀和紅鼻頭相仿，穿著一身舊舊的綠色軍用連帽大衣，兜帽很大，鑲著皮毛的帽沿下，露出一隻獨眼。

和紅鼻頭相比，獨眼要矮得多，黃皮膚，黑頭髮，面部寬大，顴骨突出，四肢短，軀幹大，因為掉了一顆門牙，說話還有些漏風。

「別的？」看著獨眼有些驚慌的神情，紅鼻頭咧嘴一笑，「兄弟，這種鬼地方，難道還有電視裡那種張著嘴巴到處咬人、腦袋挨一槍才能掛掉的殭屍嗎？」

獨眼一聲不吭地站起來，用手中的槍指了指周圍。那是一把老舊的來福槍，槍托傷痕累累。

「相信我，朋友。我的祖先成為這片大地的主人時，你的祖先還在遙遠的歐洲摟著母豬睡覺呢。」獨眼吐了一口唾沫，望向不遠處的一條淺河，「看到了嗎，那傢伙順著河過來，我想是來這裡吃草的，畢竟這裡的草和苔蘚更肥美些，可牠運氣不好，很快便被三頭狼盯上了。」

兩人面前的空地上，翻開的苔蘚和斷裂的樹枝散落著，一簇簇馴鹿毛隨處可見，還有凌亂不堪的印記——八字形的蹄印屬於馴鹿，而伸展開來跳躍著的，是狼。

「獨行，碩大，應該是頭成年公鹿。發現狼群之後，牠退到這裡，成了一個死角，亮出牠尖銳的角備戰。戰鬥不會太久，一頭狼受傷了。公鹿逃了出來，來到……來到這裡，很快又被圍住，面對三頭饑餓的狼，牠根本沒有勝算。」獨眼在空地周圍遊走著，彷彿那場戰鬥就發生在他的眼前。

紅鼻頭似乎也發現了異樣，他走過來，和獨眼並肩站在一起：「既然如此，那三頭狼會在這裡咬死牠，接著大快朵頤，但這裡連一滴血都沒有，看來馴鹿是逃掉了。」

獨眼認同紅鼻頭的話，可很快又搖了搖頭：「是狼群放棄了。」

「為什麼？這不可能。」

「很簡單，牠們在即將得手的時候，遇到了別的捕食者。」聽完獨眼的話，紅鼻頭盯著地面，終於有所發現，「難道是熊？」

在馴鹿、狼群糾纏的凌亂腳印不遠處，有一串大而深的印記。「我的朋友，如果是熊的話，我會這麼緊張嗎？」獨眼拎著槍，走近那串印記。

印記從旁邊的灌木叢中出來，一直延伸到河邊。

「的確，熊的爪印不是這樣的。看上去更像是水獺，不過這爪印可比熊的大多了，根本不可能有這麼大的水獺。」紅鼻頭的臉色終於凝重起來。

「你再仔細看看爪印之間的距離。」獨眼放下槍，擺出一個四肢朝地的姿勢，比畫了兩下。

紅鼻頭的雙眼逐漸睜圓，「這東西……始終是兩隻爪子走路的！在這鬼地方，除了熊，根本不可能有別的東西會直立行走，但熊的步子不可能這麼大……」

「有！」獨眼打斷了紅鼻頭的話，警覺地看了看四周。

光線逐漸黯淡下去，一切陷入幽暗，連一絲風都沒有，周圍異常安靜，安靜得令人有些毛骨悚然。

「這片土地上，有你說的這種東西。」獨眼顯然不願意再多逗留，拎起了自己的包，走向淺河。

紅鼻頭快步追上他，「什麼東西？我怎麼沒見過？」

他們快步跨過淺河，穿過一片灌木，進入林地，獨眼嘶的一聲笑了：「你當然沒見過。凡是見過它的人，根本不會活著走出林地。」

「到底是什麼混帳東西？」紅鼻頭懼怕了。

「一種我們尤皮特人代代相傳的、根本不應該屬於這個世界的怪物，惡魔。」

紅鼻頭驟然停住了腳步。

「走吧，朋友，我可不想在這裡碰到那東西。」獨眼低聲道。紅鼻頭沒有搭理獨眼，他的目光死死地盯住前方，盯著林地深處。

「現在不是開玩笑的時候，別嚇我！」獨眼憤怒地小聲哼著。紅鼻頭木然地搖著頭，舉起槍，對準前方。槍身劇烈抖動。獨眼大驚，急忙轉身，抬槍，動作一氣呵成。

黑幽林地裡的灌木叢中，潛伏著一個巨大的黑影。「什麼東西？是那玩意兒嗎？」紅鼻頭道。

獨眼沒有回答。

「逃吧。」紅鼻頭小聲道。

「如果真是它，逃不了，除非你長了翅膀。」獨眼道。冷汗連成串，順著紅鼻頭的臉流下來。

「怎麼辦？」紅鼻頭的牙齒不由自主地打顫。

「拚一拚，或許還有希望。」獨眼緩緩向前走去。

紅鼻頭罵了一句，跟上。兩桿長長的槍管，一點點向前湊近。「開火！」獨眼突然大聲喊了一句。

碰！碰！碰！碰！

清脆的槍聲接連響起，在林地中迴盪開去。「打中了嗎？打中了嗎？」紅鼻頭叫道。

空氣中滿是刺鼻的火藥味，獨眼快速裝上子彈，重新舉起槍：「好像射中了。」

「是嗎？那玩意兒似乎……一動沒動。」紅鼻頭道。「難道被打死了？」獨眼看看紅鼻頭，滿眼疑惑。

「你看我幹嘛？我也不知道。」紅鼻頭聳了聳肩。

二人互看一眼，隨後不約而同地向前邁出了腳。走得足夠近時，紅鼻頭突然哈哈大笑起來，一屁股坐在地上。

「見鬼！讓你的傳說見鬼去吧！怪物，惡魔，哈哈哈，這就是？」紅鼻頭指著那團黑影笑起來，「上帝，你們說的怪物，竟然是頭犛牛？」

的確是犛牛，而且是一頭健壯敦實的雄犛牛，寬闊的牛背正對著二人，粗壯的尖角從又黑又長的鬣毛中伸出來，巨大的頭顱挨在地面上，紫藍色的瞳孔空洞漠然——牠已經死了。

「麝牛怎麼會跑到這裡來？很少見。」獨眼詫異道。

「當然少見，都快滅絕了。」紅鼻頭點起菸，「要是野生的，咱們怕是要惹麻煩，獵殺是犯法的。」

「不是我們殺的。」獨眼轉過臉道。

紅鼻頭吐出菸圈，「我們剛才放了那麼多槍，全都打在這傢伙的身上，怎麼不是？」

獨眼指指牛背上的槍眼，「如果是我們殺的，子彈射進去，鮮血會湧出來，是不是？可你看……」

紅鼻頭望過去，的確有槍眼，但沒有鮮血。那只可能有一種解釋：這頭麝牛之前就死了，血液在寒冷的天氣裡早已凝固。

「見鬼了。」紅鼻頭跳起來，拎起槍和獨眼慢慢走到麝牛的另一側。隨後，兩人同時吸了一口氣。

那是另外一幅景象：從脖頸一直延伸到兩條後腿中間的牛腹被徹底劃開，五臟六腑散落一地，殷紅的鮮血也流了一地，此時已經結凍。

「誰幹的這下地獄的事！」紅鼻頭道。獨眼把槍背在身後，「肚子裡……」

紅鼻頭愣了一下，似乎明白了獨眼的意思：既然內臟全部被掏出，那這頭麝牛的肚子應該癟下去。但牠不僅沒有癟，反而高高鼓起！

二人相互使眼色，一左一右走過去，抓住被切開的牛肚皮同時用力——噗……

一堆東西從裡面滑出來。待看清楚之後，兩人同時發出驚叫。

「上帝呀！」紅鼻頭連連後退，癱倒在地。

那是一個人。

不，準確地說，是一具被肢解了的屍體。

水獺怪

老人身體微微前屈，往玻璃杯中倒入小半杯的威士忌，沒有加冰。那隻因為工作而變得粗大、佈滿老繭的手微微抖動著。溫熱的威士忌，喝起來很爽快。

老人看了看周圍煙霧繚繞中浮現的一張張臉，打了個酒嗝。

「大約二十年前吧，梅爾文，那個娘娘腔，用那把比他爺爺年紀都大、經常卡殼的手槍幹倒了一頭熊，接著往回走了兩英里路，碰到了我。」

老人淡藍色的眼睛瞇了一下，「當時，這傢伙的後半身幾乎全被抓爛了，腸子從屁股一直拖到地上。」

周圍一片寂靜。酒館裡光線昏暗，混雜著菸草、酒水、汗液的氣味。一隻馴鹿的頭被製成標本掛在牆上，有些部位已經破損，髒兮兮的。

「『我殺死了一頭熊，好像又不是熊……』他這麼跟我說，然後就死了。」老人笑了一聲，「在北地，任何一個人說殺了熊，我都會相信，但這個娘娘腔除外。我當時覺得，他根本就是被熊襲擊了，臨死還要說大話。」

旁邊的人小聲笑起來。

「我順著他的腳印往回走，結果真的看到一頭熊倒在一棵黑杉樹下。」老人咳嗽著，漲紅了臉，「我走到跟前，用腳踹了踹，結果裡頭滾出來一個人。一個臉上滿是黑色刺青花紋的尤皮特人。」

「那傢伙打死的是個人啊。」聽眾裡有人說。

老人向說話的人瞪了一眼，「我一輩子都在北地打獵，難道看不出梅爾文的傷是熊弄的嗎？」

「那怎麼解釋？熊肚子裡滑出一個人，難道那頭熊是人變的？」對方笑起來。

老人臉色沉冷如水。

「梅爾文雖然是個娘娘腔，但他的傷不會說謊。那把手槍也丟在現場，現場的子彈的確是槍裡的。」

「那要怎麼解釋熊肚子裡的人？」對方又問。

「這種事情在這片土地上發生不止一次了。」老人身體後仰，靠在椅子上，「那個滿臉刺青的尤皮特人，是個巫師。」

「巫師？」

「具體點說，是邪惡的幻化巫師。他們能召喚惡靈，看透生死，降下詛咒。黃昏的時候，他們會裹上熊皮，在最後一縷陽光的照射下變成灰熊，跑到林地裡與母熊交媾，生下下一代。」老人認真地說。

「老混蛋，你又喝多了。」一個人走過來，奪過老人手中的玻璃杯。

那是個年邁的尤皮特人，身體筆直而消瘦，花白的頭髮上插著根鮮豔的鳥羽，繫著圍裙。他是這家酒館的老闆。

「火把，我整天只是喝酒和睡覺，但我說的都是真的，上帝作證。」老人哈哈大笑，頭挨著椅背，很快打起了呼嚕。人們把目光轉移到名叫火把的酒館老闆身上。

「是真的嗎？」有人問。

「你是說，巫師？」火把點起菸斗。

「變成熊的巫師。」

「這個我可說不好。」火把搖搖頭，「我們尤皮特人在這裡的歷史，可比你們白人長多了，一千年？兩千年？或者更久。我們在這裡狩獵馴鹿、捕鯨，在黑夜中點亮火把詠唱古老歌謠，在黃昏時敲起海豹皮做的法鼓召喚神靈，我們繁衍生息，怡然自得。然後你們這些白人帶著槍炮和瘟疫來了，把這裡變成了地獄。」

火把呼哧呼哧喘著氣，指著外面，「以前，林地裡有數不清的獵物，馴鹿、山貓、麝牛、飛鼠、狼，河裡游著鮭魚、水貂，海裡滿是嬉戲、歌唱的鯨群，冰原上躺著一眼望不到頭的海豹，可現在呢？只有詛咒。」

「巫師真的存在嗎？」聽眾顯然不關心火把說的這些。

「當然，現在還有。」火把直起身，站在那個馴鹿頭標本下，「儘管已經快死絕了，但弓頭村還生活著我們尤皮特人公認的首席大巫師。」

「他能變成熊？」

「怎麼，你想去見識見識？得了吧，我勸你離那裡遠一點。」

「為什麼？」

「那是詛咒之地。」火把白了對方一眼，「相比於巫師，你們這些吃飽了撐著跑到這裡觀光的傢伙，更應該提防水獺怪。」

「水獺怪？」

「或者說水獺人也行。」火把有些口乾舌燥，給自己倒了杯威士忌，「這種事情常常發生在夜晚，靠近河道和沼澤的林地裡。」

房間裡再次安靜。

「開始，你會聽到嬰兒的哭聲，如果你選擇湊過去，那麼你就會變成一堆支離破碎的屍體。」火把揚了揚眉頭，「這是它們的鬼伎倆，用嬰兒的哭聲吸引人靠近，然後殺了他們。」

「水獺怪長什麼樣？」

「沒人真正見過。」火把頓了頓，「據說它們很像水獺，脖子很長，尾巴也很長，有著光滑的皮毛、巨大的長著利爪的四肢，直立行走，還長著人的腦袋，血盆大口一張開，滿是獠牙。」
「這只是傳說吧？」
「傳說？我們尤皮特人會編造無聊的傳說嚇唬自己嗎？」火把有些憤怒，「這種事我聽過很多，而且這兩年也發生過。」
「發生過的意思是……」
「水獺怪將人肢解後，往往會吃掉。如果它已經飽了，就會像我們打了獵物一樣儲藏起來，但方法很特別：需要殺死一頭馴鹿或麝牛，反正是大一點的獵物，然後將肢解的人屍塞到牠們的肚子裡。這兩年，有幾個倒楣蛋就是這樣被人發現的。」
「那就是說，這種怪物真的存在？」
「怪物？」火把冷笑了一聲，「與其說是怪物，倒不如說是人，被詛咒了的人。」
「什麼意思？」
「朋友，你知道我們尤皮特人是怎麼來到這裡的嗎？」
「不知道。」
火把嘆了一口氣，「關於這件事，我們有個古老的傳說。」火把坐下，開始講述。
「當初，一切都是虛空。神創造了大海、陸地和星光，也創造了萬物生靈。他看到人作惡，認為是不好的，就掀起洪水淹沒世界。有一對男女從洪水中倖存，划著木架皮舟在海上漂流。在他們快要餓死的時候，一頭巨鯨游過來，牠說：『我把我的身體奉獻給你們，我的後代也將如此為你們的後代奉獻，但你們要發誓，只能用於你們的生存，否則便會受到詛咒。』男女發了誓，獵捕了巨鯨，活了下來。後來，他們發現了一片廣袤大地，繁衍生息。他們，就是我們尤皮特人的祖先。」

火把喝了口威士忌，繼續道，「我們世代遵守與巨鯨之間達成的誓言，只將牠們的身體用作我們的生存，吃牠們的肉，用鯨油點燈，把鯨皮做成衣服。但是，人是貪婪的，總會有一些混帳違背這個神聖的誓言，大肆捕鯨，用來賺錢。我們尤皮特人裡面有這種人，你們白人更多。於是，詛咒降臨。」

「這些貪婪的傢伙開始全身奇癢，生出毛髮，他們匍匐著進入沼澤，忍受無比的痛苦，哀號著長出利齒和獠牙，像水獺那樣生活在骯髒潮濕的黑暗中，將靈魂交給魔鬼。」

火把斜著眼睛看了看眼前的這幫人，正要繼續說的時候，酒館的門被推開，進來了一個人，口哨聲隨即響了起來。

在北地，這樣漂亮的女人很少見，而且她是個白人。她個頭不高，很瘦，三十出頭，或許因為常年接觸日光，皮膚呈現出微微的小麥色，短髮下是一張美麗的臉，顧盼之中格外動人。

她的身體裹在大大的棕色棉衣裡，高跟鞋敲擊地面的聲響，好似盛夏時豆大的雨點落在青石上發出的聲音。即便不見容顏，光聽這聲響，也會讓人憑空生出愉快的遐想。

這樣的女人根本不屬於北地。她走入這間昏暗、骯髒的酒館，走進一雙雙放肆、炙熱的男人的眼眸中，就好像高雅的白鶴闖入了烏鴉群中。

她徑直走到吧台，不露痕跡地朝火把點了點頭，微微一笑：「你好。」

「夫人，要喝點什麼嗎？」火把的臉紅了起來。

女人的目光掃過那些雜亂擺放的酒瓶，最後定在火把頭上那只鹿頭標本上。

「請問，有紙嗎？」她說。

「夫人，抱歉，你要……紙？」

「嗯。」

「你進酒館，要紙？」

「是的，我可以付錢。」

「不是錢的問題……」火把嘟囔了一下嘴，他覺得很意外，但還是攤攤手，「好吧，你要什麼樣的紙？」

「信紙。或者，白紙也行。」

火把的臉上露出為難的神色：「夫人，我們北地人可不是莎士比亞，寫不了什麼情詩。我們看中了女人，就敲暈了扛回去。」

酒館中笑聲一片。女人沒有笑，只盯著火把看。

「好吧，好吧，我找找。」火把轉身，搜索了一番，把一疊東西扔在檯子上。

那是用來包裹炸魚條的包裝紙，粗糙但足夠厚實，顏色斑駁。女人皺起了眉頭。

「你要的東西，在這裡比黃金都難得。」火把不忍心讓這麼漂亮的一個女人失望，還是拿出一本封面貼著裸體女人畫像的筆記本，「我打算用來記帳的，紙張比十六歲姑娘的皮膚都要白和柔軟。」

女人點頭，掏錢，把一張五十美元的鈔票放在筆記本旁邊。

火把揚了揚眉頭。對屋裡的任何一個人來說，五十美元都是一個不小的數目，這個蠢女人竟然用來買一本破筆記本？

火把看看錢，又看看筆記本：「夫人，我能問你要這東西幹什麼用嗎？」

「寫遺書。」

「別開玩笑了，你這樣的貴婦人……」火把笑起來。

「莫妮卡，我想我們得快點了。」一個男人出現在門口。

和這個叫莫妮卡的女人相比，男人長得太平凡了。他四十歲上下，腦袋中央微微禿頂，四周長著稀疏的淡褐色頭髮，身穿一件黑色的考究西裝，白色襯衫，繫著斜紋領帶，手腕上搭著一件黑色長風衣。

看到他，酒館裡的氣氛開始變得詭異起來，鴉雀無聲。火把的笑容僵硬在臉上，眼神陡然犀利無比。

「就好了，親愛的。」莫妮卡說。

「你和他是一夥的？」火把問莫妮卡。

「怎麼了？」

「那對不起。」火把將筆記本收回去，將鈔票推了回來。

「不要這樣，火把。」男人笑了笑，一瘸一拐地走過來。他的聲音有些沙啞，右腿僵硬，肯定是裝了義肢。

「這些總夠了吧。」男人又掏出幾張紙鈔，放在吧檯上。火把抬起頭，狠狠地盯著男人。

「我們之間，我是說，我和你們尤皮特人之間，就不能融洽相處嗎？」男人環顧四周，「比如坐下來喝一杯，聊一聊你們的那些奇談怪論？」

火把沒說話，拿過一個玻璃杯，倒了點兒威士忌。男人笑了，把手伸過去。

火把用力吸溜著鼻涕，然後把一口濃痰吐到了杯子裡：「在我改變主意之前，趕緊滾蛋，否則我不知道我的槍會不會走火。」火把將手槍拍在吧檯上，周圍很多人也都站了起來。男人舉起雙手，尷尬地笑笑，小聲對莫妮卡道：「我們走吧。」

莫妮卡拿上一張包裝紙，轉身和男人離開。

「帶上你們的臭錢！」火把將鈔票揉成團，扔了出去。

酒館外，天陰沉著，雨淅淅瀝瀝，路上滿是水坑，泥濘骯髒。

「告訴你不要進去！這幫混蛋！」男人扶著莫妮卡，小心翼翼地穿過路面，來到車旁。

那是一輛白色雪佛蘭，車門上用紅色油漆噴著一行小字——費爾羅石油公司。

二人上車，莫妮卡坐上駕駛位。

「白癡！老鼠！蠢貨！他們的石頭腦袋永遠跟不上時代！無禮又懶惰。」男人咒罵著，扯過安全帶。莫妮卡剛要發動車子，卻猛然愣住。

「尤皮特人沒一個好東西！有時候我寧願和一頭熊打交道，都不願意和他們多待一秒！」男人憤怒著。

「甘比諾……」莫妮卡看著男人。

「早跟你說，不讓你進去！你看到了吧！這幫蠢貨！」

「甘比諾。」莫妮卡盯著男人。

「怎麼了，親愛的？」

莫妮卡抬起手指指前面，甘比諾轉過臉，也僵住了。

汽車的擋風玻璃被砸出一個大洞，塞進一顆血淋淋的腦袋。那應該是一隻水獺的腦袋，從脖頸處被剁掉，鮮血順著龜裂的玻璃流淌，已經凍結。可憐的東西此刻正盯著二人，黑洞洞的雙眼早沒了生氣。

52 赫茲

「你應該把我的工作箱帶著。」莫妮卡疑惑地瞥了眼擋風玻璃上的大洞，頭痛不已。

車子在泥濘的路面顛簸，雨點劈裡啪啦地打在車窗上。周圍的森林向前連綿鋪展，陣陣哀號隱約傳來，聲音低沉而遙遠，不知道是狼還是其他什麼東西。寒風從車窗的破洞裡灌進來，凜冽無比。暮色加深，天空變幻著顏色，最終被黑暗吞沒。

「哪個工具箱？」

「白色的那個。」

「白色的有七個八個，還是十個？如果我沒記錯的話。」甘比諾的心情很不好，轉過臉看著窗外。

莫妮卡沒再說話，小心翼翼地轉移話題：「親愛的，還有多遠？」

「三十英里，或者五十。」甘比諾艱難地移動著屁股，摸了摸自己的腿——那隻裝了義肢的腿——說，「一到這樣的鬼天氣，就痛得厲害。」

「沒事吧？」莫妮卡關切地問。

甘比諾哼著，像嘴裡鑽進了蟑螂。

「為什麼偏要去弓頭村呢？我是說，選地方，也應該選個好地方吧。」甘比諾說。

「弓頭村不好嗎？」莫妮卡的手在車裡摸索著，很快，有旋律響起來，那是動物發出的聲響，斷斷續續，低沉悠長，還帶著婉轉的顫音。顯然是燒錄的CD。

甘比諾的臉上露出見了鬼的表情，「不能關上這鬼東西嗎？」莫妮卡笑，「為什麼？多麼美妙的聲音。」

甘比諾用一隻手捂住臉，「見鬼！我忘了你是一位偉大的海洋學家。」他的語氣裡充滿嘲諷。

「是國際一流的海洋學家。」莫妮卡笑著打開了車窗，把菸頭扔出去。冷風呼呼地灌進來，甘比諾裹緊衣服。

「那是詛咒之地！」甘比諾說。

「北地人都這麼說，其實不過是一個普通的尤皮特村子，聽說景色很美。」

「很美？不不不，親愛的，你只知其一不知其二。在我們的文明沒來到這裡之前，那裡的人用鹿角做成的箭頭和長矛相互廝殺，用敵人的頭顱裝飾自己的房屋，像幽靈一樣尾隨馴鹿群或者鯨群，茹毛飲血，在巫師的帶領下光著身子召喚魔鬼，將獻祭的人吃掉。」甘比諾皺著眉頭，「當第一批白人開著船來到這裡時，他們趁黑摸上船，把人殺了個精光，領頭的就是弓頭村的大巫師，那個職業現在依然還有，如同維多利亞女王屁股底下的那把椅子一樣，世代相傳。」

「不能這麼說。」莫妮卡咳嗽著，「這裡是他們的土地，兩千年前他們就是這裡的主人，與世無爭。是商業捕鯨的白人用槍炮驅趕他們，點燃他們的房屋，欺騙、奴役他們，用極低廉的報酬雇用他們大肆捕鯨，破壞他們的家園。和他們相比，白人才是魔鬼。」

甘比諾坐直了身子，冷笑著。

莫妮卡用餘光掃了甘比諾一眼，「我前段時間看了一本資料……」

「你應該多看看《老人與海》。」甘比諾痛苦地揉著腿。

「白人登上這片土地，不光帶來了黑錢和掠奪，還帶來了細菌。」

甘比諾哼哼著。

莫妮卡把車窗關上，「有一次，住在內地的尤皮特人來到海邊，用他們的皮貨換捕鯨白人的酒，結果染上了流感，所有人都病倒了，連路都走不動。巫師占卜，認為繼續待在海邊不好，必須啟程早日回家。」

「愚蠢的巫師！」甘比諾罵著。

「兩百多人，男人、女人、老人、孩子，幾乎全都死在了路上。除了流感、麻疹、天花，還有其他稀奇古怪的病，不知讓多少沒有免疫能力的尤皮特人死於非命……」

「但他們現在活得好好的！」甘比諾粗暴地打斷了莫妮卡的話，「他們原先住在雪屋或低矮的皮篷子裡，食不果腹，野蠻無知，現在呢，政府給他們修建房屋、鋪設道路、提供教育和補助！以前他們划著木架皮舟在海上晃蕩著，一個大浪打過來就有可能葬身魚腹，現在他們開著燃油小艇風光得很，很多人還開上了車。」

「你太感情用事。」

「感情用事？」

「不是嗎？你這麼討厭他們，還不是因為你們的石油業務？」

「我們有錯嗎？」甘比諾睜大眼睛，「他們在這片蠻荒之地過著窮巴巴的日子。我們發現了石油，每年都會付給他們一大筆錢，只為了那些跟他們八竿子都打不著的石油！他們拿錢，我們採油，多好的事！可他們呢，不但一口拒絕，還通過州政府向國會抗議！你知道因為這個，我們損失了多少錢？」

「你們只看到了石油，卻沒想到他們的處境。」莫妮卡搖頭：「你們鑽油井對尤皮特人而言是毀滅性的災難。他們的主要食物是弓頭鯨，鯨群每年的洄游路線是固定的，會受到海上豎起的油井的影響。尤皮特人因此而無法再捕捉到弓頭鯨，這將徹底破壞他們的食物鏈，還有，石油帶來的污染……」

「見鬼去吧！這都什麼時代了，沒有鯨他們照樣活得好好的！現在他們也不能肆意捕鯨啊，就拿弓頭村來說，國際捕鯨委員會給他們的捕鯨限制數額也不過是十三頭！」

「歸根結底，還是因為白人的商業捕鯨。」莫妮卡爭辯了起來，「是白人幾百年來的商業捕鯨讓這裡鯨的數量急劇下降，到了滅絕的邊緣，而不是尤皮特人……」

「我恨尤皮特人，我恨鯨，我恨大海！」甘比諾痛苦地敲著斷腿。

莫妮卡決定不再繼續這個話題，「至少，弓頭村附近的大海，是我見過最美的大海。」

「該死的大海。」甘比諾罵道。

莫妮卡一手握著方向盤，另一隻手伸過來抓住甘比諾的手，輕輕撫摸著，「親愛的，如果不是大海，我們不會在一起。」

甘比諾靠在座位上，望著前方的夜色。

「我只想再看看大海。」莫妮卡看著車前的黑暗，「最後一次。」

雨越下越大，世界如同浸入巨大的海底，深夜如同一片被風雨吹皺的黑暗，吞沒了所有。然後，彷彿永遠走不到盡頭的路上，出現了光亮。

「這樣的鬼天氣，竟然還有人。」甘比諾道。莫妮卡開始減速，「似乎是車壞了。」

駛近後，前方出現一輛警車。白色的車身上閃爍著警燈，兩個男人站在路中間，其中一個使勁揮著手。

「真見鬼。」甘比諾翻了個白眼。

「你認識他們？」

「我倒是想和他們是陌生人。」車停下，甘比諾打開車門走出去，臉上換上熱情洋溢的笑容。莫妮卡也跟著下了車。

「遇到你太好了！上帝保佑，我還以為要在這個破地方可憐巴巴地熬過一晚。」其中一個警察大笑著握住甘比諾的手，他又肥又壯，像個酒桶般立在夜色中，看起來年近五十，眼睛細小，大鼻頭，嘴裡鑲了一顆金牙。最引人注意的是他巨大的屁股，如同兩顆西洋梨長在了一個漢堡上。

莫妮卡走過去，甘比諾微笑著為她介紹：「莫妮卡，這位是托尼警長。」

「什麼狗屁警長！」大屁股哈哈大笑，「北地這鬼地方，警察就我們兩個。」

他指了指同伴，一個瘦小的、臉被警帽帽簷遮住的警察：「喬，我新來的幫手。」

喬抬起頭，靦腆地笑笑。那是一張乾淨的臉，約莫三十多歲，嘴唇單薄，唇角微微上翹，遠比在場的另外兩個男人英俊。

「喬原先在東南亞做使館的情報員，上個星期才調過來。」大屁股哆哆嗦嗦地道。

「怎麼了？」甘比諾望向那輛警車。

大屁股領著甘比諾上前幾步來到車前，地上倒伏著一頭巨大的馴鹿，血肉模糊。

「我們好好開著車，這個混帳東西突然從林子裡闖過來，我來不及剎車，便打著方向盤撞到了樹上。」大屁股狠狠踢了一腳馴鹿的屍體。

「你們去弓頭村？」甘比諾好奇地問。

「難道我們非得站在這該死的大雨裡說話嗎？」大屁股擺了擺手，「上車再說。」

托尼一屁股坐在後排，正在發動車子的莫妮卡覺得車身劇烈晃蕩了一下。車子小心地繞過車禍現場，向前行駛。

「你們也去弓頭村？」托尼摘下帽子，露出光溜溜的大腦袋。甘比諾點點頭，遞過菸。大屁股看了一眼莫妮卡，隨即將菸點著。

「去弓頭村幹什麼？」大屁股咳了一聲，疲憊地後仰下去。「公司的事。」甘比諾淡淡道。

「我好像聽說了。」大屁股來了興趣，坐起身問道，「聽說他們同意了？」

「同意什麼？」

「別跟我耍鬼心眼，他們不是同意出讓土地和你們合作嗎？」

「目前，只能說有意向。」

「屁的意向，只要尤皮特人鬆了口，就意味著板上釘釘。」托尼笑著，「車裡有酒嗎？」

甘比諾搖搖頭，托尼露出失望的表情。

「你們去弓頭村幹什麼？」甘比諾從後視鏡裡看著托尼。

「你覺得我們還能去幹什麼？」托尼笑了笑，挪動了一下身子，

車頭隨即微微偏斜了一下，「命案。」

「那種鬼地方出命案，一點也不稀奇。」

「這次可不一樣。」托尼搖搖頭湊過來道，「觀察站的老哈威，你認識吧？」

「國家冰原科考觀察站的那個老酒鬼？」

莫妮卡轉過頭：「冰原上還有觀察站？」

甘比諾朝托尼笑了笑：「忘了說，這位是國際一流的海洋學教授。」

「教授呀，那你應該是我認識在北地裡最有文化的人了。」托尼吐了個菸圈，「觀察站是政府和國際捕鯨委員會一起設立的，目的是觀察、跟蹤冰原附近的動物，最主要的是鯨群。其實呀，根本不是那麼一回事兒，這幫傢伙一年到頭待不了幾天，大部分時間，都是老哈威在值守。」

「就他一個人？」莫妮卡問道。

「除了那個又老又沒出息的酒鬼，誰願意待在那個鳥不拉屎的地方？」托尼擺擺手，「我們還是說正事兒。」

「什麼命案？」甘比諾叼著菸，掏出打火機。

「屍體，老哈威發現的。」甘比諾皺起眉頭，「那傢伙在海邊閒逛，看到遠處漂來了一大坨冰塊，走近後發現冰塊裡竟然有個人，不，有具屍體。」

「冰塊裡有具屍體？」甘比諾睜大眼睛，「怎麼可能呢？」托尼搔著腦袋：「他打電話來的時候我也不相信，還覺得他肯定喝多了，結果過了兩天，他說又漂來了一具。前前後後得有六七具了吧。」

「這麼多？」

「嗯！全都包裹在冰塊裡，似乎死了很長時間。」

「從冰原那邊過來的？」

「哈威說是從惡魔島的方向漂過來的。」

「惡魔島？」莫妮卡插了一句話。

托尼脫掉濕透的外套，回答道：「那是距離弓頭村差不多十海浬的一座島嶼，孤立在大海中間，原本荒無人煙，只在每年的捕鯨季會有尤皮特人聚集在島上，那是他們的捕鯨基地。後來政府在上面建了一座療養院，可惜沒什麼人去那鬼地方待著。」

「為什麼叫這麼個名字？」莫妮卡道。

「這我就不知道了，畢竟我來這裡才一年多。」托尼攤手。

甘比諾點燃菸：「死的都是什麼人？」

「這正是蹊蹺的地方。」托尼露出一副見了鬼的表情，「不是弓頭村的人，也不是尤皮特人，聽哈威說，似乎是亞洲人。」

「亞洲人？」甘比諾的手抖了一下，「北地怎麼會有亞洲人？」

「所以我才覺得頭疼呀。」托尼歎口氣，「如果是尤皮特人，事情就好辦了，很有可能是他們私自捕鯨，掉進冰縫，全部完蛋。但死的是亞洲人，那就無法解釋了，畢竟一年到頭北地也不會有幾個亞洲人來。」

甘比諾沉默了。托尼將抽完的菸頭扔出去，身體後撤，肥臉隨即淹沒在黑暗中。車子顛簌地向前行進著，風雨交加。

「教授，你放的音樂，是……是鯨嗎？」一直不說話的喬輕聲問。

莫妮卡的眉毛揚了起來：「太棒了！你竟然能聽出是鯨！」

年輕警官紅了臉：「我在泰國、越南和印尼都待過，你知道，那邊最美的就是大海。」

「大海。是的，大海。」莫妮卡眼睛裡光芒閃爍。

「我聽不出什麼好來，單調，無聊。」托尼說。

「警官先生，你說鯨的歌聲單調無聊？」莫妮卡睜大眼睛，露出一副吃驚的樣子。

「難道不是嗎？」

「那你可就大錯特錯了。」莫妮卡興奮起來，「鯨的歌聲，應該是動物王國中最複雜最神祕的吟唱了。」

托尼嘿嘿笑起來。他根本不信。

「羅傑・彭曾經在一九七一年分析過鯨歌，研究表明，鯨歌有明顯的層次結構，基本單位是單個不間斷的、持續幾秒鐘的噴射聲，頻率一般從二十赫茲至一萬赫茲不等，聲調可上可下，也可以變大或變小，遠比我們人類的複雜。」莫妮卡滔滔不絕，「牠們會用四至六個基本單位組成一個單詞，這種單詞一般持續十秒。兩個單詞是一個短語，一頭鯨一般會在一至兩分鐘內不斷重複同一個短語，這被稱為一個主題。幾個主題合在一起被稱為一首歌。一首歌大約會持續二十分鐘，鯨會不停地重複唱數個小時甚至數天。」

「不同的鯨，會有不同的頻率、不同的單詞、不同的主題、不同的歌聲，牠們還會不停地創造、轉變，而且歌聲可以在海洋裡傳到幾千里之外！」莫妮卡的聲音越來越大。

托尼抬起手，做了個停止的手勢：「我收回我剛才的話，教授。不過，這些大魚是在幹什麼呢？只是為了玩？」

莫妮卡搖頭：「牠們靠聲音交流、傳遞遷徙和捕獵的資訊，甚至在繁殖季節用來求愛。警長先生，牠們可是世界上最浪漫的動物。」

「得了吧，說到底，也不過是又大又笨的魚。」托尼笑。

這時喬說話了，在此之前，他一直安靜地傾聽音響中播放的鯨歌。「教授，這頭鯨的歌聲似乎有點不同。」

「嗯，牠不是一般的鯨，牠是全世界獨一無二的。」莫妮卡調大了音量，車廂完全被深沉的吟唱聲淹沒，她微微瞇眼，沉浸在歌聲中喃喃道，「這是世界上，最孤獨的鯨。」

「最孤獨？」喬愣了起來。

「是的，在所有鯨研究學者心中，牠的名字如同作家心目中的莎士比亞。」

「一條大魚還有名字？」托尼顯然也產生了興趣。

「牠叫**52赫茲**。」莫妮卡柔聲道。

「這歌聲是牠的？那個混帳的?!」不知什麼原因，甘比諾突然憤怒起來。

莫妮卡衝他笑笑，然後通過後視鏡看著喬說：「你能聽出牠屬於哪種鯨嗎？」

喬搖搖頭。

「三十多年前，美國海軍配合科學家在全世界的大洋中記錄鯨的聲音，這些素材後來彙集到了伍茲霍爾海洋研究所的威廉・沃特金斯博士手中，他發現其中一頭鯨的歌聲明顯和其他的鯨不同。」莫妮卡說。

「有什麼不同？」喬問道。

「牠應該是一頭雄性長鬚鯨或藍鯨，一般來說，雄性長鬚鯨和藍鯨的歌聲頻率在十七到十八赫茲之間，這種聲音過於低沉，如果不經過特殊處理，人很難聽到，但這頭鯨的頻率卻高達五十二赫茲。」

「這和孤獨有什麼關係？」托尼托著肥下巴問道。

莫妮卡盯著托尼的眼睛：「警長先生，這意味著同類根本無法聽到牠的歌聲。」

托尼的腦袋飛速運轉，以消化莫妮卡這句話。

「牠的頻率和同類完全不在一個頻道上。鯨在廣闊的海洋裡尋找同類、求愛，靠的就是歌聲，但其他鯨類聽不到牠的呼喚、牠的歡樂與憂傷，對於別的鯨而言，牠就如同不存在一般。」托尼揚著大腦袋「哦」了一聲。

「二十年來，海洋學家們一直在關注牠、尋找牠，但從沒有見過。牠寂寞地在大海中游弋，沒有同伴傾聽，儘管不停地、一遍又一遍地唱著歌呼喚同類，卻始終形單影隻。」莫妮卡的聲音低下去，「二十年來，牠就在太平洋裡那樣穿梭著，從南到北，從北到南，永遠得不到回應，也永遠尋找不到伴侶。所以，牠是世界上最孤獨的鯨。」

車子裡安靜下來。

「我找了牠十年。」莫妮卡深吸一口氣，「第一次聽到牠的歌聲時，我就深深迷戀上了。對我來說，牠比任何東西都要特別。為了牠，我幾乎跑遍了整個太平洋。」

「你找到牠了嗎？教授。」喬問道。

莫妮卡沒有回答，她開著車，樹木唰唰蹭過車窗。良久，她喃喃自語：「你們不知道……牠是那麼美。」

托尼和喬也沉浸在低沉的吟唱裡，另一個人的聲音卻不合時宜地響起來。甘比諾咬牙切齒地說：「總有一天，我會用捕鯨炮射穿牠的頭！」

弓頭村

車子上了山坡，拐過一個彎，眼前豁然開朗。低低的海灣盆地中坐落著一個村子，房屋錯落點綴在低矮的林木中，亮著盞盞燈火。不遠處是北極光籠罩下的大海，灰白，宏闊，折射出點點微光。潮聲陣陣，無言而蒼茫。

莫妮卡的眼角露出笑意，她打開窗，冷風灌進，傳來海水的味道、泥土的味道、樹木的味道。

車子下坡，停下。

「到了。」大屁股打著哈欠，拉開車門。

四個人從車裡出來，不約而同地抬起了頭。層層原木搭建成的臺階上，放置著一個巨大的鯨頭骨，潔白如雪，它佇立在村口，高高俯視著眾人。

「是弓頭鯨。」莫妮卡輕聲道，「這麼大個的弓頭鯨，很少見。」

「這玩意兒放在這裡，聽說差不多有一百年了。」大屁股嘖了嘖嘴，「現在可很難再捕到這麼大的鯨了。」

「只要他們想，海裡有的是。」甘比諾對鯨不感興趣。

大屁股搖搖頭：「捕鯨可不是他們想撈多少就撈多少的。以前是，現在不行。」

「他們不是宣稱自己是鯨背上的民族嗎。」甘比諾冷笑道。大屁股插著腰：「商業捕鯨持續了幾百年，以致鯨的數量銳減，後來國際捕鯨委員會成立，開始對這種龐然大物進行保護。一九七七年，國際捕鯨委員會宣佈弓頭鯨的捕殺必須停止，當時因為這件事情，整個北地差點發生暴亂。」

「哦？」喬挺感興趣。

「我也是聽說的。」大屁股點了一根菸，「當時環境保護、反對捕鯨的呼聲很高，尤皮特人世代以捕鯨為生，所以自然就成了被攻擊的對象。他們成立了自己的組織，和國際捕鯨委員會展開了對抗。當時，科學家認為冰原附近的弓頭鯨數量頂多六百頭，但尤皮特人認為肯定不止這些。他們認可國際捕鯨委員會做出的決定，但也解釋他們的所作所為和商業捕鯨不同。」

「鯨到了滅絕的邊緣，並不是因為尤皮特人，他們捕鯨不是為了賺錢，而是為了食物，這是他們與生俱來的生活傳統，禁止他們捕鯨，就等於滅絕他們的文化和生存基石。」莫妮卡道。

大屁股點了點頭：「反正中間過程很複雜，到最後，國際捕鯨委員會妥協了，一方面是因為弓頭鯨的數量的確遠遠超過六百頭，另一方面，是因為尤皮特人和其他民族有著本質區別，鯨對他們來說，可不僅僅是食物那麼簡單。所以，最後雙方達成一致，確定了捕鯨配額。」

「捕鯨配額？」喬看了看鯨骨架。

「拿弓頭村來說，一年只允許他們捕殺十三頭鯨，只能這麼多。」大屁股笑道。

「我說，我們別在這裡扯什麼鯨了，能不能先找個暖和的地方？」甘比諾裹著衣服，哆嗦著問。

四個人順著狹窄的道路步行進村。

弓頭村人口並不多，大大小小幾十棟建築零落分散在各處，幾乎全部用原木建成，雖然看起來簡陋，但足夠寬敞結實。村中地形起伏，道路沒有鋪瀝青，泥土結凍，踩上去咯咯直響。

莫妮卡看了看手錶，剛過八點。這個時間，正是燈紅酒綠的城市裡最熱鬧的時候，可眼前的弓頭村一片寥落蕭瑟，根本看不到人。黑暗中隱約能聽到孩子的哭聲、男人的叫喊聲，還有偶爾傳過來的幾聲狗吠。

「這些人原先住的是帳篷。」大屁股比劃著，「用鯨骨架支撐，再罩上獸皮的帳篷，冬天則是冰屋。平時在內陸的叢林中捕獵馴鹿，春秋季節捕鯨，居無定所。後來政府將他們集中起來，幫著建起了居民區、學校、醫院，並為他們通水、通電……」

莫妮卡看了看周圍：「我可沒看到這些。」

「你當然看不到。」大屁股轉過身，「北地絕大多數的人都遷到了城裡，但弓頭村的這幫傢伙沒有，他們太固執。」

「應該說是他們在堅守傳統。」莫妮卡深吸了一口凜冽的空氣，「我見過在城裡生活的那些尤皮特人，離開了大海、鯨和馴鹿，他們就成了沒有根的浮萍，男人們無所事事，沉溺於酒精和賭博，女人們為了生活如同烏鴉一般在各處撿拾別人丟棄的東西，孩子們小小年紀就學會了偷盜和矇騙……」

「這裡也好不了多少。」大屁股不想和莫妮卡爭辯，「或許你待幾天就明白了。」

四個人一邊說一邊行進，最終來到一棟建築前。

這是村子裡最大，也最讓人覺得還算有點現代氣息的建築，儘管只是在門前放了一塊鐵皮雕花招牌。「斷頭旅館」，招牌上面用英文寫著。

「該死的，終於到了。」走在最前面的甘比諾道。

「真有你的。」大屁股拍了拍甘比諾的肩膀，「你挺會選地方。」隨後他轉過身對莫妮卡行了個紳士禮，姿勢笨重可笑，「小姐，歡迎來到斷頭旅館，弓頭村唯一的旅店、酒館、議事廳、郵局或者其他的鬼玩意兒。」

「我只想洗個熱水澡。」莫妮卡說。

「那你可能要失望了，這地方只在白天供應熱水。」大屁股咧咧嘴，「不過我可以跟閃電說一說，讓他給你燒一桶。」

「閃電？」

「旅館的主人，也是弓頭村現任村長，大人物哩。」大屁股笑道。

推開沉重的木門，裡面是一個寬敞的空間，佈置和北地常見的酒館沒什麼不同，十幾張桌子隨意擺放，坐著幾個醉醺醺的尤皮特人，高吧台後面有一個高大的男人，他在玩飛鏢。

「打烊了。」聽到開門聲，他將手中的飛鏢準確無誤地射到十幾步外的靶心上，隨即回過頭。

「見鬼，我還以為你不會來了呢。」男人看到甘比諾，笑了笑，走過來。

「路上出了點麻煩。」甘比諾伸出手。兩個人握了握手，然後湊在一起嘀咕了幾句。

「有酒嗎，閃電？」大屁股走到吧檯前坐下，隨手摘掉帽子。閃電轉身拿出四個杯子，給三個男人倒了威士忌，然後看著莫妮卡問：「酒，還是蘇打水？」

「酒。」莫妮卡笑。

「蘇打水吧，她不能喝酒。」甘比諾道。

「照你的吩咐。」

莫妮卡打量著眼前的這個男人。他四十歲左右，比普通尤皮特人高大、粗壯得多，臉又大又平，顴骨格外突出，濃密的黑髮梳成一根辮子，洗舊的丹寧布襯衫和長褲下的四肢十分粗壯，臉上有一道傷疤，從額頭一直延伸到下顎。

最引人注目的，是那雙眼睛。黑色眸子猶如夜晚的林地般深邃幽遠，卻又泛著某種光芒。

這應該是個有故事的男人。莫妮卡心想。
「不可思議，你們怎麼會碰在一起？」閃電看著大屁股和甘比諾。
「我們怎麼就不能在一起？」大屁股將杯中的威士忌一飲而盡，「那些玩意兒怎麼樣了？」
「從海裡撈出來後，就都放到了船塢旁邊的儲藏室裡，動都沒動。」
「一共多少？」
「七具。」
「都是亞洲人？」
「我覺得應該是。」
莫妮卡聽出來了，「那些玩意兒」指的是海上漂來的屍體。
「村裡有人見過這些人嗎？我說的是之前。」大屁股掏出筆記本，開始記錄。
閃電搖頭：「我們這裡，連你們都不怎麼來。」
「是遊客？」
「看穿著，不像。」
「也是，如果死了這麼多遊客，肯定會上報。」大屁股開始撓頭，「真是怪了，這幫傢伙到底是怎麼跑到冰原上，又死於非命的？」
「難道是偷渡者？」喬插話。

「不可能，偷渡才不會跑到這種鳥不拉屎的地方。」

「你們現在要去看嗎？」閃電直起身問道。

大屁股擺手：「不急，明天吧，快要累死了。」

正說著話，旁邊的樓梯噔噔響，跑下來一個女孩，十三四歲的年紀，身著一件白色的羽絨服，圓鼓鼓的，白靜的臉頰微有皴紅，大眼睛眨巴著，古靈精怪，懷裡抱著個布娃娃玩偶。

「花狐，花狐！」一個瘦削的中年女人追下來，她個頭不高，黑色的頭髮自然捲，手裡拎著一條處理中的鮭魚。

「怎麼了，角鸚？」閃電轉過臉。

「她要跑出去！」叫角鸚的女人生氣地說道。

「我和白鯨約好的！」女孩大聲道。

「都這麼晚了，別讓媽媽擔心。」看得出來，閃電對女兒很溺愛，色厲內荏。

「我們約好今晚去看極光。」花狐噘起嘴。

「又是那小子！你既然這麼喜歡他，將來嫁給他算了。」閃電笑起來。

「如果他願意，我會的！」花狐推開門。「別跑得太遠，林地不要去！」閃電大聲道。

女孩咚咚跑出去了。

「你太寵著她！」角鸚瞪著閃電。

「不過是個孩子。」閃電攤手。

「我不喜歡那小子。」角鸚嘟囔道。

「好了好了，那是你女兒自己的事。」閃電將角鸚拉過來，給莫妮卡介紹，「我妻子。」

兩個女人相互點了點頭。

「你的臉色似乎不太好。」角鸚看著莫妮卡道。

莫妮卡的確臉色不好，蒼白而且冒著冷汗。

「沒事的。」她回了一句，隨後臉色突變，捂著嘴跑出去，門外隨即傳來嘔吐聲。甘比諾抓起身旁的包，也跑了出去。

約莫過了十分鐘，二人進來。

「沒事吧？」閃電問。

「可能是太累了。」甘比諾攙扶著莫妮卡。

「那就早點休息。」角鸚起身道：「跟我來。」四個人跟著角鸚穿過大廳，推開後門。

酒館後面是個不規則的大院子。豎起的原木做成了高圍牆，四周分散著幾棟木屋。院子西邊是海灘，能聽到海浪衝擊海岸的聲響，北方和東方則是林地。住宿區分佈在院子的東邊、東北角和西北角，西南角則是鍋爐房和雜物房。房子中間，是原木鋪就的道路。

「除了我們，還有別的客人嗎？」大屁股看著東邊的兩棟木屋，屋裡亮著燈，窗戶上有人影晃動。

「嗯，漁業公司的人。」角鸚說。

「漁業公司？什麼漁業公司？」

「具體我也不清楚，明天你可以問閃電。」角鸚帶著四個人來到院落北部，把鑰匙遞給大屁股和喬。

「晚安。」大屁股跟莫妮卡打了聲招呼，便帶著喬走向東北角的木屋。

他們來到西北角的兩棟連體木屋跟前，上了臺階，角鸚問：「你們是住在一起，還是……」

「兩個房間。」甘比諾搶先道。

角鸚微微詫異，看著兩人：「我還以為你們是……」隨即轉身開了一間房門，把鑰匙遞給甘比諾。

甘比諾將一個包裹遞給莫妮卡：「晚上有事，敲我的門。」莫妮卡點頭，甘比諾進了屋。

「這些男人呀……」角鸚搖著頭，開門領莫妮卡進去。

房間很大，地面和牆壁都是原木的，極為厚實。火爐裡的柴火燒得正旺，發出劈里啪啦的聲響。前後各有一個足球大小的圓形窗戶，鑲著厚玻璃。

莫妮卡將包裹放在大床上，望向窗外。圍牆外面，是黑幽的林地。

「洗手間在裡面。」角鸚指了指旁邊，「需要熱水嗎，我可以給你燒一桶來。」

「不用麻煩了。」莫妮卡在房間裡走了走，發現房間的西邊還有一扇門，便走過去推開，不由得一呆。

門外修著一條階梯，通向沙灘，直面大海。沙灘上鋪滿白色的細沙，海浪湧來，濤聲陣陣。

不知何時，天氣又變得陰沉，濃雲佈滿天空，海風呼嘯。

「這是風景最好的房間。」角鸚過來，把厚重的門關了，插上鐵閂。

「好像有風暴要來。」莫妮卡說。

「天氣預報說這兩天有一場。」角鸚扶著莫妮卡坐下，為她倒了一杯熱水。

「有件事我想問問你。」莫妮卡說。

「請說。」

「為什麼叫斷頭旅館？」莫妮卡看著角鸚，「對一個旅館來說，這個名字似乎有點……」

「不吉利是吧？」角鸚笑了，「我也覺得。」

「那為什麼還要……」

「和一個古老的傳說有關。」角鸚在旁邊坐下，「你對我們尤皮特人瞭解多少？」

「我是海洋學家，主要研究鯨。對尤皮特人的歷史也有些了解。」

「那就好辦了。」角鸚鬆了一口氣，「我們的祖先之所以能夠倖存，並來到這裡繁衍生息，是因為巨鯨。」

「他們和巨鯨定下契約，我知道。」

「嗯。」角鸚點點頭。

「那和斷頭有什麼關係？」

「很久以前，我們和鯨的關係很好，我的意思是，我們並不是捕獵和奉獻那麼簡單，我們是可以相互交流的。」

「相互交流？」

「怎麼說呢，靈魂上的互通。」

「我有點兒不明白。」

「我們把那時候叫作黃金時代。尤皮特人中有個偉大的標槍手，叫卡濤克，他也是最偉大的巫師。他的靈魂出竅，跟著鯨在海裡旅行，巨鯨給他的靈魂穿上了一件外衣，他穿上之後，就能變得和鯨一模一樣。在旅行中，他在弓頭鯨那裡聽說了牠們是怎樣選擇獵手並且把自己的身體奉獻出去的。」

「怎麼選擇？」

「只有那些心地善良，能把自己捕到的鯨與別人分享，特別是與那些饑餓的老人、急需接濟的寡婦和失去父母需要照顧的孤兒們分享的人，牠們才會心甘情願地奉獻自己的身體給他。所以，心地善良、懂得分享是我們尤皮特人最偉大的品格。」

「這聽起來很美好。」

「所以我們管那叫黃金時代，尤皮特人和巨鯨友好相處的黃金時代。」角鷚歎了口氣，「後來就不行了。」

「為什麼？」

「你們白人闖入之後，開著捕鯨船大肆捕殺，而且還招攬了不少尤皮特人替他們賣命。」

「那是段黑暗罪惡的歷史。」

「是的。」角鸚的目光黯淡下來，「很多年前，具體時間我也不知道，一艘雇用了尤皮特人的捕鯨船開向了冰原捕鯨場。他們收穫很大，屠殺了很多鯨，大船上裝滿了鯨油。有一天早晨，風雲變色，一場大風暴眼看就要來臨，但他們的船卻壞了。眼看著要葬身大海，尤皮特人只能跪在甲板上禱告，這時，一頭巨鯨游了過來。

「尤皮特人向巨鯨哀求：『偉大的巨鯨呀，救救我們吧。』巨鯨說：『我救了你們，難保你們之後會殺了我。』尤皮特人說：『不會的，我們發誓！如果我們忘恩負義，就讓我們都成斷頭鬼！』」

「巨鯨答應了，推著大船離開那片海域，救了他們。」

「然後呢？」

「他們把這頭巨鯨殺了。」角鸚說。「殺了？他們不是發下誓言了嗎？」

「可憐的巨鯨。」角鸚看著窗外，「那群尤皮特人從頭到尾就沒安好心。他們把巨鯨殺了，發現牠還是一頭懷了孕的母鯨。」

莫妮卡露出痛苦的表情。

「幾天之後，另一艘捕鯨船經過，發現了那艘船。除了一個孩子，船上所有人都腦袋搬家，成了斷頭鬼。」

「啊？」莫妮卡驚呼一聲。

「屠殺那頭巨鯨時，只有那個孩子拒絕了，他沒有參與。」

「誰殺了那些人？」

「被救下的孩子沒有說，他只講述了事情的經過。」莫妮卡沉默了。

「這就是斷頭傳說。」角鸚搓著手，「這個傳說作為一種告誡流傳下來，警示我們尤皮特人遵守祖先和巨鯨之間的誓言，不能作惡。」

「雖然有點悲傷，但很有意義。」莫妮卡說。

角鸚站起來：「很晚了，早點休息吧。」

二人互道晚安。角鸚走向房門，然後忽然想起了什麼。她回過頭，看著房間裡那扇通向大海、鐵門反鎖的房門，對莫妮卡說：「有件事情，我差點忘了。」

「什麼？」

「晚上這扇門不要打開，尤其是睡覺的時候。」

冰中屍

整個晚上都在颳風。

林莽連同大海一起在風中顫抖。黑暗中的木屋咯咯作響，折斷的樹枝打在玻璃窗上，像是有人在劇烈地拍擊。在這般的地動山搖中，反而會覺得格外的寂靜。就像懸浮在風暴下的海底，起伏搖晃，內心藏著明珠，灼灼閃亮。這便是寂靜的好。

角鸚來敲門的時候，天色早已大亮。

「昨晚睡得怎樣？」她站在門前，身著一件花格子棉衣，頭上插著一根潔白的鳥羽。

「還好。」莫妮卡笑著說。

「你臉色不好。」

「做了整晚的夢。」

「夢見什麼？」

「大部分都忘了，只記得一頭巨鯨。」

「吃早飯吧，我給你熬了湯。」

兩個女人穿過院子，來到旅館的大廳，一幫男人正大快朵頤。

「嗨，教授！」大屁股熱情地打招呼。

甘比諾換上了厚羊絨外套，正在喝咖啡，喬在抽菸，看著對面。與他們隔著一張桌子，坐著兩個穿著講究的亞洲男人。叼著雪茄的那個五十多歲，頭髮已經斑白，臉色黝黑，身材粗短，另一個二十多歲，身材高大，體格健壯，目光銳利而直接。

「什麼人？」莫妮卡坐下來，低聲道。

「帶著跟班的有錢人。」大屁股哼了一聲。

說話間，閃電端來一鍋熱氣騰騰的魚湯，應該是放了香料，讓人口水直流。

「這兩個傢伙幹什麼的？」大屁股把閃電拉過來。

「哦，印尼一家漁業公司的人，來談合作。」閃電不動聲色地回道。

「印尼？漁業公司？合作？」大屁股皺起眉頭。

「來了好幾天了，主要是考察。」

「怎麼合作？」大屁股道。

「他們公司規模很大，產品主要出口歐洲國家和美國。據說看中了北地附近海域的漁業，沒污染，產量大，所以決定開拓新市場。哦，州政府這邊也很支持。」

「那也不應該跑到你們這裡談合作呀。」甘比諾道。

閃電咧嘴道：「在北地，還有比我們尤皮特人更熟悉大海更吃苦耐勞的嗎？」

甘比諾不說話，繼續喝著咖啡。

「對方很有誠意，願意雇用我們做員工，開出的工資也不錯，另外，我們還可以入股。」閃電攤了攤手，「你們也知道，這兩年經濟不景氣，弓頭村的年輕人都要跑光了，如果真能合作，倒是一件大好事。」

「那我們的合作呢？」甘比諾沉聲道。

「完全是兩碼事，不耽誤。」閃電看了看周圍，壓低聲音說，「油井開採的合約要儘快簽訂，我怕夜長夢多。」

「怎麼，村裡人你還沒搞定？」甘比諾盯著閃電問。

閃電露出為難的神情：「別人倒是好說，關鍵是老村長。」

「那個老東西。」甘比諾罵了一句。

「等會兒你們有什麼安排？」閃電看著眾人問。

「我們要去看屍體。」大屁股吃飽了，抹著嘴答道。

「我和莫妮卡四處走走。」甘比諾看看外面陰沉的天空說。

「我要帶他們去海上看看，不能陪你們了。」閃電衝著吧檯那邊喊了一句，「病狼！病狼！」

一個二十出頭的年輕尤皮特人笑著走過來，他很瘦弱，臉色蒼白。

「你等會兒陪警長。」閃電說。

「現在吧。」大屁股站起來，「別磨磨蹭蹭的了，我們現在就去。」說罷，三個人出了門。很快，閃電也帶著那兩個印尼人離開了。空蕩的大廳裡只剩下莫妮卡和甘比諾。

莫妮卡快速吃完早餐，甘比諾掏出一個藥瓶，遞過兩粒藥丸，莫妮卡隨手丟進嘴裡。

「我們去看大海吧。」莫妮卡說。

「你穿的衣服太少。」甘比諾走向吧檯，向角鸚借了一件皮衣。

「讓花狐做嚮導吧，有什麼事情可以吩咐她。」角鸚笑著說。

門外大風呼嘯，雲層壓得很低，莫妮卡下意識地裹緊衣服。

花狐抱著布偶蹦跳著走在前面。三個人一路向北，穿過林地，又翻過一座低矮的山丘，便來到了海灘。左面是大海，右邊是低矮起伏的林地，再往北，就是遙遙可望的廣袤冰原。

「真美。」莫妮卡嘆息著，「比普吉島要好得多。」

「差遠了。」甘比諾點了一根菸，「那裡熱鬧，氣候也好，植被蔥蘢。而這裡了無生氣。」

「我不這麼認為。」莫妮卡沿著海灘往前走，「我在那裡待了半年，夜裡常常被熱醒，悶籠一般，全身都是黏黏的汗水。我總是不適合人群，站在街巷裡經常有種眩暈感。」

「所以你會被壞人盯上。」甘比諾笑起來。

「是呀，那兩個小子壞透了，尾隨了我一個晚上，只為搶走我那個裝滿資料的大包。」

「你抱得那麼緊，人家以為裡頭有筆鉅款。」

「比錢重要多了，那裡是我所有的研究資料。」莫妮卡撩撩頭髮，「不過如果不是他們，我也不會認識你。」

甘比諾將菸頭丟進大海。

「我當時以為你是黑幫的。」莫妮卡沉浸在回憶裡，「那麼熱的天，你穿著黑色西裝，身後跟著一群兇神惡煞般……」

「我當時是為了那件混帳事情……」甘比諾想解釋，但放棄了，「我們回去吧，太冷。」

「再走走，求你了，親愛的。」莫妮卡撒嬌道。「如你所願。」甘尼諾說，一瘸一拐地向前走。莫妮卡走近，挽起他的胳膊。二人走了一段路，忽然聽到一陣聲響從巨石後傳來，像是笛聲，悠揚婉轉。

「是白鯨！」前面的花狐跑過去。

莫妮卡和甘比諾也大步走向巨石，笛聲戛然而止，隨即聽到毆打和叫罵聲——「雜種！」

「婊子養的！」

兩人繞過巨石，看見一群孩子在扭打。他們都是弓頭村的孩子，四五個高大的少年將一個小不點按在地上，拳腳相加。被打的孩子身材瘦小，臉埋進沙子裡，掙扎著。

「雜種！弓頭村不屬於你，從哪裡來，滾回哪裡去！」一個孩子的腳踩上小不點的腦袋惡狠狠地罵道。

「應該叫他野種！婊子養的混帳東西！」其他孩子衝他吐著口水，牛皮尖頭靴一下接著一下，雨點般落在小不點身上。可他一聲不吭，只將笛子緊緊抓在手裡，任由毆打。

「別打了！別打了！你們總是欺負他！」花狐撲過去，哭喊著，但無濟於事，男孩們越發憤怒了。

「看看他這德行，還和我們的花狐好！」

「花狐將來會成為我的妻子！」

「野種！」

他們拖著他走向海灘邊緣，試圖將他扔進大海。

「夠了！」莫妮卡小跑過去，「你們太過分！」男孩們轉過頭，看著揮舞手臂的莫妮卡，一哄而散。

「沒事吧？」莫妮卡把他拉起來，看清後不由得愣住了。

那是個十四五歲的男孩，有著尤皮特人傳統的黑頭髮、黃皮膚，但整張臉都刺滿了密密麻麻的黑青色花紋，看不出是什麼符號，它們繁複，神祕，層層疊疊，完全遮住了他原本的容顏。

他鼻青臉腫，額頭和臉都破了，鼻子在流血，一雙眼睛圓睜著，盯著莫妮卡。

「你受傷了。」莫妮卡掏出手帕，想幫他擦拭。

男孩後退兩步，避開，目光落在莫妮卡的臉上，又看看走過來的甘比諾。

「不要怕。」莫妮卡笑著說。

男孩緩緩後退，然後飛也似地跑掉了，像一頭幼小的獸，很快消失在林地裡。

「白鯨！白鯨！」花狐大聲叫著。

「村裡的孩子？」甘比諾走過來，看著男孩消失的方向問。

「好像是，臉上滿是刺青。」莫妮卡說。

「刺青啊。」甘比諾有些吃驚，「那可不是一般的孩子。」

「怎麼了？」

「尤皮特人中，只有大巫師才會滿臉刺青。」

「他還不是巫師，但即將成為巫師。」花狐走過來，昂著臉說。

「哦？他叫白鯨？」

「嗯。颶風老爹取的。」花狐說。

「他是颶風家的人？」

花狐遲疑了一下，點點頭。

「那老傢伙應該早點死掉。」甘比諾道。

「他比灰熊還要健壯。」花狐白了甘比諾一眼回道。

「這個我倒是相信。」甘比諾壞笑著說，「不過身為整個北地的尤皮特人大巫師，颶風的眼光可不怎麼樣。」

「什麼意思？」花狐瞪著甘比諾問。

「尤皮特人的巫師地位崇高，而且必須極有威信。颶風選擇剛才那個小不點做接班人？」

「是！」花狐點頭。

「我看他很一般嘛，被別的孩子打成那樣。」

「他只不過不想還手罷了，他和別人不同！」花狐不服氣道。

「有什麼不同？」

「反正就是不同！」花狐鼓起嘴，「颶風老爹說了，過些天要組織一次特別的捕鯨儀式，村裡十五歲的男孩子都會參加，白鯨也去，儀式完成之後，他就是真正的大巫師了！」

「特殊的捕鯨儀式？」

「是的！尤皮特男人的成人禮，你根本不懂！」花狐不願再搭理甘比諾，跑開了。

「這小姑娘的脾氣還挺大。」甘尼諾壞笑著說。

莫妮卡轉身，站在一塊凸起的石頭上，入神地看著大海。波濤呈現出的不是誘人的藍色，而是一片灰白。雲頭翻湧，蒼茫中隱隱可以看到對面那座孤零零的島。

「那就是惡魔島。」甘比諾說，「尤皮特人捕鯨的聚集地。」

「秋天馬上就要過去了，最後一批鯨就要洄游了。」莫妮卡道。

「別總想著你的鯨，我們回去吧。」

「不知道我還能不能再看牠一眼。」莫妮卡喃喃自語道。莫妮卡從石頭上下來，甘比諾小心攙扶著，從不遠處漂來一塊巨大的冰塊。

「該死的溫室效應！」莫妮卡罵了一句。

「不過是一塊浮冰而已。」

「可不是你說的這樣簡單。」莫妮卡搖頭，「從一九七三年到一九九七年，全球大氣中的二氧化碳上升了百萬分之三十，這幾年，北地的氣溫平均每年上升攝氏零點五度。一九九八年起，這裡的大洋就再沒有封凍過。」

「這能說明什麼呢？」甘比諾對此毫無興趣。

「一般來說，氣溫上升有利於植物生長，對食草動物來說是好事，但對鯨，尤其是這附近的鯨，就不一樣了。如果全球氣溫上升攝氏五度，東南極冰蓋將全部融化，海平面會上升五到六公尺，北地海拔極低，屆時將被淹沒。你看，現在海水就已經逼近弓頭村了。我想，本來從這裡延伸出去的，一定是冰原。」莫妮卡嘆著氣說，「氣候再變化，鯨的遷徙路線就會變化，對尤皮特人來說將是巨大的災難。」

「還是關心你自己吧。」甘比諾說。

莫妮卡看著那塊浮冰：「人類總是對自然犯錯，總有一天，自然會報復我們……」

話還未說完，她忽然愣住。

「怎麼了？」甘比諾注意到莫妮卡表情的變化。

「那塊浮冰！」

「浮冰怎麼了？」甘比諾轉過臉，看著越來越近的浮冰。

「裡面好像有……有人！」莫妮卡道。

冰裡的確有人。準確地說，是一具屍體。浮冰被海水送到岸邊之後，莫妮卡和甘比諾看得清清楚楚。那是個身材不高的年輕人，黃皮膚，黑頭髮，身穿一件鮮豔的紅色外衣，難怪莫妮卡能遠遠看到。

他整個人都裹在冰裡，嘴巴張開，腦袋上有個巨大的孔洞，應該是正面被子彈射中，後腦勺掀開，血肉模糊。

甘比諾臉色鐵青，莫妮卡則轉身跑開，跪在地上劇烈嘔吐。

「你們跑到這裡幹什麼？」莫妮卡吐得昏天黑地時，大屁股的聲音逆著海風傳來。這傢伙插著腰扭動著，遠看像一隻行進的冬瓜，喬跟在他身後。他們隨即也發現了浮冰，以及裡面的屍體。

「見鬼！又是一具！」大屁股說，「老兄，刺激吧，這種情形可不是一般人能見到的。」見甘比諾臉色不好，大屁股拍拍他的肩膀調侃道。

「村裡之前發現的，也是這樣？」甘比諾問道。

大屁股點點頭：「剛才我們去看了，除了裡面躺著的人不一樣之外，其他的沒什麼區別。」

「有什麼結果？」

「都是亞洲人，身份不明。我們已經融化了一具，喬做了簡單的屍檢，死了有些年頭，如果不是裹進冰裡而是放在其他的地方，比如陽光燦爛的加利福尼亞，嘿嘿，早爛成骨頭了。」

「亞洲人怎麼會跑到北地，而且還在冰裡？」甘比諾問。

大屁股聳聳肩：「我怎麼會知道？我猜是從冰原漂來的，只有那裡有大塊的冰。」

「應該是這樣。」大屁股看著遠處的冰原說，「見鬼！」

「我早說了，這裡是世界上最爛的鬼地方！」甘比諾罵了一句，轉身扶著莫妮卡往村子那邊走去。

「這傢伙似乎對北地很有意見。」喬望著甘比諾的背影說。

「如果你是他，你也會對這裡恨之入骨。」

「為什麼？」

大屁股湊近去，一邊看著浮冰裡的屍體，一邊說：「你看過《白鯨記》嗎？」

「赫爾曼·梅爾維爾寫的那部小說？」

「是的。亞哈船長被白鯨莫比·迪克撞翻了船，還失去了他的一條腿，然後吃飽了撐著帶了一幫船員滿世界找牠，最後和白鯨同歸於盡的故事。」

「你是說甘比諾的那條斷腿……」

大屁股將目光從浮冰上收回，看著遠處一瘸一拐的甘比諾說：「他的那條腿，也和一頭巨鯨有關。」大屁股在浮冰上坐下，「甘比諾開著一條船經過這裡，應該就是惡魔島附近的海域。那是一個夜晚，一頭巨鯨襲擊了他們，船沉了，死傷慘重，甘比諾的腿被巨鯨的尾巴斬斷了，好在撿回一條命。所以這傢伙討厭北地，討厭大海，也討厭鯨。」

「真的假的？」喬張大嘴巴問。

「上帝作證！」大屁股攤開雙手，看著天空。

「什麼時候發生的事？」

「兩年前。那時我還沒調過來，聽上任警長說的。」

「等等，你說那件事情發生在兩年前？」

「千真萬確。怎麼了？」

「沒什麼。」喬搖了搖頭，看著托尼屁股底下的冰塊。

「可憐的傢伙。」大屁股站起來，看了屍體一眼，「先讓他在這裡欣賞欣賞北地的美景吧，我們得去一個地方。」

「什麼地方？」

大屁股看向遠處的海岸線：「一個好地方。我們得俐落點，夥計，爭取在太陽下山之前趕回來。」

鯨之靈

「我老了，如果有一天能死在這裡，那將是一件無比完美的事。」老人看著遠處皚皚的冰原說。

「我是墨西哥人。有一天，我鑽進一輛大篷車裡，來到了你們的國家。之後的幾十年，我四處流浪。人生就是這樣，生來就是為了受苦。」

老人七十歲出頭，個頭不高，但骨架很大，黃白相間的鬍鬚修剪得乾乾淨淨，長滿老繭的手抓著一個酒瓶。

「像我這樣的人，生在一個地方，死在另外一個地方，根本不會有人知道。有一段時間，我在北方當過十幾年的礦工，鑽入一千公尺深的地下，挖掘黃金和各種顏色的礦石。我很喜歡那工作。」

老人抬起頭，看著陰沉的天空，「隨時隨地都可能會發生坍塌，接著被活埋，但我喜歡那地方。在黑暗中聽著自己的呼吸，慢慢地向地球腹心行進，運氣好的話，你會碰到礦層，在燈光的照耀下，晶瑩剔透的礦石會折射出五顏六色的光芒，就好像……漫天的星斗。」

「那些年，我賺了不少錢，甚至還私帶出來一塊拳頭大的黃金，不過很快就揮霍掉了。錢是好東西，可又有什麼用呢？拿著它，你還是你自己。」

老人喝了一口酒，「後來我開始行走，隨心所欲，只想多看這世界一眼，看看那些我不曾看到過的東西。人活著，沒人記得你的時候，你能做的，就是盡可能地去見識這個世界。」

「有幾年，我在加州和亞利桑那州過冬，幫人家在田裡收穫馬鈴薯，或者在酒館、馬場做工。我去過五大湖，到過佛羅里達的海邊，也曾在洛磯山的森林中獨自一人看暴風雪席捲而來。每到一個地方我就想，在這裡待著吧，直到死去，可每一回都有些不甘，覺得還不夠美。」說到這裡，老人笑了，露出空蕩蕩的牙床，「是不是覺得可笑？一個又老又窮的流浪漢，竟然四處尋找美。」

沒等別人回應，他兀自搖了搖頭：「那一年，我生了很重的病，醫生說恐怕只有半年的時間。從醫院出來，我隨便買了一張火車票，一路向北。我睡得昏昏沉沉，直到午夜時分，火車在一個小站停下。」

「我從車上下來，看見漫天的雪花。那是個寒冷的冬天，我一個人在荒野裡行走，走了三天三夜，最後昏倒。那時我覺得自己死定了，再次睜開眼，你猜我看到了什麼？」

「什麼？」

「無數碩大的閃爍的星斗，璀璨得像我在地底見過的寶石，還有變幻莫測的極光！那一刻，我以為自己到了天堂。」老人舔了舔嘴唇，「一片純淨世界，沒有人煙，彷彿千百萬年來就是這樣。」

「然後呢？」

「我被科考隊救了，他們把我帶到了這裡，從那之後，我就沒有離開過。我守著這片冰原和大海，這閃爍著星斗和極光的天空，終於得到了平靜。」老人閉上眼睛，吹著風，「這裡沒有嘈雜的和蝗蟲一樣的人群，沒有汽車發動機聒噪的響聲，連手機信號都沒有。晚上你躺在床上，能聽到冰層一點點裂開的聲響，還有一隻狐狸或不知名的鳥敲擊你的窗戶，多好。」

「我想，很大原因，是你喝了太多的酒。」大屁股扯下了老人手中的酒瓶，「哈威，總有一天，你會死在酒罐子裡。」

「觀察站裡只有你一個人？」喬看著身旁的高大建築問。

北地的海岸線在這裡優雅地拐過，形成一處海灣。觀察站就在海灣旁的山體上，全部用鋼材建成，一架巨大的風機高高豎起，飛快旋轉，是用來發電的。沿著觀察站所在的山脊往下，延伸到海的盡頭，一座高大的白色燈塔矗立在風浪中，迎著最後的燦爛而微弱的空中之光。再往北就是冰原，看不到樹木，看不到人煙，目之所及，都是無盡綿延的雪白。

「一個人不是挺好的嘛，不麻煩別人，別人也不麻煩我。」哈威拉開門，「進來說話吧。」

三個人進屋。

巨大的空間被分割成工作區和生活區兩部分，很多機器上的儀錶不停閃爍，最顯眼的是用來觀測海域情況的雷達，綠色的螢幕上不斷發出掃描信號，嘀嘀作響。除此之外就是床鋪、桌椅之類的生活用品，收拾得很乾淨。爐火燒得正旺，窗臺上的花盆裡，一朵小花正在努力綻放。

「說說那些屍體吧。」托尼將他的大屁股壓在沙發上，整個身體陷了下去。

「應該是一周前吧，我去冰原散步，其實是想去拜會一頭熊，我的一個老朋友。」哈威給自己倒了杯咖啡，坐下來，「我們很熟悉，偶爾會在一起玩耍。我找了牠一天，不見蹤影，以為偷獵的人把牠殺掉了，就失望地往回走，結果在海灣下的空地上發現了牠。」

大屁股呼哧呼哧喘著氣，顯然覺得這老頭太過囉唆。

「牠當時對著一塊巨大的浮冰發火，牠拍擊著冰塊，冰屑翻飛，我很好奇，因為平時這傢伙挺溫順的，像個娘們兒。」哈威咯咯笑著說，「等我走到跟前，才發現冰裡頭有具屍體。這幾年冰原不斷縮小，牠的日子很不好過，估計餓了好幾天。」

「那是你發現的第一具屍體？」

「是。」哈威點點頭，「往後的幾天，又斷斷續續漂過來幾個，我覺得不對勁，就跑到弓頭村，讓他們把屍體運到村子裡，然後通知你們。」

「屍體從哪裡漂來的？」

「我想應該是惡魔島附近。」

「你確定？」

「確定。雖然沒親眼看到，但這種蹊蹺的事情，只有惡魔島那兒會發生。」

「為什麼這麼說？」喬忍不住插話。

哈威站起身走到窗邊，看著遠處。那是惡魔島的方向。「那可不是一般的地方，是詛咒之地，是惡魔棲身之地。」

「惡魔棲身之地？」喬忍不住笑起來。

「不然為什麼叫惡魔島?!」哈威瞪了喬一眼。

「為什麼？」大屁股插著胳膊問。

「你沒聽過尤皮特人的傳說？」

大屁股一臉要發火的表情，「見鬼！他們的那些狗屁傳說比天上的星星都要多，我怎麼知道是哪一個！」

「傳說在這片廣袤的大海上，居住著一位鯨靈。祂有很多種形象，高大健壯的男人，周身掛滿貝殼；或是漂亮的女人，長著海藻般的頭髮。一手提著燈籠，一手拎著長刀，騎著一頭巨鯨在海底游弋。祂發怒時，會掀翻船隻，砍掉人們的腦袋，將他們的靈魂帶往海底深淵。惡魔島附近幽深的海底，則是祂的宮殿。」

「不過是狗屁的傳說。」大屁股不以為然道。

哈威連連搖頭，「不一定哦。我曾不止一次，看到過從海底露出來的白光。」

「白光？海底？」喬吸了一口氣。

哈威臉色凝重，「晴朗的夜裡，站在燈塔上就能看到。一團巨大的光芒在海底升騰變幻，清清楚楚。」大屁股和喬相互看了一下。哈威顯然不會說謊。

「我現在不關心什麼鯨靈，我只關心那些讓人頭疼的屍體。惡魔島上還住著一個人，叫黑魚，是吧？」大屁股攤開筆記本問。

「你覺得那傢伙可能是兇手？」

「有這種可能呀。屍體是從惡魔島附近漂過來的，那裡只有他一個人，很有可能是他殺掉了這些亞洲人，然後拋屍荒原。」

「別扯了。」哈威笑了，「我寧願相信是一頭熊殺了他們。黑魚那傢伙，比我都要老，腿腳還不靈便，一陣風都能把他吹倒。他是第一批來到這裡的白人的後代，後來徵召入伍成了醫務官，戰爭結束後回到這裡，一直沒離開過惡魔島。」

大屁股露出失望的表情，站起身。

「晚上在這裡過夜吧，我燉了鹿肉。」哈威見他們要走，出言挽留。

「你還自己打獵？」

「不，一個朋友送的。」哈威誠懇道，「我煮飯的手藝很不錯。」

「算了，我們得趕回去繼續調查。」大屁股戴上帽子，和哈威握了握手。

「白跑了一趟。」出了門，大屁股生氣道。

「起碼看了下冰原。」喬笑著說。

兩人哆哆嗦嗦地回到弓頭村時，已經很晚了。穿過結凍的街道和寥落的村子，還沒到斷頭旅館，就聽見裡面傳來劇烈的爭吵聲。

「夠熱鬧的。」大屁股加快了腳步。

打開大廳的門，濃烈嗆鼻的菸草味讓大屁股忍不住咳嗽了一聲。裡面密密麻麻坐滿了人，二三十個尤皮特男人圍坐在一起，不少人怒目圓睜，手舞足蹈地比劃著，用腳重重地跺著地面。

「反對！反對！」

「讓他們滾出去！」

他們怒吼著，目標是坐在中間那張桌子旁的閃電和那兩個印尼人。

大屁股和喬走進來，房間裡的人都微微一愣。

「你們繼續。」大屁股呵呵一笑，在一張空桌旁坐下，饒有興趣地看著他們。

「反對！」

「尤皮特人的祖先不允許這麼做！」

「巨鯨會發怒！」

他們很快將目光收回來，繼續爭吵，場面鬧得不可開交。

「安靜！安靜！」閃電跳上了桌子，漲紅著臉，用拳頭使勁拍擊自己的胸膛大聲喊道：

「我，弓頭村的村長，閃電，不會欺騙大家，欺騙我的族人！」

「我們不相信！」

「反對！」有些人繼續高叫著，另一些則湊在一起嘀嘀咕咕。

「他們，是我們的朋友。看看我們，看看我們的村子吧，我們的生活還不夠苦嗎？」閃電指了指那兩個印尼人，咆哮著說：「我們現在完全靠著州政府的救濟，沒有任何收入來源。女人們終年勞碌，家中貧窮無物，男人們無所事事，除了喝酒就是睡覺！我們總得為孩子們想一想吧！他們應該過上更好的生活！」

人群安靜下來。

「和漁業公司合作，我們不僅會領到豐厚的薪酬，每年還能分紅，這些錢除了改善生活，還能成立一個公共基金給孩子們。捕魚原本就是我們世代相傳的本領，除此之外我們什麼也幹不了。這是多好的機會。」

人群竊竊私語。

「並非如此吧。」一個蒼老的聲音傳來，大廳中頓時一片安靜。在擁擠的人群中，一個身材高大的老人晃晃悠悠地站起來。

他披散著一頭白髮，頭上插著根鮮豔的血紅色羽毛，身著一件熊皮大衣，胸口掛著一串長項鍊，上面墜著說不清的、形狀各異的青銅鑄件，古老而神祕。他的手裡握著一根鯨骨製成的潔白手杖，上面有個人頭骷髏，空洞的眼眶裡鑲嵌著閃亮的黑色礦石。

最引人注目的，是他那張佈滿刺青的蒼老的臉，已經看不出容顏。

「這是誰？」喬小聲問大屁股。

「颶風。北地尤皮特人公認的首席大巫師。」喬看著眼前的老頭，兩眼放光。

「閃電，我們的祖先是怎麼來到這裡的，你還記得嗎？」颶風冷冷地盯著閃電。那雙眼睛雖然蒼老，卻銳利如閃電。

「我當然記得，騎著巨鯨而來！」

「你忘了！」颶風突然咆哮起來。很難相信，這麼老的傢伙，竟然會發出如此巨大的聲響，整個房間似乎都在顫動。

颶風向前走了兩步，手杖頂端人頭骷髏上垂下來的青銅鈴鐺發出陣陣清脆的響聲。

「你忘記了，我們對巨鯨發下的神聖誓言！」颶風大聲說。

「這和誓言有什麼關係，我們又沒有對鯨大肆屠殺。」閃電堅持道。

颶風沒有理睬閃電，轉過身對著尤皮特男人們說：「我們的祖先快要餓死的時候，巨鯨奉獻了自己的身體，並且允諾牠的後代也將向我們的後代奉獻自己的身體，但要求我們只能用來維持自己的生存，而不是其他，否則，就會降下詛咒。」

颶風在人群中遊走，「尤皮特人一直遵循著與巨鯨的契約，我們捕鯨，只為填飽肚子，只為繁衍生息，世世代代都是如此。但後來，該死的白人闖了進來，大肆捕鯨，而且還裹挾著我們中間的黑心人！這些年月裡，我活著的年月裡，親眼所見的詛咒已經夠多了！我們作下了惡，不但不知道懺悔、彌補，反而變本加厲！」

人們大氣都不敢出。

「你說要和漁業公司合作捕魚，你說這和誓言沒什麼關係，你說你沒有捕殺巨鯨，那麼我問你，閃電，巨鯨吃什麼?!」颶風用手杖指著閃電，怒吼著。

閃電呆了。

「巨鯨的食物就是這片大海中的魚群！你們要捕撈的魚群！遮天蔽日的大網撒下去，連手指頭長的小魚都不放過！魚沒了，食物沒了，巨鯨接下來要吃的，就是我們尤皮特人了！」

颶風用手杖重重敲擊著地面，「捕魚也罷，捕鯨也罷，如果單純為了我們自己的生存，那是可以的，這是被契約所允諾的。但如果是為了享受，為了所謂更好的生活而肆意捕殺生靈，那就是對偉大誓言的背叛！」

颶風深深吸了一口氣，看著閃電和印尼人，「我，尤皮特人之子，契約的守護者，以首席大法師的名義宣布，這兩個人是這片土地不歡迎的人！你們之間所謂的合作，是受詛咒的！」

「受詛咒的，恐怕不止這一件事！」颶風話音剛落，旅館的木門被哐啷一聲撞開，呼嘯的冷風呼呼地灌進來，一個扛著頭巨大棕熊的尤皮特男人走進酒館。

喬嚇了一跳。

尤皮特人個頭普遍不高，但這個男人是個異類。他大約三十多歲，小山一般的個頭幾乎撞到房頂。上身赤裸，肌肉在起起伏伏地動，長髮雜亂地捲曲著，上面沾滿鮮血。肩頭的熊脖子幾乎被切開，巨大的頭顱毫無生氣地垂在他胸前。

轟！他將熊扔在地上，地面微微顫抖。

「好戲來了。」大屁股低聲笑道，喬則面露疑惑。

「這傢伙叫瘋熊，颶風之子，北地尤皮特人中有名的獵手、勇士、暴君，是閃電的死對頭。」大屁股解釋道。

瘋熊穿過族人，從吧檯上取下一瓶威士忌，咕嘟咕嘟灌了幾口，抹了抹嘴，盯著閃電說：「不光和漁業公司合作，我聽說你還要和那家該死的石油公司簽下出賣大海和土地、任他們豎立鑽油井的合約！」

人群頓時譁然。

閃電沒說話，只憤怒地盯著瘋熊。

「閃電，你不但忘記了神聖的誓言，你連那件事都忘記了！你的靈魂難道已經賣給水獺怪了嗎？或者說，你根本就是一隻披著人皮的水獺怪？」瘋熊對著閃電吐了口唾沫，閃電隨即撲了過來。一場搏鬥瞬間發生，整個酒館天翻地覆。颶風頭也不回地走掉，其他尤皮特人也紛紛離開了，只剩下大屁股、喬和那兩個印尼人，以及扭打在一起的閃電和瘋熊。和瘋熊相比，閃電雖然羸弱了些，但足夠靈活。

最終，大廳裡的所有桌椅都被砸得稀巴爛，閃電鼻青臉腫地倒在地上，瘋熊捂著被打斷的鼻樑揚長而去。

「我詛咒這個鬼地方！」臨走時，瘋熊罵道。

看得出來，這件事對閃電的打擊很大，他將兩個印尼人送到後院的房間，又回到大廳收拾滿地的狼藉，整個人垂頭喪氣的。

「來喝酒吧。」大屁股坐在地上，笑著說。閃電走過來，倒了一杯威士忌。

「我所做的，都是為了弓頭村。」他說。

「我能理解。現在看來，你們誰都沒有錯，只是看待問題的角度不同。」大屁股說。

「再這樣下去，弓頭村真的要完了。」閃電嘆著氣說。

酒館的木門再次響起，甘比諾攙著莫妮卡走進來。

「這傢伙幸運得很，早回來半個鐘頭，瘋熊能擰下他的腦袋。」大屁股笑著說。

大廳裡的混亂讓甘比諾吃了一驚，不過他顧不得這些，急迫地對閃電說：「水！倒杯溫水來！」

莫妮卡的臉色很不好！她劇烈地顫抖著，臉色蒼白，嘴唇鐵青，手捂著嘴巴，神色痛苦。

閃電慌忙將水拿來。

「怎麼了？」大屁股問。

甘比諾沒有回答，他將莫妮卡放在一張椅子上，從她的包裡掏出一個白色藥瓶，倒出幾粒藥，就著溫水給莫妮卡服下。

莫妮卡劇烈喘息了一會兒，呼吸漸漸平復。

「病了？」閃電道。

「沒事了。」甘比諾長出一口氣，歉意地笑笑，「我先送她去休息。」

言罷便小心地扶著莫妮卡，推開後門回了房間。

「我看，莫妮卡似乎活不久了。」喬點起一根菸說。

「活不久了？」大屁股疑惑地問。

喬聳聳肩：「你們看到剛才那個藥瓶了嗎？」

「藥瓶怎麼了？」

「那是治療癌症的藥。和我姑媽曾經吃的一模一樣，她撐了半年就過世了。」喬在胸前畫了個十字，「願她安息。」

「太可惜了，這麼漂亮又有學識的女人。教授呢！」大屁股搖頭。

「之前在車上，我就覺得她有些話聽起來怪怪的，如今看來，倒不奇怪了。」喬說。

「這就是人生呀。」大屁股嘆了口氣。三個男人正惋惜著，甘比諾走了進來。

「她沒事吧？」閃電問道。

甘比諾搖搖頭：「沒事，已經躺下了。」

「你們去哪裡了？」閃電給甘比諾倒了杯酒問。

「去了很多地方，她想盡可能看看這片海。」

「這麼糟糕的天氣，又生著病，你也真夠忍心的。」閃電的話聽起來有點曖昧。

甘比諾無奈地笑笑。

「碰到這種事，夠不幸的。」喬拍了拍甘比諾，「我是說，我剛才看到了藥瓶。」

甘比諾張開嘴正要說話，櫃檯遠處的電話響起，那是弓頭村聯繫外界的唯一一部電話。閃電走過去接起電話，很快轉過頭向甘比諾招手，「找你的。」

甘比諾急忙走過去抓起話筒，嘀嘀咕咕，誰也聽不清楚。

「怎麼了？」大屁股問。

「不知道，一個女人，好像是石油公司的。」閃電取來冰塊，一邊敷著臉，一邊收拾那些殘破的桌椅。

大屁股和喬覺得無聊，準備回房間時，一個黑影跑進來，是那個滿臉刺青叫白鯨的少年。

「花狐呢，我找花狐。」白鯨的聲音有些沙啞。

「我在這兒！」二樓樓梯處響起腳步聲，花狐跳躍著跑下來，見是白鯨，很高興，「找我幹嘛？」

白鯨看到大屁股和喬，呆了呆，扯著花狐來到樓梯側面，那裡距離甘比諾很近，是大廳的隱蔽角落，看起來好像是有意避開大屁股他們，黑暗中很快傳來竊竊私語聲。

「颶風的孫子，聽說將來會接替颶風，成為下一任大巫師。」大屁股對白鯨似乎很感興趣，端著酒杯走過去，喬跟上。

「看來有祕密呀！哈哈。」大屁股惡作劇地跳出來。

白鯨和花狐嚇了一跳，叫出聲來。正在接電話的甘比諾也嚇了一跳，「啪嗒」掛了電話。

白鯨憤怒地瞪了大屁股一眼，又看了看旁邊的甘比諾，飛快地跑掉了。

「神神祕祕的，天生就有當巫師的氣質。」大屁股笑道。

「不知怎麼的，覺得這孩子眼熟。」甘比諾看著白鯨的背影說。

「當然眼熟了，你來弓頭村可不止一次了。」大屁股的臉色突然嚴肅無比，「有件事，我得問清楚。」

怪爪印

「莫妮卡只有六個月可活。醫生說的。」甘比諾兩手捂著臉，嗚咽著說。

坐在對面的大屁股和喬看了看，露出愧疚的神色。

「抱歉，兄弟，我不是有意問的。」大屁股抽了一張紙遞給甘比諾。

甘比諾接過來，鼻子嗡嗡地道：「我真是個廢物，對這一切無能為力。」

「這不怪你。」大屁股安慰他說。

「我能做的就是盡可能陪著她。她說想看看大海，看最後一眼，所以就來到這裡。儘管我搞不懂她的想法。」甘比諾說。

「每個人都會死，只不過時間長短而已。她要做什麼，就由著她。」

「這一年來，我很不好過。」甘比諾攤了攤手，「我們認識兩年了，本來好好的……」

「我跟你說說我那個老爹吧。」大屁股摟著甘比諾的肩膀，眼眶紅紅地道，「他活著的時候，每一天，每一小時，每一分鐘，甚至是每一秒，我都想走到他後面用槍砰爛他的腦袋！

他老年癡呆，而且滿口廢話，從早囉唆到晚，罵人，罵的全是你根本想不到的話。他拿存款賭博，輸到一毛錢都不剩；他把妓女叫到家裡來，而且還不止一個；他端著槍對著街道亂射，很多次差點鬧出人命；還有幾次，他居然在家裡放火……」

「有一天，他終於死了。說實話，我太他媽高興了。我看著他被放在巨大木盒子裡埋在地下，然後吹著口哨回去。我想做的第一件事就是把他所有的東西都給扔出去，但最後，你猜怎麼著？」

「怎麼著？」

「到了家門口，我發現自己進不去了。」

「進不去了？」

「我從來不帶鑰匙，都是老頭子給我開的門。」大屁股揚著頭吸了一口氣，「也是那時候，我才想起來，一直以來，不管颳風下雨，不管我在外面鬼混到多晚，哪怕是三更半夜，都是老頭子給我開的門——他每天都會坐在客廳裡等著我回來，不管多晚。」

「站在門外的那一刻我才明白，不管他有多討厭，他都是世界上唯一真正關心我的人，有他在，我起碼還有一個家。」

大廳裡沉默了。

大屁股點了一根菸：「人遲早會死的，我們唯一能做的就是趁他們還活著的時候，多關心彼此。我一直覺得，有時候這世界很殘酷，但畢竟還很美。」

喬點頭，甘比諾則沉默著。

「你沒事吧，甘比諾？」大屁股問。「我很好，警長。謝謝你。」

「沒事就好。早點回去休息，陪陪她。」大屁股拍拍甘比諾的肩膀說。

甘比諾轉身，又想起了什麼，對大屁股道：「警長，這件事情，不要跟莫妮卡說，我的意思是……」

「明白，病人都怕別人知道自己得病了。」

「多謝。」甘比諾笑笑，回後院了。

「這哥們兒也挺慘的。」大屁股慨嘆道。

因為莫妮卡的事，大屁股心情不太好，喬陪著他在吧檯上又喝了兩杯，驚慌失措的甘比諾又跑了進來。

「情況不太好！」甘比諾大聲道。

「怎麼了？」喬詫異道。

甘比諾伸出手，面色蒼白。那是一張粗糙的包裝紙，上面用鋼筆寫著幾行字。喬接過來掃了兩眼，轉身狠狠地踢了大屁股一腳，「警長，完了！」

「混蛋！我好著呢！」大屁股氣哼哼地說道。

「莫妮卡！」喬遞過那張紙。

大屁股看了看，一下子跳了起來，扯過甘比諾，「怎麼回事？」

「我也不知道！我回房就看到這玩意兒，然後到莫妮卡那裡，發現房門從裡面反鎖了，根本打不開！」

「廢物！撞門呀！」說完，大屁股轉身就往後院跑去。那張紙是封遺書，上面的字不多，寥寥幾行：

親愛的甘比諾，我總會想起我們在一起的那些日日夜夜，海上的日日夜夜。我們有著不同的世界，可誰讓我愛著你呢。願天堂裡，我們也能看到大海。

——莫妮卡

莫妮卡的房間裡寂靜無聲，大屁股叫了幾聲，沒人回應。房門從裡面鎖得死死的，大屁股撞了幾下，紋絲不動。

「發生什麼事了，警長？」角鸚從鍋爐房走過來問。

「告訴我怎樣才能把這該死的門打開！」大屁股吼道。

角鸚拿了把斧頭來。幾個人破門而入，借著壁爐裡的火光，終於看清裡面的情景。

「人呢？」大屁股愣了。

大床上被褥攤開，一角掀起，空空蕩蕩，根本沒有莫妮卡的影子。角鸚把蠟燭全部點亮，房間終於明亮起來。桌子上放著兩個藥瓶，也是空的。

「是安眠藥，她睡眠一直很不好。」甘比諾道。

「竟然全吃了！這可不是好兆頭。」大屁股皺著眉頭，四處打量，「關鍵是，人呢?!」

房間窗戶很小，人根本不可能爬出去，而且窗戶同樣從裡面關得死死的。

「洗手間也沒人。」角鸚說。

「警長，看看這裡。」喬低著頭，盯著地板。

那裡有水痕。準確地說，是腳印，是巨大的、有著利爪的腳印，應該是什麼動物的。眾人搜索著腳印的來源，緩緩抬起頭，視線落在房間裡的另一扇門上。

「呼！」

一陣風吹過，那扇門「哐啷」一聲打開了，眾人看到空曠的海灘和灰白的大海！

「糟了。」角鸚驚慌地叫道。

「門是從裡面打開的。」喬仔細檢查了門。

「我告訴過她，睡覺時一定要將門關上！」角鸚大聲道。

「找人要緊！」大屁股取來手電筒，衝了出去。

儘管是夜晚，但很明亮，絢爛的極光在天空中舞動著。風很大，很冷。地上滿是鬆軟的細沙，兩串和屋內相同大小的腳印從門口一直延伸到大海。

「左邊的這串是朝著房門來的，右邊的則是離開的。」喬看著地上道。

大屁股沒有吭聲，跟著腳印大步走了過去。幾個人很快來到海邊，腳印在那裡消失了⋯⋯

「這事情太詭異了！」大廳裡，大屁股惡狠狠地說。

喬、甘比諾、角鸚和閃電，四個人站在旁邊，臉色各異。

「確定莫妮卡在房間裡嗎？」大屁股問甘比諾。

「我把她送回去的，看著她關上了門。」

「事情發生在你離開她的房間回到大廳的這段時間裡。」喬說。

「她出去過一次。」角鸚撩了撩頭髮，「我一直在鍋爐房，那裡正好能夠看到莫妮卡的房間。我看見甘比諾送她回去，甘比諾離開後過了一會兒，她出來了，進了甘比諾的房間，然後就回去關上了房門，之後一直都沒出來過。」

「應該是去甘比諾那裡放那封遺書。不過，她還是回到了自己的房間，沒再出去過。」喬說。

「是呀，她要是出去，也應該從大廳這裡出去，可我們從始至終就沒看到她。」甘比諾點頭道，「這段時間裡，有人進過她的房間嗎？」

「沒有，絕對沒有！」角鸚很肯定地說。

大屁股喝了一口威士忌，啪的一聲將杯子砸到吧檯上，「窗戶那麼小，又從裡面反鎖，除了那扇打開的門，就沒有其他的出口了。」

「所以說，莫妮卡是從那扇門離開的。」甘比諾接道。

「不是離開的！」大屁股搖搖頭，「她留下遺書，吞了整整兩瓶安眠藥，床上的被子是鋪開的，說明她已經抱著赴死的想法安安靜靜躺在那裡等著小天使的到來。」

眾人點頭。

「但她為什麼把那扇門打開了呢?!」大屁股接著問。

「或許，她想在死之前看看大海？」甘比諾道，「畢竟，她最喜歡大海。」

「你難道忘了那奇怪的腳印了？」大屁股白了甘比諾一眼，「腳印從海裡延伸出來，來到莫妮卡的房間，然後又拐了回去，消失在大海裡。海灘上你們都看到了，周圍沒有任何別的腳印，連一隻鳥的爪印都沒有！莫妮卡的也沒有！這說明什麼?!」

大屁股雙眼圓睜，看著所有人，大廳裡一片安靜。

「有東西從海裡出來，進了莫妮卡的房間，帶走了她！」甘比諾驚呼道。

一想到那兩串巨大的長著利爪的腳印，大屁股就覺得頭疼。那根本不是人的，更像是怪物！海裡的怪物！

「也說不通！」大屁股抓著腦袋，「莫妮卡從裡面打開那扇門，說明她那時候還是清醒的，應該是聽到了敲門聲，我想。」

「應該是。」喬點頭道。

「如果是能夠嚇死人的那種怪物，莫妮卡開了門之後，肯定會大叫，起碼角鸚能聽見。可事實上，我們並沒有聽到任何喊聲。而且，即便莫妮卡不喊，她也會和那東西搏鬥一把吧，可房間裡整整齊齊，根本沒有任何的搏鬥跡象！」大屁股攤手，眾人也都沉默下來。

「我想，莫妮卡應該是被帶走了。」喬抬起頭，眼神閃爍。

「為什麼這麼肯定？」

「警長，你注意到那兩串腳印了嗎？不太一樣。」

「有什麼不一樣？」

「雖然是同一種東西留下來的，但從海裡出來的那串腳印很淺，相反，走向海裡的那串腳印，卻陷得很深。」

「這能說明什麼？」

「很簡單，說明來的時候和走的時候，那東西的體重發生了變化。」喬比劃了一下，「不管是什麼東西，自身的重量是不會變的，但是，當它扛著一件東西，比如莫妮卡的時候，自然就重了。」

「這麼說，的確是那東西帶走了莫妮卡。」大屁股托著臉，「可到底是什麼玩意兒呀！」

這時，閃電和角鶚相互看了一眼，臉上露出了古怪的神情。

「怎麼了？」大屁股問。

閃電有些心驚膽戰：「我想，莫妮卡恐怕遇到了……遇到了水獺怪。」

「水獺怪？傳說中那種受了詛咒、發出哭聲引誘人然後把人殺掉的怪物？它不是生活在沼澤和河灣裡嗎？」

「也會出現在海裡。」閃電搖頭，「極光閃爍的夜裡，它們會從波濤裡走出來，溜進人家，偷走孩子。」

「可莫妮卡不是孩子。」

「她那麼瘦，和孩子有什麼區別呢？」

大屁股不吭聲，只安靜地喝著威士忌，當把杯子裡的酒喝完之後，他噌地一下站起來，「別胡扯了！世界上根本不存在什麼怪物！我連上帝都不信！」他摸著腰上的槍套，「肯定是人！是人帶走了莫妮卡！而且就在弓頭村！」

喬點頭，表示認同。

「好啦，今晚有事做了！」大屁股打了個酒嗝，「相關的人，我都得好好盤問盤問！」

斷頭旅館忙碌起來。

事發前後，閃電一直和大屁股、喬在一起，角鸚一直在鍋爐房，燃燒的爐火、正在清洗的衣物都能證明她沒有說謊，而且她也看到甘比諾離開了房間，所以酒館裡唯一值得懷疑的，就是那兩個印尼人。喬將他們叫到大廳裡的時候，兩人睡意朦朧。

五十多歲的那個叫因陀羅，年輕的叫怖軍，二人稱，自尤皮特人那場衝突之後，他們就回房間睡覺了，一直沒有出來過。對此，角鸚也證明了他們所言非虛。如此一來，斷頭旅館裡的人暫時看起來是沒有嫌疑了。

「不是酒館裡的人，那村裡其他人呢？」大屁股把喬扯到一邊，低聲道，兩人看著對方，目光複雜。

「村裡那些尤皮特人都很老實，唯一和甘比諾有衝突的，就是那一家了……」喬道。

「我也這麼想。」大屁股轉了轉眼珠，「甘比諾的石油公司和弓頭村矛盾不斷，而甘比諾這次過來就是和閃電簽署合約的，對此堅決反對的，只有颶風一家子。」

「裝神弄鬼這種事，他們似乎很擅長。」喬說道。

「那就別愣著了，趕緊去！」大屁股拍了拍槍套說。

經過商量，大屁股和喬決定分頭行動：喬和閃電去颶風家裡一探究竟，大屁股則組織弓頭村村民尋找莫妮卡的蹤影。寂靜的弓頭村，很快便喧鬧起來了。

颶風的家並不在村子裡，而是在村南面一處偏僻的林地中，離群索居。兩個人走了二十分鐘才來到那個看上去十分恐怖的地方。

窄路旁堆滿了各種各樣的怪偶，有的是用石頭雕刻的，更多的用的是巨大的原木，它們個個齜牙咧嘴，面目猙獰，看起來年頭久遠，不少已經腐爛或長滿了苔蘚。

很多支架高高立起，掛著數不清的頭顱，熊、狼、狐狸、海豹，甚至人的骷髏。斑駁的樹影下，周圍的一切都讓人毛骨悚然。

「那就是颶風的家。」走到林地深處，閃電停下腳步，向前指了指。

喬看見了一頂巨大的帳篷，用巨鯨的骨頭做支架，上面蒙上了海豹皮，如今，這種尤皮特人的古老帳篷可不多見了。

閃電在帳篷外停住腳步，他不願靠近，喬只好一個人湊上前。

「進來吧，別鬼鬼祟祟的。」喬準備打招呼的時候，帳篷裡傳來颶風的聲音，這老頭的聽覺敏銳得很。

掀開沉重的門簾，喬鑽進去，颶風坐在一塊熊皮上。

帳篷裡空間很大，但佈置得很簡單。沒有現代化的桌椅板凳，除了一些簡單的炊具和獵槍、被褥等生活用品之外，就是掛滿四壁的無數面具了！那些面具都用木頭或者毛皮製成，裝飾著羽毛、骨頭、青銅，每一張表情都不一樣，但都無比詭異。一股濃濃的香氣傳來，喬說不出那是什麼味道，只覺得頭腦昏沉。

帳篷裡只有颶風一個人。他坐在那裡，沉浸在黑暗中。

「來我這裡幹什麼？」颶風沉聲說。

「離開旅館之後，你就回來了？」喬打量著四周問。

「我還能去哪裡？」

「一直都在家？」

「一直都在。怎麼了？」

「沒什麼。瘋熊和你住在一起？」

「嗯。」颶風點點頭，「你到底想幹什麼？」

「出了點事。」喬頓了頓問，「瘋熊呢？」

「我不知道。」颶風盯著喬說。

「我記得當時他和你一起離開旅館的。」

「出門之後就分開了，他一個人走了，至於去幹什麼，我不清楚。」

喬還想說什麼，聽見帳篷外傳來瘋熊的聲音。

「你們跑到這裡來幹什麼？」瘋熊走進來，一屁股坐在喬對面，這傢伙滿頭大汗，手裡拎著獵槍，披著熊皮，模樣怪異。

喬特意看了下瘋熊的下半身，鞋子和褲子都是乾的。

「這麼晚，你去哪裡了？」喬問。

「林地。」

「去林地幹什麼？」

「獵一頭熊。」瘋熊把身上的熊皮取下扔在一邊，「先前，我殺了母熊，還有一頭公熊。」

「一直在林地裡？」

「不然還能在哪裡？」瘋熊被問得有些煩躁，向前挪動了一下身體，鼻子裡呼出的熱氣幾乎噴到喬臉上，「你問這些，到底想要幹什麼？回來的時候，我看見很多村裡人，好像出事了。」

「的確出事了。莫妮卡，那個女人，失蹤了。」喬盯著瘋熊的臉說。

瘋熊笑了起來，「應該是四處閒逛去了吧。」

「是失蹤了。」喬臉色沉凝，將發生在旅館中的事情說了一遍。講述的時候喬發現，瘋熊和颶風的臉上都露出了震驚慌張的神色。

「如果你說的都是真的，那麼帶走她的，不會是我們尤皮特人。」瘋熊坐直身體，他的聲音有些顫抖。

「你指的是水獺怪嗎？」喬說。

瘋熊點了點頭，颶風則閉上了雙眼。

「詛咒，詛咒來了。」颶風喃喃道。

「我不相信詛咒，更不相信什麼怪物。」喬說。

「孩子，你們白人根本就不瞭解這片土地。」颶風搖了搖頭，「我想你已經聽過很多關於我們尤皮特人的傳說，那些並不是虛無縹緲、胡編亂造的。」

「可我不相信水獺怪這種東西，它還能殺人？」

「這不稀奇。其實這兩年來，已經有尤皮特人死在它手裡了。」瘋熊接道。

「你是說，它出現過？」

「弓頭村已經死了好幾個人，都是好獵手，無緣無故失蹤，被發現時已經變成支離破碎的屍體。」颶風道。

「為什麼我們不知道？」

「這是我們的事，為什麼要告訴你們？那樣只會激怒它。」颶風道。

「之前失蹤的那些人，屍體通常是在哪裡被發現的？」

「林地裡。」

「但帶走莫妮卡的腳印，是從海裡出來又在海裡消失的。」喬說。

「這也正說明了是水獺怪。」颶風十分肯定地說。

「有些矛盾，水獺怪不是生活在沼澤和河灣附近嗎？」

「的確如此，但它也會出現在海裡。」

「為什麼？」

「閃電沒告訴你？」

「沒說。」

颶風嘆氣說：「水獺怪的來源，你知道嗎？」

「據說是那些破壞了尤皮特人祖先與巨鯨之間誓言的人，遭受詛咒，變成的怪物。」

「嗯。」颶風點頭，「那你聽說過鯨靈嗎？」

「聽說過一些。騎著巨鯨，拎著長刀在海底巡游的神靈。」

「在這個世界上，能讓水獺怪懼怕的是大巫師的咒語和鯨靈的吟唱，歸根結底，還是鯨靈，祂是大海之神。」颶風看著牆上那些面具，「我們尤皮特人崇拜祂，祭祀祂，水獺怪也一樣。」

「我有些不明白。」

「水獺怪之所以帶著它的獵物進入大海，是為了向鯨靈獻祭。」

「獻祭？」

「作為對破壞詛咒的補償，將獵物的靈魂，獻給鯨靈。」

「如果這麼說，那豈不是證明鯨靈也是邪惡的？」

「不是！鯨靈是偉大的！」颶風突然憤怒地大叫，「被水獺怪獻祭的靈魂，都是罪惡的靈魂。」

喬笑起來，「我看不出莫妮卡是罪人，她不過是個海洋學教授，一個正直的女人。」

颶風看著喬說：「孩子，這世界上，不存在完全正直的靈魂。你敢說你自己沒做過邪惡的事情嗎？」

喬沉默了。

「這可不是一般的事情！如果是真的，我們尤皮特人……」瘋熊緊張起來，「你得確定那女人是不是水獺怪帶走的！」

看著勇猛無比的瘋熊露出恐懼的神情，喬覺得有些可笑，說道：「如果是呢？」

瘋熊嘴角抽動了一下說：「如果是真的，那我們就麻煩了。」

「什麼意思？」

「這恐怕只是個開始。」瘋熊說。

颶風好像被什麼戳中一般，身體癱了下去，垂著頭道：「好吧，好吧，我問問。」

颶風起身，戴上面具，穿上法衣，取下皮鼓—木質面具塗滿鮮血，齜牙咧嘴；法衣由羽毛、海豹皮和無數青銅片製成；法鼓上裹著鯨皮，綴滿鈴鐺。原本的老人，轉眼之間成了矗立在黑暗中的詭異巫師。

瘋熊在石鍋裡點燃了一種說不出名字的黑色植物，濃濃的煙霧和香味隨即散發出來。

「我們出去吧。」瘋熊把喬帶到帳篷外。「咚！咚！咚！」

無比寂靜的林地中響起了法鼓，那聲音低沉威嚴，一聲連著一聲，就像敲在骨頭上，敲在靈魂上，讓人身心震顫。接著是連綿不絕的吟唱，彷彿來自雲層深處、地獄之中、大海之內，幽遠，神祕，莊重。颶風高大的影子投射到帳篷上，它在舞動、飛旋、變幻，如同北極光。

喬很快沉溺其中。他發現周圍的世界沒有了聲音，沒有了顏色，沒有了氣味，也沒有了光線！

一切都變得空靈。

就像懸浮在深海，被巨大的壓力和空蕩所包裹。

不知過了多長時間，鼓聲停歇。

喬發現，自己已經全身是汗。

帳篷裡，法鼓丟在一邊，颶風已癱倒在地，劇烈喘息著，臉上滿是疲憊之色，好像這場法事，耗費了他所有的體力。

「怎麼樣？」瘋熊取下他的面具，急迫地問。

颶風緩緩閉上眼睛，有氣無力地說：「我看不到那個女人的靈魂。」

暴風雨

地面結凍了，白花花的一層冰，映著絢爛的極光。旁邊不遠的林地中，一隻長角馴鹿弄斷了一根樹枝，響聲清脆，雲杉樹叢間棲著一隻黑色大鳥，一動不動，兩隻眼睛盯著下面。一英里外，郊狼的喊叫聲悠悠回蕩著。

「看不到靈魂是什麼意思？」大屁股抽著菸，喬靠著一棵樹站著，兩人站在山丘下。不遠處，收工回家的尤皮特人看著這邊小聲嘀咕。

「他沒說。」喬苦笑，「他說他也不知道。」

「難道真如颶風所說，被拿去獻祭了？如果是那樣，也許就看不到靈魂了？」

「你相信這些？」

「你相信嗎？」

喬的聲音很嚴肅：「要是之前，我肯定覺得這些都是鬼扯，但見識了那場巫術之後，我也不知道該不該相信。」

「妖怪這種事情……」大屁股說，「如果你經常去太平間的話，應該明白這種事情是多麼扯，我的意思是，我們得把真相找出來。」

「我覺得你說得對。」

「你覺得颺風和瘋熊……」

「至少有嫌疑，沒人證明他們那段時間幹了什麼。尤其是瘋熊，案發這段時間他說自己去了林地，儘管我沒看到他身上有水痕，但這種事情可說不準。」

「是的，嫌疑人。」大屁股蹲下來沉思道。

「你那邊情況怎麼樣？」

「別提了，四下都找了，連一根頭髮都沒有。這女人好像憑空蒸發了。現在整個村子的人都知道了，人心惶惶的。」

「都認為是水獺怪幹的？」

「確信無疑。很多人嚇壞了，說要儘快離開村子。」

「接下來怎麼辦？」喬問道。

大屁股吐了口唾沫說：「我不相信是妖怪。在搜索的路上，我一直在想兇手是如何辦到的。」

「結果呢？」

「第一，兇手肯定是莫妮卡認識的人，起碼也是她來村子裡見過的人，所以她才會給兇手開門，而且始終沒有叫喊或打鬥聲。」

「我同意。」

「第二，也是最重要的。兇手從海裡出來帶走了莫妮卡，然後又走進了海裡，如果不是妖怪，那只有一種解釋……」

喬立刻明白了：「船！」

「不錯！」大屁股站起來，兩眼灼灼放光，「兇手划著船來到海邊，帶走莫妮卡後上船走掉。至於腳印，那東西太好偽裝了。」

「有道理！我們如果從船上下功夫，就能得到線索！」

大屁股擺擺手，「我也是這麼想的，但結果依然令人失望。我特意去了尤皮特人的船塢。船在弓頭村是公共財產，集中在一起。他們有兩種船，一種是小艇，數量很少，一種是傳統的木架皮舟。我檢查了一下，木架皮舟一艘不差，全都在裡面，沒有使用過。」

「小艇呢？」

「一共有八艘，七艘封存在船塢裡，一艘在外面的碼頭上停著。」

「碼頭上那艘難道不是……」

大屁股搖頭：「那就是之前閃電載著兩個印尼人去考察用的船。小艇的鑰匙都由閃電保管，用完後就掛在吧台的牆上，那晚你也看到鑰匙了。」

喬想了想，挺失望，「的確，的確是八把鑰匙都在。這樣說來，弓頭村的船今晚一艘都沒有動過。」

「嗯。所以說，兇手駕著船作案不成立。」

喬來回踱著步，突然道：「如果兇手用的船不是村子裡的呢？」大屁股愣了一下。

「兇手如果用船作案，肯定會考慮到後果，使用村裡的船太容易暴露了。他完全可以從什麼地方神不知鬼不覺地搞來一艘船，停在誰都不知道的地方，作案之後再藏起來，然後大搖大擺地回到村子裡。」

「就像瘋熊那樣？」大屁股說。

「不排除這個可能。」

大屁股站起來，嘿嘿笑了兩聲：「要弄清到底兇手是不是用船作案，其實很簡單。」

「這怎麼講？」

大屁股捶捶腰，「我們去觀察站。」

「觀察站？去那裡幹什麼？」

「你忘了老哈威屋子裡的那個雷達了嗎？」大屁股得意道，「那個雷達一天二十四小時不間斷運轉，觀察這片海域附近的情況，主要是用來保護鯨群和海豹，防止私自盜獵。如果兇手開著船的話，哈哈，肯定逃不過雷達！」

「太棒了！」

「現在就走，說不定兇手最後藏匿船的地點都會暴露。」二人離開林地，鬥志昂揚地大步朝觀察站走去。

天氣變糟了。濃厚的雲擠壓著，疊簇著，從遠處湧動過來，像是一座座懸浮的島嶼。烈風發出尖銳的呼嘯聲，將雲團撕裂揉碎，又重新聚集，讓天空變成了寒冷而灰暗的鐵青色。

大海露出猙獰的面目，浪頭越來越高，波谷也越來越深，灰白色的浪尖不斷升起、墜落，在海邊形成巨大的旋渦。

「鬼天氣！今晚恐怕會有風暴。」大屁股被風吹得搖搖晃晃。二人跌跌撞撞來到觀察站的時候，風雨大作，巨大的風機輪翼快速旋轉，發出嘎嘎的恐怖聲響。

老哈威開門，見到全身濕透的大屁股和喬，大吃一驚。「你們怎麼來了？這麼晚了，而且風暴馬上就來了。」老頭拎著酒瓶道。

「你以為我想來呀！」大屁股進了屋子，費力地把門關上，幾乎癱倒在地。

「出了什麼事？」哈威將乾毛巾丟給兩人。

大屁股哆嗦著烤火，轉頭看著哈威身後那個巨大的雷達。「這玩意兒，整晚都在運轉？」喬問。

「二十四小時不間斷，怎麼了？」

「今晚，我是說從我們回去到現在，這段時間裡，弓頭村附近的海域，有沒有船經過？」大屁股沉聲問。

「這個很重要嗎？」哈威傻傻地看著二人。
「很重要！」兩人異口同聲。
哈威呵呵一笑，「那你們還真問對人了。你們走後，我就一直坐著盯著這個破玩意兒，沒看到什麼船。」
「你確定？」巨大的失望襲來，大屁股臉色變得很難看。
「當然確定！這是目前最先進的科考雷達了，只要有船出現在這片海域，肯定能顯示出來。」哈威打開旁邊的電腦，「要是不相信，你們自己看，雷達的相關資料都會記錄在電腦裡，每個月清理一次。」
兩人查看了一番，哈威果然沒有說謊。
哈威有些莫名其妙，看著面色死灰的大屁股聳了聳肩，道：「到底發生了什麼事？」
喬把莫妮卡的事說了一遍。
哈威驚訝得張大嘴巴，「水獺怪！絕對是水獺怪幹的！」
喬和大屁股都不說話，默默地烤著火。風暴已經來臨，狂風驟雨狠命地拍擊過來，整個房子都在搖晃。
大屁股看著喬，「看來今晚我們是回不去了。」敲門聲隨即響起。三個人嚇了一跳，面面相覷。
「誰會在這樣的鬼天氣過來……」哈威打開門，冷風大雨中，一個人影滾了進來。

「關門！關門！見鬼的天氣！」那人大叫著。

「你怎麼來了？」哈威費力地合上門。

「我這幾天一直在海上，根本不知道有風暴要來！該死的！」那人費力地脫下厚皮衣，扔在地上。

「瞧你，全身都濕透了，趕緊去換套乾爽的衣服。」哈威指了指洗手間說。

那人指著地上的一個大大的籃子，「給你帶來的。」

那是滿滿的一籃子魚。

「差點要了我的命！快凍僵了！我要洗個熱水澡。」他拉開洗手間的門走進去。

哈威笑得前仰後合，在沙發上坐下來。

「誰呀？」大屁股問。

「我的一個老朋友，叫納努克，也是尤皮特人，但不是弓頭村的。」

「另一個部落？」

「他不屬於任何部落。」哈威解釋，「尤皮特人分兩種，一種是弓頭村那樣的，整個部落聚集在一起生活；另外一種就是像他這樣的，一家人，或者乾脆一個人，孤獨地住在山林裡或者冰原上，自給自足。」

「他經常在附近活動？」大屁股問。

「他之前是林地裡的獵人，靠捕獵為生，獵物越來越少，就買了艘船在海上捕魚。我們認識一年多了。」哈威笑著說。「這傢伙脾氣很好，和我一樣，是個習慣獨來獨往的人，他經常會給我帶來一些獵物，我給他一些酒、彈藥、燃油什麼的，互利互惠。偶爾也會聚聚，一起喝酒聊天。總之，他是個很好的朋友。」

納努克洗得很快，換上了哈威的一套衣服，頭髮濕漉漉的走過來，坐在大屁股和喬對面，哈威給他倒了一杯酒。

尤皮特人雖然都是黃皮膚，黑頭髮，但他更高大瘦削一點，膚色也更黑，臉比較長，但顴骨不甚突出，眼眶微微低凹，額頭高昂，一雙眼睛敏銳犀利。

哈威簡單地向納努克介紹了大屁股和喬，而納努克並沒有過多的舉動，只是朝二人笑了笑，露出兩排黑乎乎的牙齒。

「你怎麼過來的？」

「當然是走過來的。」納努克疲憊地靠在沙發上，「看到席捲過來的黑雲，我就趕緊把船停到了希望角，然後爬上冰川，拖著籃子徒步過來。」

「上帝，這麼遠的路，你竟然走過來！」

「總比在風暴中開船安全得多。」

大屁股看著哈威，「希望角就是距離惡魔島最近的那片冰原吧？」

「是。就是我上次跟你說的，會經常從海底發出白色光團的地方，那裡有個海灣。明明是個鬼地方，竟然叫希望角。」

喬一直盯著納努克，似乎對他很感興趣，「你一直一個人生活？」

「十五歲之後，一直一個人。」

「在此之前呢？」

「和父親一起生活。」

「你們一直離群索居？」

「嗯。」

「之前應該也有自己的部落吧，我是說你的父親。」

「這個我就不太清楚了。」納努克搖頭，「或許有，但我還沒生下來的時候，父親就離開了原來的部落，和母親一起住在林地裡。」

「為什麼？」

「好像是因為某些衝突吧，父親從沒有跟我說過。」

「聽說你先前在林地裡打獵過活？」

「是的。獵捕馴鹿、水貂、山貓之類的東西，賣掉皮毛，買回生活用品和槍枝彈藥。」

「什麼時候離開林地到這裡的？」

納努克有些煩躁，但依然認真回答，「一年多以前，林地裡的獵物越來越少，已經支撐不下去了。」

「說具體點，我指的是你來這邊的時間。」
「一年零十個月以前吧。」
「你在希望角那片海域捕魚？」
「是的。」
「你剛來的那段時間，有沒有看到過一群亞洲人？」
「亞洲人？沒見過，這地方看不到什麼亞洲人。」
「屍體呢？」
「屍體？什麼屍體？」
「裹在浮冰裡的，亞洲人的屍體。」
「沒見過。」
「你那艘船，是什麼船？」
「一般的小艇。」
納努克有些不高興了，「警官，你這是在審問我嗎？」
哈威大笑，「喬，別逗了，他可開不起玩笑。」
喬起身走到納努克跟前道：「我並無他意，只是問一些情況。」隨後他伸出手，揉了揉納努克的頭髮。
納努克突然從沙發上彈射起來，腦袋偏向一邊，雙目圓睜地盯著喬。他似乎對這個動作很不滿意。

喬笑笑，退回去，重新坐下。

「你搞什麼？」大屁股低聲道。

「沒什麼。」喬朝納努克微微一笑。

納努克喝完了杯子裡的酒，起身對哈威說：「我要走了。」

哈威很吃驚，「現在走？外面……」

「我得回去看看我的船，風暴大得出乎意料，如果船被吹走了，那就完了。」納努克從牆上摘下一件巨大的雨衣，將自己裹得嚴嚴實實，拉開了門。隨即他轉過身，看著喬和大屁股說：「晚安，先生們。」

哐啷，門被狠狠帶上。

「你們把這個可憐的傢伙嚇跑了。」哈威說。

「是嗎？」喬笑著說。

「當然是了！你剛才那樣，完全就是審問犯人！」哈威為自己的朋友抗議。

「你了解這個人嗎？」喬說。

「當然了解！多好的一個傢伙！」

「我是說，關於他的情況，還有你知道但沒有告訴我們的嗎？」

「沒！我全都說了。怎麼了？」

「沒什麼。我只是覺得這傢伙……」喬頓了頓，「有趣。」

哈威翻了個白眼，隨後抱來被褥丟給二人，「很晚了，睡吧。」接著，他獨自一人走向房間的另一個角落。

大屁股和喬在沙發上躺下。

「你惹怒了哈威。」大屁股低笑。

喬也笑，他看著爐火，聚精會神，好像在想著什麼。

「我覺得我們應該去惡魔島一趟。」大屁股說。

「為什麼？」

「屍體是從惡魔島附近的海域漂過來的，當然要去看一看。你可別忘了，惡魔島上還住著人呢。」

「你是說那個又老腿腳又不靈便的叫黑魚的傢伙？」

「嗯，說不定能得到些線索。」大屁股翻了個身。「另外，莫妮卡的事……除了弓頭村的人，惡魔島上說不定也有人有嫌疑呢。」

「黑魚？」

大屁股搖頭，「哈威說惡魔島上只有黑魚一個人，不過，天知道還有沒有藏著別人。」

「那裡距離弓頭村不遠。不過，哈威在雷達上並沒有看到船隻，如果兇手真的是從惡魔島去往弓頭村的，他怎麼過去的呢？得手後，又怎麼帶著莫妮卡離開，總不會是游泳吧？」

「你太小看尤皮特人了。」大屁股笑，「他們世代生活在海邊，個個是游泳好手，抱一根圓木或救生圈說不定就能游過來。」

「我覺得你這種說法有點牽強。」喬搖搖頭，隨即又說，「不過，我們的確應該去惡魔島看一看。」

「嗯，睡吧。明天再說。」大屁股聲音裡滿是疲憊。「晚安。」

「壞了，全壞了。」老哈威把電話狠狠摔在桌子上，「應該是線路斷了。」

風暴肆虐了整整一晚，天明才終於停息。大屁股走到窗邊，看到倒伏在地的風機，巨大的機翼摔得扭曲變形。遠處的林地，不少樹木被連根拔起，一片狼藉。

「只有讓人來修了。」喬在一邊吃著早餐說。

「那幫人指望不上。這麼大的風暴，道路肯定廢了。來這裡得一兩周以後。」哈威道，「沒關係，這裡有自備發電機。」

「自備發電機？」

「為突發狀況預留的。」哈威指著房間角落的一個大傢伙說，「燒汽油，支撐一個月沒問題。」

「有這麼多汽油？」

「角落裡全是。」哈威笑道。

大屁股和喬很快吃完早餐，和哈威告別後，回了弓頭村。道路崎嶇不平，滿是凍土和碎冰，兩人幾乎每走一步，就滑半步。好在風暴過後空氣異常清新，和大海的氣息交雜在一起，令人心情好了不少。

和昨晚的洶湧澎湃不同，眼前的海平靜安和。

「你昨晚一直在說夢話。」喬一邊小心翼翼地走，一邊說道。

「什麼？」

「一會兒說要殺人，一會兒咕咕噥噥，還打呼嚕。」

「男人都應該打呼嚕嘛。」大屁股攤攤手道。

「後半夜被你吵醒了，睡不著，想了些事情。」

「想什麼？」

喬揉了揉鼻子，聲音嗡嗡的，好像有點感冒，「甘比諾和莫妮卡來到弓頭村，似乎有點蹊蹺。」

「蹊蹺？為什麼這麼說？」

「因為石油公司和弓頭村之間的衝突，甘比諾應該知道自己在這裡是不受歡迎的人，極有可能會和村裡人發生衝突，對不對？」

「應該是吧，但他來弓頭村是為了和閃電簽合約。」

「這就是我所說的蹊蹺的地方。警長，這原本是件不宜聲張的事情，他完全可以把閃電約到石油公司去簽，那樣神不知鬼不覺，閃電現在是村長，是弓頭村的代理人，合約簽下來，石油公司就可以立刻開始他們的計畫。相反，來到村子裡就會有暴露行動的危險，一旦被弓頭村的人發現，不管是對他還是對閃電，都不是好事。」

「有道理。」大屁股讚賞地看了喬一眼，「那你認為他們為什麼來弓頭村？」

「我想應該是因為莫妮卡。」喬走得氣喘吁吁，「來弓頭村的路上，莫妮卡的情緒就有點不正常，像是來了結心願一般。」

「她知道自己活不了多久吧，為了最後看看熱愛了一輩子的大海。」

「是的。」喬表示同意。「有這樣的想法很正常，現在回想起來，莫妮卡似乎從一開始就決定在這裡結束自己的生命。」

「可憐的女人。」

「甘比諾認識莫妮卡的時間並不短，而且作為朝夕相處的戀人，莫妮卡的想法他應該有所察覺。」

「倒是有可能。」

「如果是這樣……」喬沉吟了一下。

「怎麼了？」

「警長，你還記得莫妮卡房間裡的安眠藥嗎？」

「兩瓶。」

「是的，如果是來旅遊幾天，根本不需要帶那麼多，整整兩瓶呀！」

「這正說明莫妮卡想死的心十分堅定。」

「我要說的正是這個。甘比諾應該能感覺到些什麼，但他和莫妮卡要了兩個房間。」

「什麼意思？」

「你不覺得有點奇怪嗎？」喬停下來，「那可是自己的愛人呀。莫妮卡的身體不好，如果情緒也不對，甘比諾應該和她住在一起。」

「或許是因為沒有結婚，覺得不好意思。」

「得了吧，現在又不是一個世紀之前，男女握個手都會被人嚼舌頭。」喬變得嚴肅起來，「而且在弓頭村，沒有人會關心他們的私事。」

「你覺得甘比諾有問題？」

「也不能這麼說，我只是覺得有點奇怪。」

「現在最關鍵的是要找到莫妮卡。」大屁股摸摸下巴，「今天擴大搜索範圍，活要見人，死要見屍。」

兩個人花了近一個鐘頭才回到斷頭旅館，閃電和那兩個印尼人正在外頭說著話。

「嘿！警長，你們昨晚到什麼地方了？」閃電急忙走過來問。

「到觀察站那邊轉了轉，遇到了風暴。」

「該死的風暴。」閃電看看風暴肆虐後的村子，「倒塌了好幾棟房子，村口的路都斷了。」
大屁股和喬走到大廳裡的電話機前，拿起聽筒，發現打不出去。
「電話壞了。」閃電道。
「見鬼。」大屁股翻了個白眼。
斷頭旅館的電話是弓頭村唯一的電話，看來是無法將哈威的求救消息送出去了。
「甘比諾呢？」喬問。
「一早就出去了。」
「去哪兒了？」
「找颶風。」
「他找颶風幹嘛？」大屁股有點意外。
「說是要開船去海上尋找莫妮卡的下落。你知道，要打開船塢把船開出來，需要颶風的同意。」
大屁股和喬相互看了一眼。
喬試探著問：「甘比諾的房間，有備用鑰匙嗎？」
「有，不過……」
「拿給我。」喬伸出手。
「這恐怕不太好吧。」閃電明白喬的意思。

「給他吧。」大屁股笑起來，「難道需要我亮出警察證嗎？」閃電無可奈何地搖搖頭，拿出了鑰匙，「這事兒得保密，畢竟他是我的客人。」

喬接過鑰匙，轉身進了後院。大屁股找了個位子坐下來，閃電給他弄了杯熱咖啡。

「你們忙活了整晚，有什麼線索嗎？」閃電問。

「沒有。」大屁股喝了口咖啡，「等會兒得麻煩你把村子裡的人集結起來。」

「明白，等甘比諾回來，我就讓大夥出海。」

「出海？」大屁股擺了擺手，「不不不。」

「為什麼？」閃電蹙眉，「既然是水獺怪帶走了莫妮卡，那肯定是獻祭，屍體……」

「別跟我扯什麼水獺怪！」大屁股把杯子重重放在桌上，「即便是水獺怪，你覺得我們會在海上找到莫妮卡的屍體嗎？」

閃電沉默了。

「那麼大的海，裡面全是大魚小魚，昨晚又刮了整夜的風暴，別說莫妮卡的屍體了，就是一艘船也會連木板都不剩。」

「那集結人幹什麼？」

「搜索！」大屁股看著外面，「以弓頭村為中心，擴大搜索範圍！」

「你認為莫妮卡在陸地上？」

「不然能在哪裡？」大屁股瞇起眼睛，「兇手又不是一條魚！」

「我這就去辦。」閃電站起身，出去了。

這時，喬走進來，看起來有些興奮。

「有發現？」大屁股小聲問。

喬環顧四周，見沒人，小聲道：「你猜我在甘比諾的包裡發現了什麼？」

「總不會是莫妮卡的屍體吧？」大屁股沒好氣地答道，「別賣關子了！」

「安眠藥。」

「安眠藥？」

「整整兩瓶的安眠藥！和莫妮卡吃的一模一樣。」大屁股皺起眉頭。

「之前那傢伙說莫妮卡失眠，帶著安眠藥，這聽起來沒什麼。可他不會也失眠吧？」

「或許真的失眠呢。」大屁股冷笑起來。

「得了吧，警長，你也覺得這裡頭有問題。」喬說，「我早說了，失眠也不用帶整整兩瓶吧！」

「但是，莫妮卡的那封遺書……」喬將那封遺書拿出來，「我得回警局一趟。」

「為什麼？」

「第一，鑑別這封遺書是不是真的。如果確實是莫妮卡所寫，那證明我們對甘比諾的推斷不成立，莫妮卡確實想自殺，而且兇手另有其人。」大屁股點點頭。

「第二，我覺得需要好好查一查甘比諾和莫妮卡之間的關係。」

「是需要。」大屁股喝光了咖啡，盯著空杯子發呆。

「第三，就是這個了……」喬掏出一塊手帕，裡面是幾片藥丸。

「這是什麼東西？」

「莫妮卡先前吃的，治療癌症的藥。」

「藥怎麼了？」

「甘比諾的包裡除了有安眠藥之外，還有三瓶這種藥。其中一瓶快吃完了，另外兩瓶滿滿的，但瓶口的塑膠封膜都沒有了。」

大屁股有些疑惑。

「警長，藥這種東西，當然是吃完了一瓶，再擰開另一瓶的蓋子，撕開裡面的封膜，對不對？」

「當然了。不然容易遇潮失效。」

「所以呀，實在是沒必要把另外兩瓶都打開。」

「你覺得藥有問題？」

「得化驗之後才知道。」喬站起來，「我這就回警局。」

「閃電說村口的路斷了，開不了車。」

「我想弓頭村總會有自行車吧。」喬苦笑道。

大屁股找到角鸚，幸運的是，旅館裡真的有一輛老掉牙的自行車。

「路上小心。」大屁股跟著喬走出大門。

「我儘快回來，這邊你留心。」喬騎著自行車搖搖晃晃地離開了。

「他這是要出去？」大屁股看著喬的背影發呆的時候，一個人走過來，是那個叫因陀羅的年長的印尼人，他穿著黑色的棉衣，身後圍著一幫尤皮特村的孩子。

「有點事。」大屁股看了看四周，沒見到另一個印尼人，「你的同伴呢？」

因陀羅一邊和孩子們玩耍，一邊道：「你說的是怖軍？他去觀察站了。」

「到那裡幹什麼？」

「聽閃電說，觀察站一直在對周圍的海域進行科學觀測，肯定能查到這片海的漁業情況。」

「你們商人，果然都很奸詐。」

因陀羅笑起來，「也不能這麼說，警長先生，我們雖然比不上石油公司，但做的也是生意，必須得事先把情況摸透了。」

「你們真的想和尤皮特人合作，在這片海捕魚？」

「當然了！」因陀羅和孩子們玩耍著，從口袋裡掏出一枚粗製煙火，放在地上用菸頭點燃，引線哧哧燃燒著，「這片海魚類眾多，污染少，產品出來肯定受歡迎。」

碰！

碰碰碰！

隨著劇烈的爆響，碩大的煙火在高空綻放，孩子們歡呼起來。一個放完了，孩子們圍過來，要求再放。

「沒有啦，沒有啦。」因陀羅舉起手，大笑著說。這傢伙看起來很受孩子們歡迎。

大屁股搖搖頭，轉過身，閃電從遠處大步走過來，身後跟著熙熙攘攘的弓頭村村民。

亡靈地

除了捕鯨，弓頭村平時恐怕沒有這麼熱鬧過。男人、女人、老人、孩子……所有人集結在旅館門前，烏壓壓一片。

「十個人一組，仔細點，不要放過任何一個角落！」大屁股站在臺階上，扯著嗓子喊。閃電則在安排人手，也只有他能夠讓這幫亂糟糟的尤皮特人秩序井然。

「警長，你們這是要幹什麼？」剛分完組，甘比諾出現了。颶風和瘋熊跟在他身後，旁邊站著那個叫白鯨的孩子。

「自然是找莫妮卡。」大屁股看了看甘比諾說，「發動全村人，擴大搜索範圍。」

「我之前跟閃電說去海上搜索。」甘比諾說。

「這事兒得聽我的，我是警長。你們幾個也得加入。」隨後他把甘比諾扯了過來，看著颶風和瘋熊，低聲笑道，「你這傢伙膽子倒挺大，竟然去找颶風，你不怕瘋熊弄死你？」

甘比諾一副無奈的樣子，「我還能怎麼辦？開始他不同意，直到我開出了兩萬美元的價碼。」

「果然出手闊綽。」大屁股乾笑兩聲。

「我在哪一組？」甘比諾道。

「你到閃電那裡去。」大屁股指了指不遠處的閃電說，「你得離颶風和瘋熊遠點兒，我可不想莫妮卡還沒找到，你就被他們砍了腦袋。」

隊伍很快分好，瘋熊和閃電分別領了一隊，大屁股和颶風站在一起。十組人從弓頭村蜂湧而出，沿著不同方向浩浩蕩蕩地去了。

天氣晴朗，雲杉的枝枒交織在一起，樹影斑駁。

行進的過程中要不斷繞過結了凍的泥坑和灌木叢，當然，還有不少隱蔽的捕獵陷阱，裡頭通常放置著不少巨大的鐵製捕獵器。大屁股毫不懷疑，如果不小心踩上就會丟掉自己的腳。

這種搜索很費力氣，不光要當心腳下，更要聚精會神不放過任何一個死角。五個小時後，大屁股坐在一棵倒下來的樹幹上，大口喘著氣。

這裡是一個小山丘的凹角，應該是尤皮特人捕獵時的休息地之一，一個簡陋的小木屋矗立在眼前，旁邊有三棵緊靠在一起的黑雲杉，上面被人用木板釘出一個平臺，放置著一頭死去的馴鹿。尤皮特人在遠處打到獵物之後，常常把帶不走的放在高處。北地天氣寒冷，獵物不會腐爛。

「還要繼續嗎？」颶風把水壺遞給大屁股問。

老頭年紀雖大，但身體極好，始終扛著獵槍走在隊伍的最前面。

「當然了。」大屁股喝了兩口水，拍了拍旁邊，示意颶風坐下。颶風靠著他坐下後，看著林地道：「過了前面的山丘，就是林地的邊緣，再往北就是冰原了。」

「那也得搜索乾淨。」大屁股把水壺還給颶風，看著前方的白鯨。

那孩子敏捷地爬到樹上的平臺，將馴鹿扔了下來。

「他似乎很少說話。」大屁股說。

「你見過郊狼沒事兒就號叫嗎？倒是烏鴉，一天到晚聒噪。」颶風笑道。

「你似乎對他很鍾愛。」大屁股對著臉比畫了一下，「北地尤皮特人眾多，比他健壯、聰明的多得是。這孩子又瘦又矮，連村裡的孩子都打不過，做一般的巫師似乎還可以，但接你的班……你可是首席大巫師呀。」

「巫師並不是身體健壯或聰明就行了的。」颶風看著白鯨說，那孩子熟練地剝去馴鹿的毛皮、掏出內臟。

「難道不是嗎？」大屁股問。颶風搖頭，「成為巫師的人，要正直善良，懂得奉獻甚至犧牲，更重要的，是巨鯨的認定。」

「巨鯨的認定？你是說神靈的認定？」

「當然了！」颶風鄭重點頭，「巫師是守護尤皮特人與巨鯨之間神聖契約的人，必須取得巨鯨的認可！」

「怎麼認可？難道請神靈現身？」

「可以這麼說吧。」颶風懶得解釋。大屁股咧咧嘴，顯然認為颶風是在胡扯。

「即便像你說的，這個孩子很特別，神靈很喜歡他，但也沒必要這麼著急吧？」大屁股攤著手問。

「著急？」

「他現在多大了？」

「再過幾天，就十五歲了。」

「是呀，十五歲，還是個孩子。」大屁股看著颶風，「你完全可以等他長大成年再選定他當接班人。」

颶風的目光落到少年身上，滿是慈愛。「我等不到那個時候。」

「怎麼可能呢？幾年的時間而已。」

「我很快就要死了，連下一個捕鯨季都等不到。」颶風平靜地說。

「老頭子，不要這麼悲觀嘛，我看你的身體比我都要健壯！」大屁股笑道。

颶風搖頭，很認真地說：「我今年就要死了。」

大屁股一驚：「你生病了？」

「沒有，我比你健康。」颶風拍拍胸膛道。

「那為什麼……」

「巨鯨告訴我的，我今年就要死。我看到了自己的屍體，在空中懸掛、舞蹈。」

大屁股想笑，但又必須忍住，他垂下頭捂著臉，雙肩抽動。

「你盡可以笑出來，你覺得我說的都是鬼話，對吧？」颶風並沒有生氣。

「我看你應該是吸了太多那種神祕藥草的煙霧。」大屁股說。

「你永遠不會懂得尤皮特人的傳統，不會了解巨鯨是多麼偉大。」

「在這件事情上，我不和你爭論。」大屁股一本正經地說道，「我尊重你們的文化傳統。」

「見鬼去吧，你心裡才不是這麼想的。」颶風搖頭，「你和你的祖先沒有半點區別，當年他們闖進來，也認為我們的傳統是瞎扯，認為我們是野蠻人。」

大屁股不語。

一隻羽毛鮮豔的鳥落在頭頂的枝頭上，婉轉地叫著，颶風閉眼聆聽。

「這世界遠不止你們看到的那樣。」颶風說，「你們乘坐飛機、開著汽車享受著世間繁華；你們從大地中抽取石油、開採礦層；你們發動戰爭，為此而死的人不計其數；你們工廠的煙囪高高聳立於世界各地，整日排放著滾滾濃煙；你們製造了足以讓這世界毀滅幾十次的超級武器；你們的飛船飛入宇宙，你們的潛艇抵達海底深淵；你們可以在人的心臟上動手術，可以複製出另一個生命……」

「你知道的還真不少。」大屁股笑道。

「你們真的就懂得這個世界嗎？」颸風搖了搖頭說，在林地間的陽光下起身，轉頭看著不遠處的少年，「他會是一個偉大的巫師，像我以及祖上的巫師一樣。唯一讓我牽掛的，是他的成年禮。」

「成年禮？」

「是呀。」颸風指了指大海的方向，「按照尤皮特人的傳統，每一個尤皮特男人在十五歲的時候都要捕殺一頭鯨，那樣才能真正算得上成年。這個傳統延續了無數年，在你們白人闖進來之後，就逐漸斷絕了。我十五歲時，曾經單獨捕過一頭鯨。」

「你們的捕鯨季不是已經結束了嗎？」大屁股說。

「是的，但白鯨過些天才十五歲。所以，我一直在準備為他……」

「等等，你的意思是說，過幾天要捕鯨？」大屁股站起來問。「是的。」

「別扯了！」大屁股叫起來，「按照法律，你們弓頭村一年的捕鯨限額是十三頭，已經用完了！颸風，再進行捕鯨可是違法的！」

「不要跟我說你們的狗屁法律！」颸風憤怒道，「這是巨鯨的指示！」

「我才不管誰跟你說的！」大屁股雙目圓睜，「十三頭就是十三頭！多一頭都不行！你們要是敢捕，我就有權力逮捕你們！」

颸風一臉蔑視道：「在尤皮特人的土地上，巨鯨的授意高於一切！」

大屁股剛想說什麼，一個尤皮特人驚慌失措地從林地中跑出來，趴在颸風耳邊嘀咕了幾句。「你看清楚了？」颸風一驚。

「怎麼了？」大屁股問。

颸風皺眉看著灌木叢，「我想，我們發現了那東西。」

小溪已經結凍，冰層下的溪水清澈見底，能看到肥碩的魚群在游動。周圍異常安靜，小溪對岸的樹叢沒有任何聲響，旁邊低矮的灌木叢裡，也沒什麼動靜。

颸風和大屁股站在溪邊，看著腳下的地面。一串大腳印深陷在鬆軟的土壤之中，能看出尖銳的爪趾。

「是熊嗎？」大屁股警覺地觀察著四周。

「熊的腳印沒這麼大。」颸風蹲下身湊近腳印聞了聞，然後以半蹲的姿勢搜索周圍的地面。腳印從這裡一直延伸到草叢中，經過的草徑留下深深的凹槽，之後在幽暗的叢林深處失去蹤影。

「是什麼東西？」大屁股問。颸風的臉色很不好：「你應該搜索的東西，帶走莫妮卡的東西。」

「別跟我說是水獺怪……」

「接下來我們要小心點。再往北，就是最適合它居住的地方了。」颸風背起槍。

一小隊人鴉雀無聲地跟在後面，小心翼翼地沿著溪流往北走，沒有了之前的懶散，氣氛瞬間變得緊張。

林地很安靜，令人毛骨悚然。在黑雲杉、矮樺樹以及其他雜木糾纏交錯的暗影中，好像有什麼東西正伺機而動，每一根樹枝的斷裂聲，每一隻動物經過的微小聲響，都會讓他們驚慌失措地停下來。

「你們的傳說真的存在？」大屁股有點戰戰兢兢了。「早就告訴你了，尤皮特人從來不說謊。」

「可我依然覺得不可思議。」大屁股的話明顯底氣不足。一幫人沿小溪穿過沼澤，拐過溪流環繞的山口，上了一片坡地，眼前是最後一片林子，往北幾英里就是冰原了。

「到盡頭了，所幸沒碰到那東西。」颶風長出一口氣，「我們回吧。」

「還是去最邊緣看看吧。」大屁股指著北方說。

「已經離村子太遠了，莫妮卡不可能在這裡。」

「萬一呢。」大屁股點了一根菸，堅持道。

颶風搖了搖頭，但還是同意了大屁股的請求。

眾人下了山丘，進了林地，又往前搜索了一段路程。為了節省時間，大屁股提議將十個人分成三組，擴大搜索範圍，颶風同意了。

大屁股帶著白鯨和病狼一路向北，最後來到一片開闊地帶。這裡位於林地的最邊緣，雖然周圍也長著樹木，但地面非常平坦。大屁股看了看，覺得這片空地應該是人工砍伐出來的。

「加把勁兒，搜完這裡，就可以回去了。」天氣寒冷，大屁股的臉幾近凍僵。

「這地方你不能進去！」白鯨走到前面，攔住了他。

「為什麼？」

「警長，這是我們尤皮特人的禁地。」

「什麼禁地？」

病狼看了看白鯨，笑道：「就是墳地。」

「我第一次聽說你們還有墳地，別扯了。」大屁股踮起腳尖看了看，沒發現任何類似墓碑的東西。「我說的是實話。」病狼說，「你知道尤皮特人是怎麼舉行葬禮的嗎？」大屁股搖頭。

「我們的葬禮，分為兩種。」病狼看著遙遠的北方，「第一種針對的是在平靜中死去的人，比如自然死亡或者因為各種疾病死亡的人。在還有呼吸的時候，巫師會為他們舉行法事，向巨鯨召喚，請求巨鯨來迎接他們的靈魂。他們會被放置在木架上，由族人抬著進入冰原。」

「冰原？」

「是的。純淨、聖潔、其上有極光其下有大海的冰原。」病狼的嘴裡哈出白霧，「我們會在厚厚的冰層上鑿出一個長方形的深孔，裡面鋪上毯子，把將死之人放入，用冰板覆蓋坑面，在上面開一個小孔，然後頭也不回地離開。」

「等等！那人還沒有死呀！」

「是的，做完這些，他還沒有死。」病狼點頭，「這是尤皮特人一生中最神聖的時刻！他獨自躺在聖潔之地，在大海和星空之下獨自和世界告別，等待巨鯨的迎接，等待著進入祖先的光輝神殿！這是每一個尤皮特人都渴望的時刻！」

大屁股表示不可理解，他問道：「第二種呢？」

「另外一種呀……」病狼指了指前方的空曠地帶，「第二種，就是那些非正常死亡的人，比如因戰爭、狩獵或其他原因，還沒來得及進行儀式就死去的人，將會被帶到這裡。」

「為什麼不是冰原呢？」

「因為他們失去了和世界對話、告別的機會。」病狼認真地說，「他們無法安心地枕著冰層，看著星光，聆聽身下大海的聲音。他們的屍體被帶到這裡，埋入土壤之中，重新歸於大地。他們的靈魂將永遠守護這裡，或再次轉生，成為偉大的尤皮特人。」

說完這些，病狼恭敬地看著眼前的開闊地。「沒人能說得清楚這裡躺了多少尤皮特人，有些或許已經轉生，有些或許還在沉睡，不得被打擾。所以，這裡是禁地。」

大屁股笑起來，病狼知道他不相信。

白鯨瞪著大屁股，目光裡帶著憤怒。

「我承認，你們這些說法聽起來很美好。但人死了就是死了，塵歸塵，土歸土，哪有什麼靈魂。」大屁股背起槍，「就差這裡了，搜吧，幹完了我們就趕緊回去。這該死的鬼天氣。」言罷便邁開腳走了進去。

「你不能進去！」白鯨跑過去，伸出雙手攔住他。

「別鬧了。」大屁股微微一笑，一把將白鯨推開。病狼扶起白鯨，無可奈何地看著他快速走進去。

在外面只能看到一片平地，可一旦走近，便發現裡面別有洞天。地面上的白色石子擺出了一個個規整的長方形，證明那裡躺著死去的尤皮特人。下方則有一塊大一點的碑石，上面刻著字。

這些字也不一樣。

禁地邊緣的墳墓，碑石上刻著的都是英文，表明年代很近，越往裡走，碑石越滄桑，上面刻著的則是圖畫一般的符號。

「這一排應該是最近死去的吧。」大屁股在一片墳墓前大聲道。

那裡並排著十幾座墳墓，碑石十分乾淨，上面不僅寫著人名，還寫著逝世的日期。

「好像都死在同一天。」大屁股看得十分仔細。

「是的。」病狼點著頭，隨後用近乎哀求的語氣說，「警長，我們出去吧！」

「還沒搜完呢。」大屁股對眼前的這排墳墓似乎很感興趣。

就在這時，一聲憤怒的吶喊從身後傳來，「該死的白人佬！我要殺了你！」

大屁股轉身，只見颶風從林地中躥了出來。他大步如飛，身上的海豹皮衣高高揚起，因為憤怒，五官扭曲變形，遠遠看去像一隻被惹惱了的熊。

「糟糕！」病狼低聲道。

「你來得正好，颶風，這片地方……」大屁股笑著走過去，話還沒說完，颶風已經來到跟前。

「我要殺了你這個混蛋！」颶風拳頭揚起，結結實實打在了大屁股的下顎上！

啪！

大屁股慘叫一聲，身體如同斷了線的風箏橫飛出去，摔在地上。

「我要殺了你！殺了你！」颶風拿起獵槍，槍口對準大屁股的腦袋吼道。

他的憤怒如同席捲而來的風暴。病狼嚇得夠嗆，趕緊上前抱住他。

「你襲警！」大屁股爬起來，吐了口唾沫，裡面還混著血水和一顆牙齒。

「混蛋！你闖入了我們神聖的禁地！你打擾了安息的靈魂！」颶風甩手將病狼扔出去，用力扣下扳機。

一道身影撲過來，將颶風的槍壓了一把。

轟！子彈打在大屁股的雙腿之間，再往上一點，他褲襠裡那團東西就要血肉模糊。

「媽的！颶風，你……你竟然敢開槍！」大屁股終於害怕了，狼狽地爬起來，抱著腦袋向後面的樹叢鑽去。

「我要殺了你！混蛋！」颶風咆哮著，端著獵槍在後面追趕。

一隻健壯的馴鹿露出腦袋，美麗的長角在灌木叢中閃現，突然驚慌地掉頭逃跑。灌木叢下方的空地上，坐著一隊人。

「我道歉！誠懇地向你道歉。」大屁股仰面朝天地躺著，鼻青臉腫，「我真不知道後果那麼嚴重。」

「你打擾了安息的靈魂，干擾了他們的轉生之路。因為你的闖入，茫茫黑暗中的他們有可能找不到重回世界的路，靈魂永遠彷徨在虛無之中！你這該死的混蛋！」大屁股對面的颶風咆哮著。

「我已經道歉了，事已至此，你殺了我也沒用。」大屁股苦笑道。

「我們勸阻了，他非要進去。不過他就待了一會兒，說不定不會打擾呢。」病狼走過來，他也被狠狠教訓了一頓，眼眶青紫。

「你還有臉說！」颶風睜著眼，似乎要吃了病狼。

「他已經道歉了。算了，你剛才如果射死他，會因為謀殺進監獄。別忘了，你還有更重要的事情要做。」病狼小聲道。

颶風冷哼一聲，白了大屁股一眼，站起身大步離開。其他人默默跟在他身後。

「該死的尤皮特人！」大屁股走在最後，捂著臉嘟囔道。因為這件事，他成了隊伍中最不受歡迎的人，回弓頭村的路上沒人搭理他。

光線一點點黯淡下來，星光顯現，照耀著這片純淨之地。

弓頭村出現在眼前時，大屁股看了看手錶，已經快到晚上九點了。累得跟死狗一樣，挨了一頓揍，還一無所獲，這讓大屁股垂頭喪氣。在村口的巨鯨頭骨下，大屁股看到了喬的身影。

「你這麼快就回來了？」大屁股很驚訝。

「事情緊急。」喬神情複雜，「我讓梅爾文開著他那輛破車送我過來的。」

「那傢伙肯定是酒後駕車！他人呢？」

「村口路斷了，我讓他回去了，自己徒步走進來的。」

「也用不著連夜趕回來吧？」

「我發現了重要線索。」喬激動道。

「一邊走一邊說。」大屁股揉著臉說道。

「你這是怎麼了？」

「別提了！可惡的尤皮特人！」大屁股看著走在前頭的颶風罵道。

「沒找到莫妮卡？」

「至少我們這一組一無所獲。」大屁股摟著喬，「說說，你都發現了什麼？」

喬的臉色沉凝，「首先，莫妮卡吃的藥……」

「化驗結果如何？」

「根本就不是用於治療癌症的藥！」喬冷哼，「那是一種能夠影響人神經系統的特殊用藥，主要用於治療癲癇。正常人吃了，特別是長時間服用，會嘔吐、身體虛弱甚至患上憂鬱症！」

「啊?!」大屁股大吃一驚，「這麼說……」

喬點了點頭：「我通過關係找到了莫妮卡的私人醫生，詢問了她的病情，你猜怎麼著？」

「怎麼著？」

「差不多半年前，莫妮卡找過這位醫生，她的身體並沒什麼大問題，根本就沒得癌症。」

大屁股目瞪口呆。

「根據莫妮卡登記的地址，我讓當地同行搜查了她的房子，找到了醫院的單據，上面寫著她得了癌症。經過調查，單據是偽造的。」喬皺著眉頭，「據莫妮卡的私人醫生說，陪她進醫院檢查身體的是甘比諾，單據交給了他。」

「也就是說，這一切都是甘比諾造的假，莫妮卡並不知情，以為自己真的患上了癌症?!」

「證據確鑿。」

「這混蛋為什麼要這麼做？」

「所以我調查了莫妮卡和甘比諾的關係。」喬冷笑一聲，「有了更大的發現！」

極光下

大屁股和喬走在凍結的土地上，腳步異常沉重，鞋底發出喀擦喀擦的聲響。

「你發現了什麼？」大屁股問喬。

「莫妮卡是國際知名的海洋學家，一年到頭在世界各地跑，追尋著鯨的蹤跡。甘比諾是費爾羅石油公司在北地的總經理，照理說，二人很難有交集。兩年前，他們相識於泰國。」

「看來是一見鍾情。莫妮卡很喜歡甘比諾。」

「甘比諾人長得不賴，而且有錢，很懂得討女人歡心。我查了資料，當時甘比諾去泰國，是為了運輸一批物資，具體是什麼沒有記錄，好像是費爾羅石油公司的裝備。那條船叫女神號。」

「我知道這條船。」大屁股說。

「他們從泰國出發，經過印尼、馬紹爾群島、夏威夷，然後向北，來到了北地……」

「等等。」大屁股打斷了喬的話，「雖然我地理不太好，但還記得掛在警局的那幅世界地圖。從泰國到北地最近的路程是經由菲律賓和日本海，再往北就到北地了。他們那麼走，可是繞了一大圈！」

「你也發現了。」喬笑了笑，「我翻了警局裡留下的記錄，當時甘比諾說女神號除了運送物資之外，還有考察海上石油礦井的任務。但這個說法似乎站不住腳，費爾羅石油公司在他們的航向路線上，好像並沒有開展業務的打算。」

「然後呢？」

「接下來的事情你也知道。」喬攤手道，「兩年前，準確地說，是九月三十號，女神號在夜裡抵達北地。在惡魔島那片水域遭遇了一頭巨鯨的襲擊，船被撞沉，滿船的物資沉進大海，人員也死傷慘重。」

「慢著！你說那艘船發生船難，是哪一天?!」大屁股停住腳步問。

「九月三十號。」

「見鬼！」大屁股叫了一聲。

「怎麼了？」

大屁股踱了幾步，指指自己的臉：「你知道我為什麼挨揍嗎？」

「我怎麼知道！」

「我闖進了尤皮特人的禁地，也就是他們的墳地。弓頭村裡非正常死亡的人，都埋在那裡。」

「有什麼問題嗎？」

「開始沒覺得有什麼，但聽你這麼說，那就太有問題了！」大屁股激動起來，「禁地裡有一排墳墓，十幾個人，死的日期都在同一天，你猜猜是哪一天？」

「九月三十號？兩年前的九月三十號？」見大屁股點頭，喬目瞪口呆，「有這麼巧的事？」

「不是巧，而是蹊蹺。」大屁股的眼裡閃爍著光芒，「老兄，現在可不是一個世紀前，尤皮特人開的是摩托艇，手裡拿的是槍，也沒有部落之間的戰爭。同一天裡死了十幾個人，你覺得正常嗎？」

「當然不正常。」

「所以我覺得，問題可不是那麼簡單！兩件事說不定有什麼關聯。」大屁股頓了頓，「還有一件奇怪的事，回來的路上我一直琢磨。」

「也是和那排墳墓有關的？」

大屁股點頭，「死的那十幾個人，名字用英文清清楚楚地刻著，其中一個的名字是『白鯨』。」

「白鯨？村裡那個滿臉刺青的孩子？」

「當然不是那個白鯨！」大屁股盯著喬，「你知道尤皮特人的名字是怎麼來的嗎？」

喬搖頭。

大屁股解釋：「當一個嬰兒來到世上時，尤皮特人會用已經死去的族人的名字給新生兒命名，他們相信死去的人會帶來好運，會庇護這個孩子。最重要的是，他們極度看重名字的唯一性，所以一個村子中，絕對不可能出現同名的人！」

「那就不對了。」喬顯然發現了蹊蹺之處，「墳地裡那個叫白鯨的人，死的時候多大？」

「碑石上只寫了逝世的日子，並沒寫出生日期。」

「即便沒寫也不對勁。」喬頓了頓，「兩年前，這個白鯨還活著，而村子裡那個叫白鯨的孩子過幾天就十五歲了。也就是說，兩年前這兩個人應該是在弓頭村同時存在的。」

「對，這看起來是一件不可能的事情。」大屁股說。「這就解釋不通了……」

「該死的，我越來越覺得這個村子，似乎埋藏著大祕密！」大屁股吐了口唾沫，「必須查清楚！」

「嗯。不過眼下最重要的，一是那些亞洲人的屍體，二是莫妮卡。」

「莫妮卡失蹤，甘比諾有重大嫌疑，十有八九是他幹的。」聽了大屁股的話，喬露出煩惱的神情，「事情可不簡單。」

「哦？」

「你還記得莫妮卡留下的那封遺書嗎？」

「怎麼了？」

「我將莫妮卡的筆跡記錄調出來了，經過鑑定，那的確是莫妮卡寫的。」

大屁股倒吸了一口涼氣說：「如果是這樣，那說明莫妮卡的確是想自殺。而甘比諾就完全有了置身事外的證據……」

「所以說事情不簡單。」喬繼續說，「不過，他偽造莫妮卡患癌症的單據、給莫妮卡吃那些狗屁的藥，這些舉動，足以說明這混蛋有問題。還有，他有殺人動機。」

「怎麼講？」

「我說過，甘比諾這傢伙長得不賴，很會討女人歡心。他在費爾羅公司深得老闆的賞識，就是費爾羅先生，那個石油大亨。」

「這和莫妮卡有什麼關係？」

「費爾羅只有一個女兒，叫安妮，是個單純的姑娘。甘比諾和安妮之間不清不楚，我還聽說，費爾羅不久前在董事會上說要把女兒嫁給他。」

「石油大亨的獨生女，嘿嘿，如果娶了，那就一步登天了。」

「是呀，費爾羅是個很傳統的猶太人，不可能允許甘比諾身邊有別的女人，可憐的莫妮卡就成了他的絆腳石。」

「動機充分！」

「但我們目前沒有直接證據。」

「有你調查的這些，足以審問這小子了！放心吧，如果真是他幹的，我就能撬開他的嘴！」大屁股開心起來，「真有你的，喬，我們總算找到了突破口！」

「接下來怎麼辦？」

「很簡單，把這混帳拎出來，我今天挨了颶風一頓揍，要在他身上補回來！」

大屁股兩隻手使勁握了握，關節發出咯咯的聲響。

大斷頭旅館的大廳裡人頭攢動。累了一天的尤皮特人聚在一起喝酒聊天，氣氛很熱鬧。大屁股和喬走進來，遭到了不少白眼。看來擅闖禁地的事，弓頭村的人都已經知曉了。

「閃電還沒回來？」大屁股走到櫃檯前，問忙碌的角鸚。角鸚搖頭。

甘比諾和閃電在同一個小隊，閃電沒回來，證明甘比諾也沒回來。

大屁股轉過身看著大廳，數了數人，發現只有閃電那個小隊缺席。

「該死的。」大屁股有些焦躁。

「不急一時，喝杯酒吧，我請客。」喬倒了兩杯威士忌說道。

門被推開，進來三個人，是那兩個印尼人和老哈威。看得出來，他們喝了很多酒，腳步踉蹌。兩個印尼人跟哈威道別，打著嗝回房間了。

「你可是稀客。」角鸚看著哈威笑道。

「是呀，好久沒來了，你越來越漂亮了。」哈威對著角鸚吹了一聲口哨。

「你們怎麼混在一起？」喬看著兩個印尼人的背影問道。

「他們去觀察站向我詢問北地的漁業情況，哈哈，兩個有趣的人。我們喝酒聊天，投機得很。」

「他們一直都在你那兒？」

「嗯，非常不錯的人！」哈威笑著說，隨後轉身問角鸚，「有扳手嗎，大號的，我得回去修理發電機，那破玩意兒壞了。」

角鸚找出扳手遞給他，哈威接過放進口袋，也要了一杯酒，一口乾掉。

「這麼晚了，你還要回去？」角鸚看了看外面問。

「沒辦法呀，發電機不修好，資料就中斷了。」哈威向大屁股和喬點點頭，哼著小曲搖搖晃晃出了門。

「總有一天，這傢伙會把自己喝死。」大屁股道。

哈威離開後不久，外面傳來了雜亂而急促的腳步聲。很快，滿頭大汗的閃電走了進來，身後跟著幾個尤皮特人。大屁股立刻從椅子上彈起來，在人群中搜索甘比諾的面孔。

「甘比諾呢？」大屁股大聲道。

閃電快步上前，聲音顫抖，「正要跟你說呢，警長，甘比諾失蹤了！」

「失蹤了?!」大屁股手中的玻璃杯掉在地上摔得粉碎，他一把揪住閃電，「失蹤了，什麼意思?!」

閃電被他勒得呼吸急促，「我們沿著東北方向搜尋，都快到冰原了。在一片林地裡休息時，甘比諾說去撒尿，去後久久不回來，我去找，發現人沒了！」

「一個活生生的人，怎麼會沒了?!」

「我怎麼知道！我們把周圍都找遍了，一無所獲！」

「他媽的！」大屁股憤怒道，「你壞了我的大事！」

「難道是畏罪潛逃？」喬說。

「很有可能！這個混蛋！」大屁股對閃電吼道，「還愣著幹什麼！叫上全部的人，跟我去搜！」

「全部的人，什麼意思？」大屁股拔出槍，咬牙切齒，「全部的人，就是所有的人！就是每一個人！我要抓住這個混蛋，剝了他的皮！」

昏暗的夜晚，寂靜的北地叢林喧囂起來。

上百人衝進林地，火光閃爍。隊伍中甚至有尤皮特人用於捕獵的獵犬。人的喊聲和狗吠聲此起彼伏，棲息的飛鳥嚇得不輕。大屁股拎著槍衝在人群最前面，一邊走一邊咆哮：「沒用的東西，大活人你都能丟了！你不是尤皮特最敏銳的獵手嗎?!」

「甘比諾是人，又不是他媽的野獸！」閃電也很生氣。

「見鬼去吧！你們尤皮特人都見鬼去吧！」

隊伍在奔馳，向著東北方向的林地跋涉。

「那個混帳失蹤的地方，距離這裡有多遠？」大屁股問。

「二三十英里。」

「二十還是三十?!」

「三十！」

「我詛咒你，閃電！我明天就跟颶風學你們的狗屁巫術，我要變成水獺怪咬死你！」

兩個人邊走邊罵，走在旁邊的喬連連苦笑。在爬上一片矮坡之後，喬突然抓住了大屁股。

「怎麼了?!」

「警長，似乎有人。」喬指了指對面。大屁股狂喜，「在哪?!」

「那片樹叢中，剛才有人影晃動了一下。」

「熄滅燈火！分頭包抄，不能放跑了那個混蛋！」大屁股喝道。燈火頓時熄滅，昏暗中的尤皮特人四散開去，如同他們往日捕獵時一樣，好似一隻隻敏銳的郊狼。

夜空中絢爛的極光流動著，在樹林間灑下變幻的影子。空氣凜冽，凍得枯死的樹木發出啪啪的聲響。

大屁股舔了舔嘴唇，帶著喬和閃電彎著腰摸過去。小心地撥開灌木層，很快，他們發現了幽暗中晃動的人影。那人影走得很快，徑直朝這邊來。

大屁股對喬使了個眼色，兩個人藏在樹後。人影走到眼前的時候，大屁股飛身撲了上去，將他壓倒在地。與此同時，雨點般的拳頭落了下去。

「媽的！你跑呀！跑呀！殺了人，他媽的還想跑！」

那人發出哀號聲，拚命掙扎，但大屁股沉重的身體壓在他的身上，根本讓他動彈不得。

「警長，這聲音似乎不是甘比諾。」喬走過來大聲道。

「除了他還有誰！這個混蛋！」

喬打開手電筒，刺眼的光芒照亮了周圍，他們愣住了。的確不是甘比諾。

那是一個高大的中年白人，滿臉鬍鬚，穿著一身圓鼓鼓的棉服，酒糟鼻紅通通的。

「警長，我們抓住一個傢伙！」不遠處傳來病狼的喊聲。很快，另一個倒楣蛋也被帶了過來，他的年紀和紅鼻頭相仿，穿著一身破舊的綠色軍用連帽大衣，只有一隻眼睛。

「抓錯人了？」大屁股尷尬無比地說道。

紅鼻頭似乎並不介意自己無緣無故挨了一頓揍，他看著大屁股身上的警服問道：「你是警察？」

「抱歉，我不是故意要揍你，你要想投訴我的話……」

「找的就是你們！」紅鼻頭激動起來，一把抓住大屁股的手，「警察先生，有怪物殺人分屍了。死得好慘，在一頭麝牛的肚子裡！」

「什麼亂七八糟的！說清楚點。」

「我們發現一個死人。」獨眼冷冷地說道。

大屁股和喬相互看了一眼，面面相覷。

極光悄無聲息地快速變幻著，星光被薄雲和樹叢分散。一棵粗壯的雲杉倒在一邊，上面蹲著一隻山貓，冷冷地看著這邊。大屁股彎下腰，劇烈地嘔吐著。他身後的不遠處是那頭巨大的麝牛屍體，四周散落著內臟，在燈光的照射之下，那具支離破碎的屍體格外引人注目。
喬戴上手套走上前，小心翼翼地對屍體進行檢查。
「真是悲哀呢。」紅鼻頭坐在樹根上，對大屁股道。
「可怕。」獨眼看了看山丘那邊，「那東西又出現了。」
大屁股直起腰，想跟獨眼說話，胸中又是一陣翻湧，再次吐得昏天黑地。
過了一會兒，喬走過來。他抬頭看著天空中的極光，點了一根菸。
「是甘比諾。」
「怎麼死的？」大屁股掏出手帕，捂著嘴。
「後腦勺遭受鈍器重擊，顱骨破碎，一擊斃命。然後……分屍。」
「兇手有沒有留下線索？」大屁股問。喬搖搖頭。
「怎麼可能會留下線索呢？又不是人殺的。」獨眼冷笑。
「是呀，絕對不會是人殺的，來的路上我就告訴你們了。」紅鼻頭大聲道。
「你們看到水獺怪了？」大屁股問。
紅鼻頭縮著身體，「沒有。但我們發現了那東西的腳印，就在河對面。」
「我去看了，腳印和我們之前搜尋莫妮卡時發現的一模一樣。的確是那東西。」這時，颸風快步走過來，他的臉色很不好。
「你們怎麼這麼確定是水獺怪殺的呢？」大屁股懷疑道。

「這種事情，只有那東西才能做得出來。」獨眼似乎不想深入這個話題，轉身走開了。

大屁股看著颶風。「一般來說，水獺怪會在黃昏或夜裡用哭聲引誘人過去。那哭聲極有誘惑力。然後它跳出來將對方殺死，分屍。通常它會吃掉，但有時也會將屍體塞入大型動物的肚子中。」颶風說。

「為什麼？」

「一是為了儲藏。北地天寒地凍，食物放在動物的肚子中能夠保持柔軟。第二，也是最重要的，報復。」

「報復？」

「我跟你說過，水獺怪是違背了與巨鯨的神聖誓言而被懲罰的失去靈魂的人。他們仇恨世界上一切活物，尤其是人。在尤皮特人的傳說中，人的身體是承載著靈魂的器具，是帶著我們的靈魂通向神殿的航船。身體破碎了，靈魂就只能永遠迷失在黑暗中，成為水獺怪的奴僕。」

颶風看著遠處的那堆碎屍，有些不忍。猶豫了一下，道：「事實上，這種事已經不是第一次發生了。這兩年來，像甘比諾這樣慘死的人有好幾個，只不過那些可憐的傢伙都是尤皮特人。」颶風嘆了口氣，「弓頭村，就有四個人這樣死去。」

「發生這樣的事，為什麼你們不報警?!」

「這是我們的事，和你們無關。」颶風坐下來說，顯得十分疲憊，「兩年來，北地尤皮特各部落人心惶惶，很多人找來，希望我能處理此事。但實際上，我也無能為力。」

「身為大巫師，你竟然有無能為力的時候，你的神力呢？」大屁股道，語帶嘲諷。

「我做了很多次法事，虔誠地向巨鯨祈禱，但得不到任何回應。後來我明白了，這是巨鯨降下來的懲罰，我們幹了壞事，逃脫不了。」

颶風的話聽起來十分悲觀。

喬把獨眼和紅鼻頭叫到一邊錄口供，大屁股走到颶風跟前，和他肩並肩坐下。

「有些事我得問問你。」大屁股說。颶風默不作聲。

「你們的禁地裡，就是我今天闖進去的那片墳地，有一排嶄新的墳墓，埋著十幾個人……」

話還沒說完，颶風驀地抬起頭。

「我已經被你狠揍了一頓！我現在是以警長的身份問你！」

「說。」

「我看了一下碑石，發現那十幾個人都死在同一天，兩年前的九月三十日。」

「有什麼問題？」

「十幾個人死在同一天，怎麼回事？」大屁股不動聲色地瞇起眼睛問。

颶風沒有立刻回答，他的臉上露出悲愴、後悔的神情，嘴角抽動著，最後連身體都微微顫抖起來。

「事情發生在夜晚。」良久，颶風開了口。

大屁股的眉毛不由自主地揚了一下，「晚上呀……」

「那是捕鯨季的最後一天，我們還有一頭鯨的額度沒用完。當時鯨群快要遷徙完畢了，我們坐在船上，聚精會神地盯著海面，等待最後的一群，或者最後一頭鯨路過。」

「在哪裡？」

「惡魔島附近。」颶風深吸一口氣，「那晚，我看到了最絢爛的極光……你知道為什麼會有極光嗎？」

「據我所知，好像是地球磁層或太陽風暴的高能帶電粒子與大氣分子或原子碰撞，激發能量釋放而產生的光芒。」

「得了吧，那是你們白人胡扯的說詞。」颶風搖頭，「在尤皮特人的傳說中，那是巨鯨的靈魂。」

「靈魂？」

「嗯。將身體無私奉獻給我們的巨鯨的靈魂。祂們在天空中遨遊，像在大海中一樣。」颶風笑了笑，「那天晚上的極光漂亮極了，一定是很多很多巨鯨的靈魂聚集在一起，集體出行，在空中舞動嬉戲。」

颶風看著大屁股，「看到那些極光，我就知道我們應該會等來最後一頭鯨。」

「然後呢？」

「的確等到了。」颶風的笑容凝固住，「一頭巨鯨，一頭我這輩子都沒有看到過的巨鯨！」

「弓頭鯨？」

「不！絕不是弓頭鯨，要大得多。牠突然出現在我們的面前，從深海浮現，猶如一座雪白的巨大冰山！」

「你是說，那頭鯨是白色的？」

「是的，一頭罕見的白色巨鯨！」

「上帝，據我所知，世界上好像有一種鯨叫白鯨吧？」

「不是那種白鯨，牠渾身斑白。後來我想，應該是藍鯨或者長鬚鯨，但似乎和兩者又都不像，牠似乎比藍鯨還要大一些。北地的海向來是弓頭鯨的天堂，但早先也有一些藍鯨，我的祖先們就捕獲過。但因為你們白人的肆意濫殺，這種巨型生物已經在北地消失多年了。」

「一頭白色的比藍鯨還大的鯨？天呀！奇怪！」

「我們都呆住了。」颶風的聲音顫抖著，「在尤皮特人的傳說中，拯救我們祖先、與他們定下契約的那頭巨鯨就是白色的……那一刻，我們放下了手中的標槍，淚流滿面地跪在船上祈禱。我們親眼看到了偉大的巨鯨！」

「然後呢？」

「牠攻擊了我們。」

「攻擊了你們？牠不是你們的神嗎？為什麼還會攻擊？聽說鯨的脾氣很溫和。」

「我也不知道。」颶風捂著臉，「或許是因為憤怒吧。」

「憤怒？」

「牠的身上傷痕累累，之前肯定受了不少罪。那些傷口來自人類。」颶風低下頭，「巨大的身軀攪動著海水，天翻地覆！我們的船如同葉子一般飛向天空，隨後被牠那巨大的尾巴拍得粉碎……」

大屁股張大嘴巴。

「等牠悄無聲息地消失於海上之後，我們捕鯨隊所有的船都不見了蹤影，海面上混亂一片……你在禁地看到的那十幾個人，就是這麼死的。」

大屁股呆住，他愣愣地看著颶風，沉浸在這不可思議的故事中，不過很快，他搖了搖頭。

「似乎不對呀。」大屁股嘿嘿笑了兩聲，「在禁地的碑石上，我看到了一個死去的人的名字，白鯨。」

颶風陡然抬起頭。

「我很清楚你們尤皮特人取名的傳統，現在村裡的那個孩子也叫白鯨，兩年前他十三歲，和死的那個白鯨一同生活在村子裡，但你們不可能會有重名的人。這到底是怎麼回事？」

大屁股的目光十分銳利，刀子一般盯著颶風。

「墓碑上的那個人的確是他，是村子裡的那個孩子。」颶風說。

「啊？」大屁股懵了。

「那天晚上，他就在我的身邊。」颶風攤了攤手，「他是我選定的接班人，是下一任的北地大巫師，所以必須了解、掌握尤皮特人流傳已久的捕鯨傳統。」
「那就是去實習的了？」
「可以這麼說。遭遇巨鯨的襲擊後，我們都落水了，他也不見了。後來我們在海上找了很久也沒找到，以為他死了。」
「所以你們為他立了一座墳墓。」
「嗯。墳墓裡放進了他的一套衣服，找不到屍體，只能這麼做。」颶風咳嗽了幾聲，繼續道，「但是幾天之後，他回來了，毫髮無損。據他說，當時他被巨鯨拍暈，無意識間抱著一塊木架皮舟的木板搖搖晃晃漂到了惡魔島的一處海灘上。」
「這小子命真大。」大屁股咋舌道。
「是呀，他畢竟是下一任大巫師，我想是巨鯨放過了他。」颶風笑道，「畢竟是尤皮特人的神，即便我們犯了錯，牠也不會趕盡殺絕。」
大屁股點點頭。
颶風起身看了看四周，「警長先生，有時候我想，我或許是尤皮特人最後一個大巫師了。」
「為什麼這樣說？」
「時代變了。」颶風慘澹一笑，花白的頭髮在風中飄揚。大屁股明白他話語中的意思，也忍不住發出一聲嘆息。
「我年輕的時候特別痛恨白人，我認為一切災難都是你們帶來的。你們大肆捕鯨、濫殺生靈，瘋狂掠奪這片土地上的財富，把我們變成奴僕，更引誘我們中的一些人成為可惡的背叛者。」颶風咬牙切齒地說，隨後眼中湧現出淚水，「可後來我想，即便不是你們白人，世界總還是會變的。」

大屁股沒有說話。

「白人有句話：人是萬物之靈。其實這是一句屁話！世間萬物都是平等的，一個人和一條魚、一頭熊甚至一隻蟲子，沒什麼區別。我們靠著其他生靈的養育成為最強大的存在，然後便忘記了祂們賦予我們的恩情。我們恩將仇報，凌駕於眾生之上，自詡為王！」颶風有些激動，身上的青銅掛件叮噹作響，「人這東西，是多麼可悲呀！」

大屁股一句話都說不出來。

「即便白人不出現，尤皮特人也會有背叛誓言的那一天。有人會有意地遺忘神聖誓言，為了所謂更好的生活舉起屠刀……」颶風蒼老的臉在極光的映照下滿是無奈之色，「可是呀，警長先生，人類自詡為王，但從來都不是！與自然相比，人類太渺小了。自然忍無可忍的那一天，會帶來毀滅性的報復。」

「是呀，戰爭，瘟疫，洪水，地震……」大屁股喃喃道。

颶風指著周圍的林地說：「對尤皮特人而言，報復已經來了。」

「你是說水獺怪？」

「還不夠嗎？」颶風冷笑，「這東西原來只存在於傳說之中，現在已經現身了。這是巨鯨的警告，是懲罰的開始。警長先生，總有一天，尤皮特人會在這片土地上消失，就好像從沒來過一樣。」老頭的皮衣在風中抖動著，發出呼啦啦的響聲，「總有一天，人類會在這個世界上消失，就像尤皮特人遭遇過的一樣。」

「颶風，你說的好像有些悲觀了吧。」大屁股起身道。

「或許吧。唯一值得慶幸的是，那末日一般的場景，我不會看到。我馬上就要死了，馬上就要面對巨鯨的靈魂，我會向祂懺悔、祈求，請祂饒恕我犯下的錯。幸運的話，我的靈魂會和祖先在一起，置身星光照耀的神殿之中。但是你們呢，你們的後代呢？」兩行渾濁的淚水從颶風臉上滾落下來。

周圍一片寂靜，只有風聲，亙古吹拂這片土地的風聲。

空中絢爛的北極光不停變幻飄動，那無數正在吟唱、遨遊、嬉戲的巨鯨的靈魂，正緩緩拂過這個世界。

黑牛角

壁爐裡的火燒得正旺，雲杉木塊在火焰中吱吱作響，不時發出爆裂之聲。旅館的房間裡，大屁股和喬坐在壁爐對面的椅子裡，手裡各自拿著一杯威士忌。

「這案子越來越蹊蹺了。」喬盯著火焰道。

「我現在開始有點相信水獺怪殺人了。」大屁股說。

喬笑起來，「警長，這可不是你的風格呀。」

「是呀！不然能怎麼解釋呢？」大屁股將杯中的酒一飲而盡，「我們雖然有足夠的證據證明他有殺死莫妮卡的動機和理由，但這傢伙死啦！死得那麼慘！帶走莫妮卡的東西從海裡出來，然後帶著她消失了。那晚海上一艘船都沒有，不像是人作案啊？還有那些該死的腳印……」

大屁股快要崩潰了，「我和颶風他們去搜尋的時候，在甘比諾周圍也發現了那個腳印，和海灘上的沒什麼不同！這又要怎麼解釋?!」

「的確很難解釋。」喬皺起眉頭，「看到甘比諾屍體的時候，我也這麼想，甚至也冒出了水獺怪殺人的念頭，但是警長，這世界無論如何也不會存在妖怪。」

大屁股沉默了。

「是人，這一切肯定都是人做的！」喬大聲說。

「但我們根本無法用正常的邏輯解釋！」

「那就得找到更多的線索。我們得冷靜下來，好好分析分析。」

「好，聽你的。反正我是沒轍了。」大屁股躺倒在椅子上。

「甘比諾的死，我覺得閃電的嫌疑最大。」喬把酒杯放在旁邊說，大屁股隨即直起身子。

「甘比諾跟著他出去，然後就消失不見了，他完全有作案的時間和可能。」

「動機呢？別忘了，閃電和甘比諾可是合作夥伴，他們是要簽合約的。」

「合作？見鬼去吧。」喬盯著大屁股道，「尤皮特人對待石油公司的態度你也看到了，閃電作為村長，也成了尤皮特人反對和攻擊的對象，他們看他的目光就像看待叛徒一樣。如果閃電和甘比諾合作，簽下了出賣尤皮特人土地的合約，他在弓頭村的地位很可能一落千丈，成為人人唾棄的背叛者。」

大屁股不說話了。

「另一方面，漁業公司的人來了。如果和漁業公司合作，閃電可以完成他的目標——重振弓頭村。」

「但尤皮特人也反對和漁業公司合作。」

「不一樣。」喬搖了搖頭，「石油公司要在陸地和海洋上豎立石油鑽油井，佔領尤皮特人的地盤。在尤皮特人看來，那是不可饒恕的。而且，白人和尤皮特人的百年恩怨根本化解不開。與漁業公司合作則截然不同，對方是亞洲人，同樣是黃皮膚黑頭髮，之前也沒有任何過節，而且他們並沒有要佔據土地，只不過是合作捕魚。我私底下問過弓頭村的人，他們普遍覺得與漁業公司的合作不錯，只有颶風和瘋熊強烈反對而已。」

「這和閃電的殺人動機有什麼關係？」

「當然有關係了。」喬在房間裡踱步，「如果與甘比諾合作，閃電在弓頭村就徹底完了，但是和漁業公司合作就沒那麼大風險。所以，他會選擇與漁業公司合作，放棄先前與甘比諾之間達成的協議。」

「這也不至於殺人吧。」

「你覺得甘比諾得知閃電要反悔之後，會怎樣？」喬冷笑，「費爾羅石油公司為了在北地打油井，已經努力了十幾年，花費無數，這次好不容易讓閃電點頭，是千載難逢的好機會。甘比諾是費爾羅認定為女婿的人，這是他表現的好時機。」

「所以……」

「所以甘比諾肯定會暴跳如雷，他會採用一切手段達成目的，包括那些大財團常用的見不得人的手段！」

「那閃電就完了。」

喬點頭，「所以，殺了甘比諾是最好的選擇。」

「你是說，一切都是閃電搞的鬼？」

「現在還不能斷定。」喬坐回椅子裡說道。

大屁股想了想，沉吟了一下，道：「你這麼一說，我覺得瘋熊也有可能呀。」

「嗯……」喬思考著。

「第一，莫妮卡失蹤那天，他說他去林地打獵了，沒人能證明他與此無關。第二，甘比諾失蹤時雖然是和閃電在一起，但瘋熊領著另一隊人也在搜索，他完全可以獨自一人悄悄跟進甘比諾那支隊伍，然後趁機弄死他，接著大搖大擺帶著人回來。」大屁股滔滔不絕，「第三，也是最重要的，殺人動機——瘋熊痛恨石油公司，痛恨甘比諾，殺他的理由十分充分。」

「這麼說似乎也有道理。」喬摸摸下巴道。

大屁股懊惱地揉著臉，「說來說去，還是一團亂麻。真見鬼！」

「對了，墳場的事……」

「我已經問過颶風，看來是你想多了。」

接著，大屁股將颶風所說的一五一十講了出來。

喬認真地聽著，同樣露出驚訝的神情，「難道真的是我想多了？」

「看來，那頭神奇的白色巨鯨在那個晚上先後襲擊了甘比諾的女神號和尤皮特人的捕獵隊。」大屁股看著喬，「你為什麼對這件事那麼感興趣？」

「我覺得似乎有太多的巧合。」

「什麼意思？」

「那些漂過來的裹在浮冰裡的屍體……」喬頓了頓。

「屍體怎麼了？」

「我融化了浮冰，對其中一具做了屍檢，你也看到了。」

「看到個屁，我可看不了那個，只是站在門口瞄了一眼。」

「警長，那些屍體之所以保存完好，完全是因為凍在了浮冰裡。實際上，他們的死亡時間很長。」

「多長？」

「兩年左右。」喬看著壁爐裡的火說，「兩年前有太多的巧合。警長，我總覺得這裡面藏著什麼。」

大屁股沉默了。

房間裡安靜下來，只有木材燃燒發出的劈啪聲。

「很晚了，睡吧。」喬起身，打了個哈欠說，「明天我們得去一趟惡魔島。」

大屁股對這個提議很是贊同，「是呀，那個鬼地方是應該去一趟，說不定會有所發現。」

天空陰沉著臉，耳邊是呼嘯的風聲。

風更大了，在空蕩蕩的天空中奔跑，像牧羊人驅趕羊群一般驅趕著那些雲朵。小雨漸落，似乎無休止。站在斷頭旅館門前的臺階上，只能看到灰色的大海沉浸在一片朦朧之中。

「糟糕的鬼天氣呀。」穿著雨衣的大屁股嘆著氣，不情願地踏出一隻腳，「在我老家，這個時節依然熱得要命，我們在街道上開著車兜風，或者從高高的棧道上跳進游泳池中，抱著喜歡的女孩……」

「我喜歡這個時候的曼谷。」喬笑起來，「數不清的花簇擁著開放，好像知道錯過了這個季節就要被捨棄一樣，爭先恐後開著。到處都是綠色，田地中的稻穀一直延伸到天際。微風吹過，稻浪起伏，當地的女人穿著雪白的貼身衣衫蹁躚而過，頭頂偶爾會飛過兩行白鷺，空氣中彌漫著一股清香。」

「是呀，這裡是全世界最糟糕的地方。」大屁股大聲道。兩人穿過泥濘的道路，往海邊走去。

「你之前去過那地方嗎？」喬手裡的鑰匙串隨著他的步伐相互碰撞，叮叮噹噹。

「沒有，那種地方去了會做噩夢的。」大屁股笑道。

弓頭村的船塢離村子並不遠，是一棟高大的混凝土建築，經歷了風吹雨打，舊得要命，牆上塗抹的白漆大片脫落，雨中一片蕭瑟。海岸線在這裡向內凹陷，形成一個狹窄的港灣，船塢就架在港灣的盡頭，沉重的鐵門貼著水面緊閉著，鐵門下則是插在水中的鐵閘，將船塢封鎖得嚴嚴實實。

船塢外有條長棧道，一艘白色的小艇靜靜停靠著。

大屁股和喬一邊說笑，一邊朝小艇走去。轉過船塢，不遠處有一群孩子吵吵鬧鬧。

「好像是白鯨。」喬說。

的確是那個少年。他穿著一件圓鼓鼓的海豹皮衣，被幾個孩子用繩子拴著腳，倒吊在船塢前一個高高的鐵架子上，在風中晃晃悠悠。

「打死這個雜種！」

「雜種！」

男孩們撿起地上的石頭，遠遠地扔過去，像成年男人玩飛鏢一樣，嘗試著投中目標。

大大小小的石頭雨點一般落在白鯨的頭上、身上，他卻一聲不吭，只用雙手護住臉，由人蹂躪。

「這幫小混蛋。」大屁股哼了一聲，走過去呵斥。孩子們見狀一哄而散。

「你怎麼會被吊在這裡？」大屁股來到鐵架子跟前，仰頭看著鳥人一般晃蕩的白鯨。

白鯨鬆開捂著臉的手，冷冷地看著大屁股。他的臉上破了一塊，鮮血順著額頭流下來。

喬解開繩子，白鯨墜下，大屁股一把將他抱住。白鯨卻瞬間掙脫，跳到地上盯著二人，滿是刺青的臉上沒有任何表情。

「你就任由他們這麼欺負？」大屁股問。

「和他們講不清道理。」白鯨說。

「那也不能這樣，你的拳頭呢？」

「打有什麼用呢，對這種事情，我厭煩了。」白鯨轉頭看向海，語氣中透露出和年齡極不相稱的成熟。

「你這樣子，將來可做不了人人尊敬的大巫師。」大屁股笑道。白鯨摸摸臉上的血，「警察先生，真正強大的人擁有的是強大的內心，而不是拳頭。」

大屁股被這話噎住，他看了看喬，兩人哈哈大笑。

「好啦好啦，現在看你，還真有點巫師的樣子。你們尤皮特人的巫師就喜歡說些虛無縹緲的狗屁話。」大屁股掏出手帕遞給白鯨。

白鯨接過手帕，看著喬手中的鑰匙問道：「你們要去惡魔島？」

「你怎麼知道？」大屁股有些意外。

白鯨指指小艇，「去別的地方用不著那東西。」

「真是個精靈鬼。趕緊回家吧。」大屁股轉過身。

「我想我可以給你們帶路。」白鯨跟上，「你們之前沒去過吧？」

「那地方你熟？」大屁股問。

「當然了，我熟悉那裡的每一個地方。雖然這裡距離惡魔島並不遠，但這個季節經常會有浮冰，有些浮冰潛伏在海面下，一不小心就會擦破船底。」

喬對大屁股點了點頭。

「好吧，好吧。」大屁股答應，伸出手去摸白鯨的頭，這孩子急忙跳開了。

三個人來到棧道，解開小艇的繩子跳了上去。喬插進鑰匙發動小艇，一聲低低的轟鳴之後，水面上出現一個大圈，三個人駛向了大海。

海上風浪很大，小艇起起伏伏，猶如一片風中的落葉。白鯨坐在船尾，喬站在船頭，大屁股臉色蒼白地站在喬旁邊，寸步不離，手裡死死抓著船上的把手。雨水打在臉上，冰涼無比，大屁股不由自主地打了個寒顫。

「聽說島上現在只有一個人？」喬大聲問白鯨。

「嗯，只有黑魚在看守療養院。」

「沒別的人了？」

「沒了。」

「如果有人偷跑上去呢？」

「除了捕鯨季，沒人會去那裡。」白鯨將臉縮進圓鼓鼓的衣服裡面說。

「閃電說你是颶風的孫子，瘋熊是你的……」喬饒有興趣地問道。

「叔叔。」白鯨看著喬，「我父母早就死了。」

「那你應該吃了不少苦。」喬說。

「人生來就是受苦的，先生。苦才是人生。」

「哈哈哈！」大屁股忍不住笑出聲來，「他媽的小小一個人兒，滿口大道理。」

白鯨起身抓住旁邊的船舷，「你們去惡魔島幹什麼？」

「這個可不能告訴你。」喬語帶戲謔地回答。

「不說我也知道，你們是去查案子的吧？」

「是呀，死了那麼多人。」喬點頭，「惡魔島附近的那片海域，你熟悉嗎？」

「還行。」白鯨道。

「熟悉就是熟悉，不熟悉就是不熟悉，什麼叫還行？」喬對他的回答有些不滿意，「聽說那片海域的海底經常會發出一團團的白光？」

「這個我倒是不清楚。」

大屁股有些暈船，開始嘔吐。

「兩年前的九月三十日晚上，就是弓頭村死了很多人的那晚，聽說你在現場？」喬說。

「是。一頭巨鯨襲擊了我們，我落入海中，撿回了一條命。」白鯨轉過臉，「那次我以為自己要死了。」

喬輕輕點頭。

「那晚白鯨還襲擊了石油公司的一艘船，你看到了嗎？巨鯨襲擊你們的地點距離惡魔島並不遠。」

白鯨沒有馬上回答，看著惡魔島的方向出神。

「我想我可能是看到了。」白鯨低聲道，「我被海浪沖到惡魔島上之後，恍惚中看到一艘大船的船頭高高翹起，隨即沉了下去，還聽到了哭喊聲和槍聲。」

「當時船上的人，你有看清楚嗎？」喬問。

白鯨搖搖頭，「沒有。我當時怕得要命，去惡魔島找黑魚了。」大屁股劇烈嘔吐著，腳底下一堆穢物，表情也越來越痛苦。「該死的大海！他媽的，我討厭大海！」

「先生，警察這個職業，你做了多少年？」白鯨笑著問大屁股。

「這個……二十幾年了吧。」

「在此之前，你去過大海嗎？」

「休假的時候會到沙灘曬曬太陽。吹吹海風，喝喝啤酒，再看看身穿比基尼前凸後翹的漂亮美女，嘖嘖……」

「我說的不是旅遊。我是說，你在海上待過嗎？」

「你是指在船上？」

「是的。在船上作業，比如捕魚。」

大屁股有些不爽，「我一個連游泳都不會的人，你覺得我會在船上工作嗎？你到底想說什麼？」

白鯨呵呵笑了一聲，歪著腦袋道：「先生，你知道海上的人死了之後，會怎樣嗎？」

大屁股顯然沒料到白鯨會問這樣一個問題，他愣了愣，認真回答道：「應該是被洗刷乾淨，裹上白布，大夥兒湊在一起百無聊賴地悼念一下，接著哐啷一聲被拋進海裡吧。」

「然後呢？」

「然後？」大屁股胸中湧動，又吐了一陣，轉身怒道：「還能有什麼狗屁然後，當然是餵魚了！海洋裡最不缺的就是餓腸轆轆的魚！死了就是死了。」

白鯨直搖頭，「不不不，據我所知，不是這樣。」

「不是這樣？」

「是的。」

「那會怎樣？」

白鯨看著大海，目光深邃，「他們的靈魂會騎著巨鯨，在壯闊的海洋裡巡游、嬉戲。在風暴停息、星斗閃爍的晚上，如果你足夠幸運，就能見到他們。」

大屁股笑，連喬也笑了起來。

「別扯了，你以為我是個喜歡《彼得潘》的小屁孩嗎？」大屁股裝出一副惡狠狠的樣子。

「不，先生，我沒有騙你。我親眼見過。」

大屁股遲疑了一陣兒，然後擺擺手道，「不愧是颶風的孫子，和你爺爺一個樣兒，神神道道的。難怪他會選你當繼承人。」

白鯨不搭理大屁股，只聚精會神地看向海面。

「你的名字是誰給你取的？」喬一邊開船，一邊問道。

「爺爺。」

「我聽說你們尤皮特人喜歡用死去的人的名字給新生兒命名，是嗎？」

「是。」

「那為什麼取白鯨這個名字？之前這個名字屬於誰，你的父親？」

「我父親不叫白鯨！」白鯨突然憤怒起來。

「抱歉提起你的父親。」喬笑笑，「那這個名字……」

「先生，名字有什麼意義呢？」

「啊？」

「對人來說，名字不過是個代號而已。就像一塊木頭，做成用來睡覺的東西，我們叫它『床』，做成用來容納我們身體的東西，我們叫它『椅子』。但我們也可以叫睡覺的那東西『椅子』，對吧？」

大屁股抓抓頭。

「其實，不管是床還是椅子，本質上沒什麼不同，都是木頭。甚至，連『木頭』這個詞語，也是我們賦予的，就像我們賦予一個人名字一樣。」白鯨嘆了口氣，「所以名字對人來說沒有任何意義，我可以叫白鯨，我也可以叫其他的名字。」

「真是個小怪物。」大屁股低聲道。

「先生，往左行駛，前面是浮冰區。」白鯨對喬喊道。喬快速糾正了航線，船向左開去。

「我講個故事給你們聽吧。」白鯨搓著自己的手指道。

「只要不是你們尤皮特人那些鬼扯的傳說就行。」大屁股說。

白鯨笑笑，「很久以前，有一個很厲害的僧人。有一天，他在外出的途中遇到大雨。雨特別大，鋪天蓋地。他看了看周圍，一片戈壁，沒有樹，也沒有任何可以避雨的地方，只有一個被人丟棄的乾枯黑牛角，他就鑽進了牛角裡。他的身體並沒有縮小，黑牛角也並沒有變大，他卻鑽進去了，為什麼？」

「怎麼可能?!」大屁股叫道。喬沒出聲，他轉過頭，看著白鯨。

「開好你的船，兄弟！」大屁股白了喬一眼，然後對白鯨道：「從科學上說，這是不可能的！人怎麼可能會鑽進牛角裡呢？」

「但就是鑽進去了呀。」

大屁股摸著下巴，認真思考著這個問題，反倒使暈船的狀況好些了。良久，他一拍大腿，道：「我知道啦！那傢伙是個修行很高的僧人，肯定有神通！」

白鯨翻了個白眼，像看白癡一樣看著大屁股。

「不然還能為什麼？」

白鯨攤了攤手，「這就是我剛才跟你們說的呀——我們總是被很多約定俗成的東西禁錮著，比如名字。我們用眼睛看世界，然後去給萬物『命名』，按照我們的想法去規定世界，規定時間，規定空間，規定善惡。就像規定人和黑牛角的大小一樣。」

白鯨的聲音雖然不大，但深沉無比，「那個偉大的僧人早已經看透和超越了這些，他的世界裡沒有善惡，沒有時空，當然也就沒有了大小，所以他能鑽進黑牛角裡。」

大屁股張大嘴巴。

「先生，我們用眼睛看世界，用耳朵傾聽世界，用我們的手、腳觸碰世界，我們總是以為了解它，對它清清楚楚，甚至還宣稱自己掌握了至高無上的真理，但這個世界真的是我們認為的樣子嗎？」

大屁股有點懵。

「比如大海，你們知道世界的絕大部分都是這東西，裡面分佈著數不清的生物和數不清的寶藏，但除了這些，你們還知道它的什麼呢？你知道它有靈魂嗎？你知道在星光燦爛的夜裡，它會兀自嘀咕嗎？你知道暴風驟雨、滔天海浪之中，它在引吭高歌嗎？你們不知道。」

「比如人，你們看到的是有著不同膚色、分屬不同國家、講著不同語言、有著不同身份的人，但真的是那樣嗎？所有人其實歸根結底都沒有什麼不同，高貴或卑賤只不過是表象，很多時候，他們不過是一具皮肉，死了埋掉，沒有人會記得。」

「再比如鯨，你們知道牠是世界上最大的動物，知道牠身體中有著人類垂涎的寶貝，但你們不知道牠們的孤獨和快樂，不知道牠們的吟唱折射出了星空和大海。」

大屁股目瞪口呆，他徹底愣住了。

或許，他明白了颶風為什麼會選擇這個孩子作為繼承人。

「你所說的那些……」一直沒有說話的喬開了口，「是怎麼知道的？」

「只要經歷得足夠多，你也會這麼認為。」

「不不不。」喬使勁搖頭，他轉過頭，目光複雜地看著白鯨，「我是說那個僧人鑽進牛角的故事。」

「聽來的。」白鯨說。

喬還想再說些什麼，突然哐啷一聲巨響，船身開始劇烈搖晃。喬和大屁股的身體幾乎橫飛出去，好在旁邊的護欄足夠高。

兩人撞在一起，隨即慌忙爬起來去掌舵。

「糟糕！撞到水底的冰塊了！」白鯨跳起來，趴在船尾往下看。

「怎麼樣？」大屁股嚇得要死。

「沒事。」白鯨在船尾忙活了一陣。

「嚇死我了！」大屁股捂著胸口看喬，「你開船能不能專心一點！我不會游泳！」

出了這事之後，不管是喬還是大屁股，都不再跟白鯨聊天，一個聚精會神開船，一個睜大眼睛盯著海面。

小艇冒著黑煙，轟鳴著疾行，惡魔島很快出現在眼前，岸邊的碼頭越來越近。眼看就要靠岸，小艇突然停了下來。

「怎麼了？」大屁股問。

喬伸頭看了看儀錶盤，「好像沒油了。」

「見鬼了！你之前沒發現嗎？」

「當時我明明記得是加滿的。」

船尾的白鯨探過身道：「油箱有個洞，應該是剛才被浮冰撞的，漏油了。」

「見鬼了！」大屁股朝前看了看，發現小艇距離海岸起碼還有半海浬，頓時急了，「怎麼辦？」

「距離岸邊並不遠，我能游過去。」喬說。

「你的確能游過去，可我他媽不會游泳呀！」大屁股破口大罵。

「那怎麼辦？在這裡漂著？」喬笑道。

「你去死吧！你們都去死吧！我討厭你們！我討厭大海！」大屁股的吼聲在海面迴盪。

惡魔島

灰黑色的島嶼懸浮在海面上，上面遍佈著黑雲杉，散發著幽深、寂寥的氣息。寒風凜冽，林莽伏動，猶如有人在低低囈語。

「一座孤獨的島呀。」喬說。

「孤獨個屁！還是想想我們怎麼上去吧。」大屁股怒道。

「我去島上帶些油回來。」白鯨起身，脫掉外面的海豹皮衣。

「你要游過去？」大屁股驚訝道，「水很冷……」

話音未落，撲通一聲，白鯨已經跳入水中游走了，彷彿一條優雅輕盈的魚。海水澄澈，能夠清晰地看到他肩上的紋身——一朵碩大的綻放的蓮花。

「這孩子水性真好。」大屁股說。

「大海的孩子，當然。」喬喃喃道。水中那朵蓮花越來越遠。雨漸漸停下來，雲層慢慢散開。喬和大屁股坐在船頭抽著菸，小艇晃晃悠悠起伏著。北方便是冰原，一片潔白的天地。

風也停了，太陽從雲後跳出來，小艇裡一時間暖烘烘的。等待的工夫讓人昏昏欲睡。也許是無事可做，兩人閒聊起來。

「你當初怎麼會想到來這個鬼地方？」大屁股問。

喬笑笑，「這地方在我看來挺好的。」

「你父母在哪兒啊？」大屁股問。

「我生下來的第一年，父親去了越南戰場。」喬瞇著眼睛，突然陷入回憶裡，「在戰爭進入尾聲的時候，他隨軍過去，再也沒有回來。」

「那太糟糕了。」大屁股說。

「是呀，軍方通知陣亡，但沒有找到屍體。那是一片險惡地帶，到處是野獸、沼澤和敵人，軍方說活下來的可能性為零。」

大屁股靜靜傾聽。

「所有人都認為父親死了。但他的死幾乎沒有影響到任何人，大家頂多過來假惺惺地問候一下，便快速離開。怎麼說呢，他是個極其固執敏感的人，對人際關係並不在意，那些世俗的東西對他來說更像是枷鎖。一年中的大部分時間都流落在外，沒人知道他在幹什麼，也沒人關心他幹什麼，每次回來都風塵僕僕、傷痕累累。」

「母親說他去過很多地方，歐洲、非洲、南美、中亞……每到一個地方，他都會寄回當地獨特的植物標本，大部分都是花。乾枯、難看得要命的花，一點都不芳香。」

「沒人知道他為什麼要去越南。當時我們敗局已定，他不是士兵，卻堅持要去，結果……所有人都認為他死了，唯獨母親不信。她一直等著他回來，帶著我操勞了一生。其實……我有些恨他。」

喬吐了個菸圈：「我的記憶中沒有他的位置。我只看過他的照片，是一個很文雅的男人，戴著眼鏡。他是個植物學家，也是個作家，留下了大量的文字。我只能通過那些去了解他和他的世界，了解他到底是怎樣的一個人。」

「你相信他已經死了嗎？」

「倘若活著，這麼多年肯定會現身吧。」喬笑了笑，「但我總抱著一絲希望，想找到他，質問他為什麼不回來，為什麼留下我和母親孤苦伶仃地活著。後來母親去世，我就去了東南亞。」

「為了找他？」

「怎麼說呢……」喬搖頭，「我只想去看看他最後停留的地方，到底是什麼樣子。」

大屁股沉默。

「警長，很多時候，人對太多的事情無可奈何，卻總還是抱著希望活下去了，不是嗎？」

大屁股點點頭：「然後呢？」

「安葬了母親之後，我帶著他寫的最後一本書去了越南。自他的死訊傳回來之後，母親一直珍藏著那本書，直到去世才交給我。

「我在那裡生活了近十年，走遍了他曾經待過的地方，也讀完了那本書，認識了他記錄下的那些植物，看到了他內心裡那個繁複旺盛的世界。原先我以為他的工作很枯燥，不過是研究些花花草草，但你知道嗎，他會記錄森林的聲音、大霧中一頭看不真切的鹿或是螢火蟲的微弱光亮。那是他的世界，豐富端莊，卻不為人知。」

喬將菸頭扔進海裡，「也是在那本書裡，我看到那個固執、不為人們所容的人，我所痛恨的父親，原來是另外一個模樣。沒人真正了解過他，理解他的世界。死在熱帶叢林裡對他來說或許是件好事，那裡有著他愛的植物、動物和自然的聲音，遠離人語，遠離喧囂的塵世。」

「後來，我去了他失蹤的地方。密林中的山谷早沒了戰火的痕跡，古木參天，溪水清澈，鳥獸鳴叫，生機勃勃。」

「我把書裡的照片留在了山谷中，那是我們一家三口唯一的合影。他和母親並排而坐，懷中抱著幼小的我。照片的背後是他的筆跡，『致我的妻子盧迪薩和兒子喬：在一切足跡中，大象的足跡最為尊貴，因為牠的大腳，總選擇最困難的那條路。』」

沉默良久，喬看著大海繼續道：「我在那個山谷中待了很久，離開的時候在谷口看到一朵花，潔白幽靜，從崖縫中探出頭來。那一刻……很奇怪，我哭出來了。」

喬揚著臉，不想讓淚水落下來，「警長，我的母親原本並不叫盧迪薩，但父親一直那麼稱呼她，盧迪薩，盧迪薩……直到看見那朵盛開的花，我才明白他為什麼去越南。」

「為什麼？」大屁股問。

「在所有植物中，他最愛蘭花。盧迪薩是一種蘭花的名字，只有越南有。」

「你是說……」大屁股抬起頭。

喬點了點頭，「他去越南，是為了尋找盧迪薩，為母親……警長，那一刻我才發現，他的內心藏著一個宏大的世界，一個截然不同的世界，純粹而溫暖。也是那一刻，我才發現自己是那麼想念他。」

大風從背後吹過來，帶著林莽的氣息。

「離開越南後，我就來了這裡。」喬看著前方，「他在那本書裡寫道，母親生我的那晚，他就在這裡的一片林地裡，躺在無人的曠野之中，頭頂是交織在一起的樹木和絢爛的極光。他給我取名喬，在希伯來文中意為『上帝賜予的孩子』。他說那天晚上，他對著極光入睡，夢到了極光在眼前舞動，美得令人心醉。而極光的上面坐著一個微笑著的有著大眼睛的孩子。」

喬看著大屁股，攤了攤手，「所以，我就到了這裡。」

大屁股拍著喬的肩膀道：「這麼看來，你的眼睛的確很大。」

喬輕笑。

「哦，那個小傢伙回來了。」大屁股看著島嶼的方向站起身。白鯨抱著一個白色塑膠桶跳進海裡，朝這邊游過來。

「這些應該夠了。」白鯨拖著油桶爬上艇。

「趕緊把衣服穿上！」大屁股道。

白鯨笑笑，套上皮衣走到船尾，蹲下身加油。喬再次發動小艇，一聲轟鳴後向島嶼駛去。

惡魔島的棧道破損不堪。停好船，大屁股跳上棧道，木板嘎吱一聲，差點垮掉。

「該死的。」大屁股罵了一聲。

白鯨最後一個下船，將纜繩拴在欄杆上。一條窄路從棧道伸向島嶼深處，兩旁是樹林。

「順著這條路一直走下去，就是療養院。」白鯨說。

「你不去嗎？」喬見白鯨蹲下身，打開棧道上的一個工具箱，應該也是他從島上帶過來的。

「我得修理油箱，不然我們回不去。」白鯨說。「好吧，我們走吧。」大屁股拉了喬一把。

兩人離開棧道，走向蜿蜒的小路。路兩旁立著許多圓木製成的古老雕像，模樣怪異，齜牙咧嘴，很多都倒在地上，已經腐朽。這裡沒有野獸的蹤跡，只有一些不知名的鳥站在枝頭，好奇地盯著兩人。

惡魔島沒有想像中大，兩人走了二十分鐘，來到一片空曠地帶。那裡矗立著一大片混凝土和鋼鐵製造出來的現代建築物，不過應該有些年頭了，老舊破敗。

兩人從鏽跡斑斑的大門走了進去，院子裡長滿雜草和苔蘚，一尊巨大的大理石女神像矗立著，腦袋卻在地上，底下的噴泉早已乾枯。療養院的主體建築是一棟兩層的巴洛克式樓房，與周圍環境很不協調。

「簡直冷清得像墳場一樣。」大屁股嘀咕著走上臺階。

一層大廳值班室的門敞開著。兩人進去，見一個老頭靠在躺椅上打著呼嚕，對面的爐火燒得正旺。

大屁股走過去烤了烤手，看了老頭一眼。他的年紀比哈威都要大，瘦骨嶙峋，身穿灰色棉衣，腦袋歪在一邊，嘴角淌著口水。

「這老頭不會死了吧。」大屁股說。

「混帳東西，你才死了呢！」老頭突然坐起來，大叫了一聲，嚇了大屁股一跳。

「你就是黑魚先生吧。」喬說。

「叫我黑魚，什麼先生，這裡沒有先生！」他的雙目有些渾濁，瞳孔猶如蓋了一片雲霧。

「你是個白人，怎麼會取個尤皮特人的名字呢？黑魚，這名字真難聽。」大屁股說。

「你叫什麼？」黑魚問。

「托尼，北地的警長。」大屁股坐下來道。

「托尼。我當年幹軍醫的時候，碰到個傷兵就叫托尼，多難聽的一個名字。那傢伙肚子被炸爛了，腸子淌了一地，哀號了幾個小時才死！不幸的倒楣鬼！」老頭毫不客氣地說。

大屁股碰了一鼻子灰，快快地出去了，房間裡只剩下喬和黑魚。

「是白鯨那孩子帶你們過來的吧？」黑魚遞給喬一個空杯子，喬倒了杯熱水遞給他。「是。」

「來這裡幹什麼？」黑魚端著杯子，卻並不喝。

「有些事情想問問你。」

「你們警察不會有什麼好事情，我最討厭的就是你們這幫混蛋。」老頭白了一眼喬。

「島上就你一個人？」喬拿出筆記本問。

「難道你們看到了第二個？你們這些討厭的白人，假惺惺地說要幫助尤皮特人過上好日子，卻佔據了他們的土地，在這麼個鳥不拉屎的破地方給他們開起了療養院。哈哈，真不知道怎麼想的，腦袋完全長進了屁眼裡！你們以為療養院都應該蓋在島上嗎？你們以為尤皮特人閒得要死有工夫在這裡曬太陽喝威士忌嗎？」老頭憤怒得像頭獅子，「馬馬虎虎建好了，拍屁股走人，留下個爛攤子。」

喬看了看四周，「你也應該走。」

「我不走，我為什麼要走？」黑魚哼了一聲，「對我來說，哪裡都他媽一樣，這裡甚至比任何地方都強。」

「為什麼？」

「這裡看不到你們這些討厭的白人呀！」

喬捂著嘴笑，「難道你不是白人嗎？」

「我叫黑魚！」

看來不能在這個話題上糾結下去了。

「好吧，黑魚。」喬清了清嗓子問，「這兩天，島上有沒有來過人？」

「沒有。鬼都沒來一個。」

「有沒有人經過呢？在晚上。」

「那我不知道，我睡得很早。」

喬記下老頭的話，然後道：「兩年前，島上有沒有來過亞洲人？」

「亞洲人？亞洲人跑這裡來幹什麼？別開玩笑了。」

「你沒聽說過什麼嗎？」

「沒有。」

「惡魔島附近的那片海域，你了解嗎？」

「哪裡？」

「兩年前出事的那片海域。」

「那艘大船？」

「對。」

「熟悉，我眼力好的時候，經常去那邊釣魚。」

「那艘船……」

「碰上了一頭巨鯨，船毀人亡。我就知道這麼多，還是聽別人說的。」

「誰說的？」

「當然是弓頭村的人。」
「弓頭村的人和船難有沒有關係？」
「我怎麼知道！我當時不在現場。」
「弓頭村那一晚也死了十幾個人。」喬盯著黑魚說。
「弓頭村死人太正常了。」黑魚抓起杯子，喝了一口水道。
「那十幾個人怎麼死的，你知道嗎？」
「巨鯨撞了船。就死了唄。」喬揚了揚眉頭，沒吭聲。
大屁股走進來，他顯然聽到了兩人的對話，插嘴道：「見鬼的巨鯨！一晚上同時襲擊兩批人，真他媽兇殘！」
黑魚有些不耐煩，起身道：「你們還有要問的嗎？沒有趕緊滾蛋，我還得去煮飯。」
喬也站起來，「那片海域海底冒出的白光，你見過嗎？」
「什麼白光？」
「晚上有時候會從海底下冒出一團團的白光。」
「別扯了！我從來沒見過。我這鬼樣子，你覺得會在晚上跑到那兒去嗎？況且，整個惡魔島一艘船都沒有！」黑魚說罷便氣呼呼地走出門。
喬和大屁股跟了出來。
「樓上樓下都檢查過了，的確沒有人。」大屁股說。

「都檢查了？」

「嗯。」

喬站在大廳環顧，見一樓盡頭的房門上了鎖。「黑魚，那裡是什麼地方？」

「停屍間，你們要去嗎？」黑魚拍拍腰上的一串鑰匙，沒好氣兒地問：「從建成到現在一直空著，你們要看看？」

「不用了，我們去島上走走。」喬合上筆記本說。

兩個人花了兩三個鐘頭將惡魔島巡視了一遍，果然空空蕩蕩，別說人了，船都不見一艘。

「回吧。」大屁股有點失望。

喬站在一塊凸起的石頭上，看著北方。「那邊就是出事的海域吧？」喬伸出手問。

「嗯。開船過去的話，估計得一個小時。」

「去看看？」喬跳下岩石，「然後去冰原。」

「聽你的。」

二人原路返回來到棧道，見白鯨坐在那裡。

「修好了？」大屁股問。

「用橡膠將油箱的裂口封上了，暫時不會有問題。」白鯨說。

「冰原那邊你熟悉嗎？」大屁股對白鯨道。

「冰原？」
「兩年前出事的那片海域，對面的冰原。」
「你們要去那裡？」
「嗯。」
白鯨搖搖頭，「很少去那地方。不過可以開過去。」
大屁股和喬跳上船，白鯨則站在棧道上不動。「你不去？」大屁股問。
「我得把工具還給黑魚，還有，我答應他幫他幹些活。」白鯨說。
「去吧，那老頭說煮飯，我看一不小心放把火燒死自己也說不定。」大屁股朝白鯨擺了擺手。
喬發動小艇，調轉船頭。兩道潔白的水痕劃過海面，小艇朝冰原呼嘯而去。冷空氣撲面而來，有些許凌厲，時間久了鼻頭會隱隱作痛。
不知道開了多久，喬突然問大屁股，「你聽到了嗎？」
「什麼？」
「奇怪的聲音。」
大屁股搖搖頭，「發動機聲音聒噪得要死，聽不見！」喬道：「不是靠聽，感覺！」
「別扯了。」
喬關了引擎，小艇停在海面上，四周一片寂靜。這次大屁股聽到了。

「我剛才感覺船身有一陣奇怪的顫抖，儘管很輕微，但能感覺到和水浪的拍擊不一樣。」

喬所說的震顫來自於一種聲音，一個來自海底的、低沉雄渾的聲音，引起了船體的共振。大屁股隱隱覺得，這聲音好像來自地底深淵一般，猶如一面大鼓在水底敲響，旋即變成一陣歡樂的奏鳴曲。

「什麼鬼東西？」喬問道。

「不知道。」大屁股仔細聽，隨後直起身看著前方。

前方就是傳說中的那片詭異海域，是一個向內陸深深凹進去的巨大海灣，前方有一片冰原阻礙了視線，看不清裡面的情景。

「應該是那邊。」喬再次發動小艇，繞過冰原進入海灣口。小艇再次停下來。廣闊的海灣平靜得如同一面鏡子，沒有一絲波瀾。高大的冰原矗立在一邊，截面如刀切一般。周圍極靜，足以清晰地聽到那令人心顫的聲響。

「好像，有什麼東西……」喬拍拍大屁股，朝船下指了指。大屁股微微伸出頭。

一個巨大的陰影緩緩地從船下經過。小艇與之相比，簡直小得可憐，彷彿一隻幼貓落在航空母艦上一般！

「是牠們！」大屁股瞠目結舌，「鯨！巨鯨！」

轟！

伴隨著深沉的吟唱，兩人前方幾十公尺的水面上突然躍出一座灰色的小山。

「弓頭鯨！」大屁股叫了一聲，兩個人不約而同地抬起頭。那是一頭體長至少二十公尺的巨大雌性弓頭鯨，巨大的弓狀頭顱幾乎佔據了身體的三分之一，背部渾圓，沒有突出的背鰭或脊，船槳一般的寬大胸鰭伸張著，肥碩有力的身體上，黑色斑點排列得如項鍊一般，下巴上則是不規則的白色斑塊。

牠就那麼出現在兩人的眼前，高高躍出海面，鯨鬚在耀眼的陽光下反射出綠色的螢光！牠懸浮著，舞蹈著，歡快地旋轉著，然後「轟」的一聲砸進海面，濺起漫天水花，又緩緩消失在海裡。

大屁股和喬全身濕透，抓著搖搖晃晃的小船，目瞪口呆。

轟！

又一頭弓頭鯨躍出水面！

接著，十餘個「巨型噴泉」自海底浮現，水柱飆射到半空。龐然大物們露出水面，平靜的海灣頓時成了遊樂場。

這是一個弓頭鯨群，有二十幾頭，大部分是雌鯨，幾頭雄鯨圍在外面，幼鯨在隊伍的中心。

「上帝！我頭一回看到這麼多鯨。」大屁股抹了一把臉上的水。

「好大的……魚！」喬結結巴巴說。

「這是鯨，可不是魚，白癡。」大屁股挺著肚子，「地球上所有的動物中，弓頭鯨的壽命之長，絕對是數一數二，據說可以活到兩百歲。兩百歲，什麼概念，那可是足足兩個世紀！

聽聽牠們的歌聲，聽聽！這幫傢伙不僅有巨大的身體，還有一副金嗓子，多麼動聽！簡直是精靈。」

喬微笑地看著大屁股，「警長，怎麼突然感覺你像是海洋學家了。」

說話間，不知道什麼原因，玩耍的鯨群忽然變得慌亂。雌鯨發出短促的呼喚聲，帶著幼鯨迅速離開，穿過小艇向大海深處游去，雄鯨則留在最後，同樣驚慌失措。

「牠們怎麼了？好像在逃。」喬詫異道。

「不可能！」大屁股皺著眉頭，「在北地海域，弓頭鯨沒有天敵……哦，也不能這麼說，難道這附近有虎鯨？」

大屁股站在船舷上眺望四周，像在尋找著什麼。

「不對，如果是虎鯨，早該出來透氣了。」大屁股自言自語道。這時，喬一把將大屁股扯了下來。

「怎麼了？」

「警長……」喬壓低聲音，不動聲色地指了指船下。大屁股低下頭，嘴巴慢慢張大。

一個根本看不清全貌的巨大身軀快速掠過，剛才經過船下的那頭弓頭鯨，完全無法和這東西相比！牠是如此龐大，只能透過幽深的海水看到一片雪白，如同一座巨大的冰山，迅速消失在更深的水色之中。

「什麼鬼東西?!」大屁股驚道。

喬愣住了，良久才回過神來，「白色的……冰山？」
「不可能！我覺得是魚！一條大魚！」
「虎鯨？」
「虎鯨不是白色的！而且絕對沒這麼大！太他媽大了！」
「那是什麼？」
「我怎麼知道！」大屁股一頭冷汗，「幸好牠對咱們不感興趣，不然稍微動彈一下，我們連人帶船就飛上天了！」
喬很緊張，顫著手點了根菸。大屁股卻一把將菸奪過來，塞進自己嘴裡，顫顫地說，「怪物！我們碰到了一個巨大的怪物！」

冰裂谷

「真是片晦氣的海域！」大屁股將菸頭扔在船艙裡，罵了一句。自從發現了那個詭異出現又很快消失的龐然巨物之後，弓頭鯨嬉戲、吟唱所帶來的愉悅蕩然無存。喬趴在船舷邊看著水底。

「老哈威說的那事，你覺得是真的嗎？」大屁股問。

「什麼事？」

「就是半夜時海底會發出白光。」

「不太可能吧。據我所知，海中有些魚類是可以發光的，但都是深海中的小型魚，北地海域不存在。」

「但哈威不會說謊。」

「這個我明白。」喬點了點頭，「如果他說的是真的，那就有問題了。」

「什麼問題？」

「海底的生物不會發光，那光是從哪來的？」

「鯨靈吧，騎著巨鯨提著燈籠沒事四處巡海的鯨靈，吃飽了撐著無事可做。」大屁股笑著說。

喬也笑，「有可能哦，剛才那東西說不定就是呢。」話音剛落，一陣馬達聲傳來。

「附近還有人？」大屁股急忙起身，隨後看到海灣的西方駛來一艘小艇。

喬仔細看了看，然後揮手。

「是老哈威的那個尤皮特朋友，納努克。」大屁股說。

小艇駛到近前停下，裹了一身厚皮衣的納努克朝大屁股和喬點點頭，咧嘴笑著，露出黑色牙齒。

「你們怎麼會來到這裡？」納努克大聲問。

「隨便看看。」大屁股跳上納努克的船，和他握手。

「你在這裡幹什麼？」喬看看納努克的船艙，裡頭放了不少東西，但沒有魚和海豹。

「今天運氣不好，跑了一大圈也沒發現海豹。」納努克說。

「那是什麼？好像是潛水設備。」喬指了指船艙裡的一堆東西。

那的確是一套潛水設備——潛水衣、氧氣瓶還有巨大的腳蹼和頭燈。

「哦，用來攫取獵物的。」納努克說。

「攫取獵物？」大屁股不明白。

納努克解釋道：「這片冰原附近有不少海豹群，但這幫傢伙和尤皮特人打了很久的交道，機警得很，沒等你去到旁邊就鑽進冰洞裡了。要想捕獲牠們，得遠遠地開槍，在牠們溜進冰洞之前。不過儘管如此，還是會有海豹逃走，在這個時候，我就得穿上這玩意兒，游到水下把牠們拖出來。」

大屁股點點頭，「這片海不深？」

「這附近大概有幾十公尺吧，希望角的大陸棚延伸到了這裡。」

「我以為深不見底呢。」大屁股說。

「有菸嗎，警長？」納努克問。

大屁股抽出菸丟給納努克，給他點上。

「你平時住在哪裡？我是說岸上。」喬問道。

納努克朝東北方指了指，「星星角。」

「星星角？那地方可不近。」大屁股說。

「警長對星星角很熟悉？」喬說。

「談不上熟悉，只去過幾次。那是片面積廣闊的林地，地形複雜，環境惡劣。」大屁股指指納努克，「一般人是不會住到那裡去的，只有他們這樣的獵人。」

「是呀，是個極其難熬的鬼地方，但也只有那種人跡罕至的地方，獵物才會多。」納努克道。

「打獵打得好好的，為什麼跑到海上捕魚了呢？」喬問。

「林地上的獵物越來越少了，海豹皮可比馴鹿值錢。」納努克抽完菸，站起身答道。

「你要走了？」大屁股問。

「嗯。船上的汽油不多了，得回家取幾桶。」

「你對附近的冰原很熟吧？」喬問。

「還行吧。怎麼了？」納努克看著喬回答。

「能不能給我們做個嚮導？」喬笑了笑，「作為回報，我們可以帶你去惡魔島，幫你搞一些汽油，完全免費。」

「這個……」納努克猶豫起來。

「好啦，就這麼定了。」大屁股哈哈大笑。納努克聳了聳肩，默許了。

「這片冰原可不小，你們打算去哪裡？」納努克問。喬和大屁股相互看了一眼，喬說：「這裡有沒有冰谷？」

「冰谷？」納努克愣了一下。

「巨大的冰縫也行。」喬說。

納努克想了想，指著對面道：「據我所知，那裡有一個大裂縫，小艇都能駛進入口，不過再往裡走我就不知道了，沒去過。」

「那就過去看看。」喬說。

兩艘小艇發動起來，朝海灣深處行進。

海岸線曲曲折折，甚至有些支離破碎，小艇只能在距岸邊一兩百公尺的地方，沿著海岸線行進。

高大的冰原屹立在眼前，剛開始還能看到漆黑的岩石，但再往北，就只剩下巨大冰山。它們屹立在海面上，靜謐而威嚴，不知走過了多少時光。因為陽光的折射，深藍的冰體呈現出層次分明的顏色來，有的地方竟然顯現出灰黑色。

「顏色越深，形成的時間越久。」大屁股賣弄著學問道。

「那裡！」開了幾十分鐘後，納努克指著前方說道。

大屁股和喬同時抬起頭，一個巨大的裂縫出現在幾十公尺高的冰川上。與其說是裂縫，不如說是洞穴更恰當。小艇駛近洞口，喬仰著頭仔細觀察起來。裂縫從冰川的最上方一直延伸到海面，上面很小，越往下越大，從側面看是一個巨大的尖利三角形。洞口寬幾十公尺，裡面一片幽深。

「小心點。」大屁股說。

兩艘小艇並排著緩緩開進去。喬有意放慢了速度，一邊開船，一邊觀察著四周。抬起頭，還能看到一線天空，兩旁的冰體光滑無比，如同斧劈刀砍一般，十分純淨，發著幽幽藍光，就如童話世界。

越往前開海面越窄，上頭的冰封也開始合攏，光線越來越暗。

「不能再走了，不然船無法掉頭出來。」二十分鐘之後，納努克停了船說。

「的確到頭了。」大屁股點頭。

喬看著上方，二十公尺左右的高處，冰體合攏，兩側出現一道道白色裂痕。

「這裡很不穩定，隨時都可能塌下來，我們還是趕緊離開的好。」納努克提醒道。

「走吧。」大屁股對喬說。

喬有些失望，將船掉頭。此時，一縷陽光從前方斜照進來，有光芒反射到喬的臉上，又很快消失。

喬眨眨眼睛，「有東西！」

「什麼？」

「好像不是冰層反射的光。」喬左右看了看，發現旁邊有一個長長的冰舌伸出來，勉強能走一個人。

「我過去看看。」喬將小艇停在冰舌旁邊，小心跳上去。

「慢點！哎呀呀，小心點！好吧，我也跟你去。」大屁股也跳下來。

納努克見狀，也停了船跟上來。

三個人小心翼翼地往前走，冰舌是個緩坡，而且越來越窄，最後完全變成了一道冰梁。

「這要是掉下去了，會不會摔死？」大屁股看看腳下，已經距離海面七八公尺高。

「反光的那東西應該就在前頭。」喬說。

「我們還是回去吧。」納努克看著周圍的白色裂痕，心驚膽顫地建議。

「不查看一番，我是不會回去的。」喬轉頭對大屁股說，「說不定會有線索。」

大屁股很快明白了喬的意思，「你是說這裡……」

「有這個可能。」喬說。

兩個人又往前走了一百多公尺，喬突然停了下來。

「見鬼！你想害死我呀！」大屁股撞到喬身上，差點掉下去。

「警長，你看！」喬指了指前方。

「看什麼呀！凍死了！」大屁股嘟囔著，從喬的肩膀一側探出頭看著前方，瞬間愣住。

斜上方的冰層中，躺著幾個人！不，是屍體！

三具屍體已經徹底和冰山融為一體，臉色蒼白，或張著嘴，或睜著眼，詭異無比。一把刀封在冰中，剛才的反光應該就是它。

「亞洲人。跟先前漂在海面上的那些應該是同一夥人。」喬笑起來，「警長，我們找到了屍體的來源地。」

大屁股點頭。

喬看了看四周，道：「如果我沒猜錯，這個巨大的冰縫應該是從冰原的上頭逐漸向下開裂的。」

「你是說……那些屍體是從上面的裂口丟進來的？」大屁股思忖，「的確，受溫室效應的影響，溫度逐年升高，冰層開始融化，變得不穩定。這些白色裂痕就是證明……」

喬說：「是的，冰塊破碎落到海裡，屍體也跟著落下，一部分順著海水漂到了外面。」

「這麼看，這些傢伙簡直詭異！」

話音剛落，周圍傳來一陣雖細微但足夠清晰的輕響。

「什麼聲音？」大屁股問。

喬抬起頭，見上方的一條白色裂痕正變得越來越大。「趕緊走！要裂開了！」喬大喝一聲。

「他媽的！」大屁股嚇得要死，「快走！」納努克掉頭就跑。

「見鬼的地方！」大屁股鬼哭狼嚎。

喀嚓！喀嚓！喀嚓嚓！

斷裂聲越來越大，冰樑開始晃動。三個人顧不了那麼多，死命往前衝。

轟！

一塊巨大的冰塊落水，發出轟鳴聲，接著，一塊，兩塊，三塊……後方的冰體開始坍塌，冰樑發出痛苦的呻吟聲。

「跑呀！」大屁股叫道。

轟！

冰樑劇烈搖晃起來，喬差點摔下去，轉過頭，發現一塊巨冰正好砸在冰樑上！

「不好，冰樑塌了！」喬大聲道。

「媽的！」大屁股雙手抱頭，變成了一坨旋風般狂奔的肉蛋。三個人沒命地向前衝，冰樑在身後如同多米諾骨牌一樣坍塌著，追趕著。

「快！快！」

小艇終於出現在眼前，三個人跳上去立刻發動。大屁股轉頭往後看，視線裡滿是迅速逼近的掉落冰塊，還有冰塊掀起的白色水霧，坍塌聲震耳欲聾！

「快呀！」大屁股喊道。

轟隆隆！馬達聲響起，兩艘小艇好像離弦之箭，射了出去。幾秒後，掉落的冰塊砸在原先停留的地方。

「快呀！」大屁股臉色蒼白地吼道。

「已經最快了！」喬說。

嗚！嗚！嗚！嗚！

小艇射出洞口，飛向海面。看到藍天的那一瞬間，大屁股兩腿一軟癱倒在地。

轟！！！！

幾十公尺外，坍塌繼續著，整個冰川都在搖晃，最終半倒在海裡。

「一座山塌了。」喬停下小艇，看著這壯觀場面道。

「差點死在裡面！混蛋！」大屁股哆哆嗦嗦地罵道。

「值得，至少弄清了一個問題。」喬看著四周，「有人殺了這些亞洲人，並把他們帶到冰原，找到裂縫丟了進去。」

「兇手為什麼這麼做？毀屍滅跡直接丟進大海裡不就行了？」大屁股說。

「警長，丟進大海裡，屍體沒幾天就能漂上來，附近的海岸巡邏隊很快就會發現，而丟進冰縫裡就萬無一失了。不過這幫人沒想到，冰川會坍塌。」喬說。

「你覺得誰的嫌疑最大？」

喬望著弓頭村的方向：「有實力一下子殺這麼多人，還能想到將屍體丟進冰縫裡……」

大屁股立刻明白了喬的意思，隨即雙眉一蹙，又道：「但動機是什麼呢？還有，這些亞洲人為什麼會出現在這裡？十多個人進入北地，起碼有入境記錄吧，先前我們翻遍了記錄，什麼都沒發現。」

「我想他們並不是正規入境的。警長，你想呀，如果是正規入境，失蹤這麼長時間，難道不會有人發覺和調查嗎？」

「那就是說……沒打招呼就進來了？」

「偷渡？」喬輕聲道，又想了想，「也不太可能呀，邊境警察難道不會發現嗎？」

「如果是從海上來的呢？」

「警長，你以為海岸巡邏隊那幫人是白癡嗎？天上有飛機，海面上有船。」

「那這幫倒楣的傢伙到底是怎麼來到這裡的？」大屁股陷入深思。

島。」

喬沒有說話，他皺著眉頭，看著眼前的海域。

「我們是不是先離開這裡再說。」納努克道。

「放心吧，這回你幫了大忙，答應送你的汽油不會少。」大屁股笑道，「走吧，去惡魔島。」

惡魔島出現在眼前時，已經快到傍晚了，光線逐漸暗淡，天空一片澄澈。大屁股遠遠看見碼頭上的白鯨。

「那小子肯定等急了。」

小艇停靠下來，大屁股和喬跳下，發現白鯨愣愣地盯著他們身後的納努克。

「那傢伙你不認識？」大屁股問。

白鯨愣了一下，看著大屁股道：「不認識。」

「我以為你們認識呢。」大屁股抓抓頭，「他也是尤皮特人，是住在星星角的獵人，現在在希望角捕海豹。對了，有件事需要你幫忙。」

「什麼事？」

「他的汽油快用完了，你得去療養院給我弄兩桶來。」大屁股掏出錢包，取出幾張紙幣。

白鯨沒看他的錢，轉身朝島上走去。

納努克將船停在棧道邊，並沒有下船。「這就是惡魔島？」

「你不會一次都沒來過吧？」喬問。

「沒有。」納努克搖頭，「這是弓頭村的領地，如你所知，我們是不同的部落。」

「也是。」喬笑著說，「今天多謝你了。」

「沒什麼。」

三個人有一搭沒一搭地聊著天，直到白鯨出現在棧道那頭。他拎著兩大桶汽油，似乎很累，隨後將油桶放在地上，喘著氣朝大屁股招手。

「我應該和他一塊兒去的。」大屁股的語氣裡帶著歉意，隨即掐滅菸頭過去將油桶提回來，遞給納努克。

納努克接過油桶，對二人點頭示意，隨即發動小艇離開了。

「這傢伙活得倒是無憂無慮，比我們強。」大屁股抱著胳膊道。這時，白鯨氣喘吁吁地來到他的身後。

「這個人，你們哪裡碰到的？」白鯨看著納努克的背影問。

「希望角。」大屁股說。

「他一直都在這裡？」白鯨問。

「原來在星星角林地裡打獵，聽他說，一年多之前才到這邊吧。」大屁股轉過頭看著白鯨，「你對他似乎有點興趣呀？」

白鯨跳上船，「回村吧，我們出來得有點久了。」

「回去，我快要餓死了。」大屁股說。

三個人上了船，發動小艇返回了弓頭村。一到碼頭，白鯨迫不及待地跳了出去。

「再見！我得趕快回家了。」白鯨擺擺手，跑開了。

「這小傢伙。」大屁股笑著搖搖頭。

兩人安放好船，步行回村。「我想我們得好好問問。」喬說。

大屁股低頭走路，「難道弓頭村那幫傢伙之前對我們說了謊？」

「現在看來，完全有這個可能。」喬一邊走一邊道：「儘管我們不知道那十來個亞洲男人怎麼來到這裡又是怎麼招惹上麻煩的，但能將事情做到這種地步，弓頭村的人即便脫得了關係，也肯定知道些什麼。」

「如果真是他們幹的，問大概也沒用。尤皮特人我還是了解的，這種集體犯罪的事，肯定會約好守口如瓶，說不定還對著什麼巨鯨發過誓。」

「是呀，很難。所以要想些計策，找那些沒什麼心眼的人。」喬摸著下巴道，「閃電、颶風那樣的傢伙城府很深，有個人說不定一不留神會露出口風。」

「你是說瘋熊？」

「嗯。大腦簡單四肢發達的傢伙。」喬笑了笑說。「先回斷頭旅館把肚子填飽再說。我要餓死了。」

兩人穿過村子來到旅館，見閃電滿臉是血靠在櫃檯上，角鶚在給他包紮。

「怎麼回事？」大屁股看著一片狼藉的櫃檯問。

「瘋熊！那傢伙太放肆了！」角鸚很生氣。

「怎麼，你們又打架了？」大屁股走到跟前，笑道。閃電痛苦地「嗯」了一聲。

「為什麼？」

角鸚幫閃電擦拭臉上的血，道：「因為那份漁業合作的合約。」

「合約？」

「是的。閃電代表弓頭村和因陀羅簽下了合約，不久之後瘋熊就找上了門。」

「你們這麼快就把合約簽了？」大屁股多少有些意外。

因為疼痛，閃電齜著牙道：「我能有什麼辦法？因陀羅先生對我們很滿意，決定合作，我得趁熱打鐵，這份合約簽下來，對弓頭村是大好事。」

「但瘋熊還是揍了你！」大屁股笑起來，隨後看了看周圍，「那兩個印尼人呢？」

「瘋熊差點連他們也揍了，我把他們藏到了後院。」閃電說。

「瘋熊呢？」

「不知道，我想應該是滾回他的帳篷了吧。」

「先給我們弄點吃的。」大屁股和喬找了個桌子坐下來，角鸚便回去忙活了。

閃電拎著一瓶威士忌在大屁股身邊坐下，給二人倒了酒。「對了，因陀羅先生有事情跟你們說。」

「什麼事？」大屁股直起身子問。
「這個我就不知道了。等等，我去找他。」閃電起身進了後院。大屁股和喬面面相覷。
很快，因陀羅跟著閃電進來。
「聽說你有事找我！」大屁股把面前的杯子推給因陀羅。
「我不喝酒。」因陀羅說。
他抬起頭看著大屁股和喬，臉上沒什麼表情。這傢伙一直這副德行，沒有多大的喜怒哀樂。
「說吧，什麼事情？如果和漁業合作有關，你們應該找州政府。」大屁股說。
因陀羅搖頭，「是關於那些屍體的事。」
「屍體？」大屁股吃了一驚。
因陀羅示意大屁股放鬆，「上午我們和閃電轉了轉，無意間看到了那些屍體。」
「然後呢？」
「我想，我知道那些人的來頭。」因陀羅僵硬地笑笑。「哦？你認識他們?!」
「不認識。」因陀羅看著二人，「不過，有具屍體，就是那具脫光了衣服被解剖的屍體，是你們做的屍檢吧？」
「是，我做的。」喬說。
「你有沒有注意到，那具屍體的肩頭有個紋身？」

「有，是一條劍魚。」

因陀羅點點頭：「我想，如果剩下的屍體你也檢查了的話，應該會有同樣的發現。」

「你想說什麼？」大屁股問。

「你們知道，印尼到處都是島，海岸線很長，大大小小的漁業公司多不勝數。漁業公司的人為了彼此分辨，或者說，為了顯示自己的所屬，往往會在身上紋上自己公司的標誌。」

「如此說來，那個劍魚紋身代表著……」

「這些人同屬於一家叫劍魚的漁業公司。」因陀羅說，「我們公司業務很廣，之前我接觸過他們幾次，認得那個標誌。」

「你幫上我們大忙了！好好跟我們說說！」大屁股很激動。

因陀羅搖搖頭，「這家公司我並不了解。我建議你們回警局好好查一查，說不定有結果。」

大屁股和喬相互看了看，同時點頭。

「好了，我說完了。」因陀羅起身離去，「人老了，總是會覺得累。」

「這傢伙倒是提供了一個重大情報。」大屁股興奮地說，「如果能查清劍魚漁業公司的來頭，事情就好辦多了，說不定就會水落石出。」

「的確如此。不過得通過當地的大使館，程序很繁瑣，說不定要花很長時間。」喬說。

「沒事，向上級報告，他們會配合的。」大屁股信心滿滿。這時，角鸚端上了飯和湯，大屁股和喬一陣風捲殘雲，一會兒工夫就吃飽喝足了。

「我回去吧，東南亞那邊我熟悉一點。」喬說。

「程序上的事情我能疏通，我們一起回去。」大屁股站起來道。「我一個人足夠了，你留在這裡……」喬湊過來，低聲道，「我總覺得事情沒那麼簡單，這裡需要你。而且，瘋熊……」

「好吧，你辛苦了，快去快回。」

「我盡力。」

兩人起身要走。

「你要回警局？」閃電起身攔住。

「怎麼了？」喬問。

「沒什麼大事，如果你回去的話，順便幫個忙。」閃電指指大廳裡那部電話，「讓他們趕緊把線路接通。」

「沒問題。」喬笑道。

出了旅館，走到村中的岔口，喬騎上自行車回警局，大屁股則往颶風家的方向去了。

風又大起來了，天色倒是很好，晚上一定能看到絢爛的北極光。

黑杉林

一道朦朧的光從西南方的山頂退去，山丘下的溪流開始結冰。空氣凜冽，隱隱帶著杉樹的特有香味。

大屁股喘著粗氣走上山坡，眼前這片黑杉林曾經歷過大火，新木從灰燼和朽木中生長出來，倔強著往天空延伸。

穿過那條被千奇百怪的神像包圍的小徑，就是颸風的帳篷了。一頭馴鹿突然跳出來，攔在前方，用美麗的雙眼盯著大屁股。這裡距離村子並不遠，這般不怕人的馴鹿相當少見。

大屁股嘿嘿笑了兩聲，慢慢走上前去，準備近距離和馴鹿接觸一下，哪怕觸摸一下那身美麗的皮毛，也是件不錯的事情。

「我要殺了那傢伙！」一聲大吼驚到馴鹿，牠叫了一聲跳出去，很快消失在樹林裡。

「他媽的。」大屁股罵了一句，抬頭看見瘋熊從颸風的帳篷裡怒氣衝衝地出來，隨即拐上另一條路，跑開了。

大屁股愣了一下，趕緊走過去。

「瘋熊！瘋熊！」帳篷的門被推開，颶風一邊呼喊著一邊走出來，白鯨跟在他身後。

「怎麼了？」大屁股來到跟前。

「是你啊。」見到大屁股，颶風有點意外，隨後看著瘋熊消失的方向嘆了口氣，「沒什麼。」

「沒什麼？不對吧，那傢伙剛才說要殺人呢。」

颶風搖搖頭，「不過是說說。不會的。」

「發生了什麼事？」

「還不是因為閃電。」

「那份漁業公司的合約？」

「嗯。他聽說閃電已經和那兩個印尼人簽了合約，氣壞了。別管他了，他不會殺閃電的。」

「是嗎？」大屁股皺起眉頭。

颶風掃了大屁股一眼，道：「你來這裡幹什麼？」

「哦，有些事情要問你。」

「該說的我之前都說了。」

「是關於那些亞洲人屍體的。」大屁股點燃一根菸，「今天我們去了一趟冰原，找到了剩下的屍體。」

說到這裡，大屁股特意看了颶風一眼。老頭臉上沒有露出任何異樣，這讓大屁股稍稍有些失望。

「我想，是有人殺了那十幾個可憐蟲，然後將他們的屍體搬到了冰原，扔進冰縫。」

「你想說什麼？」颶風似乎對這些不感興趣。

大屁股站在颶風對面，死死盯著他，「儘管不知道這十幾個人的來頭，但我想，你們一定知道些什麼。」

「你在懷疑弓頭村？」

「還能有誰呢？」

「那可不一定哦。」颶風笑了一下，「尤皮特人只關心自己的土地和巨鯨，其他事情和我們沒有任何關係。」

「你剛才說不一定，是什麼意思？」

「警長先生，兩年前，這裡可不只有我們。」

「哦？」

「兩年前，石油公司想在這裡大幹一場的事，你不知道？」

「並不是太清楚，據我所知，當時好像要大規模勘測、開採北地的石油，但遭到了你們的強烈反對，聽說還差點動手，不過後來他們突然就撤走了。」

「是的。他們在鎮上設立了指揮部，好像就在你們警局的隔壁。鎮上到處都是他們的人。」

颶風笑了笑。

「你的意思，是他們殺的？」

「我不敢肯定，但誰知道那幫混蛋會幹出什麼事情呢？畢竟，他們招來的打手中間很多都是流氓和犯過罪的人。」

「這倒是個重要情報。」大屁股想了想說。

「不管怎樣，反正和我們尤皮特人無關。」颶風說完，轉身進了帳篷。

大屁股看著白鯨，這孩子一直盯著瘋熊離開的方向，臉上露出擔心的神情。

「放心吧，我正好回旅館，沒事。」大屁股伸出手，想摸摸他柔軟的頭髮，白鯨急忙躲開了。

「你這傢伙。」大屁股討了個沒趣，便順著瘋熊剛才走的那條路離開了。

往前走了一會兒，大屁股忽然看見一個尤皮特人背著獵槍搖搖晃晃地走過來，似乎是要進林子打獵。走近一看，是平時在斷頭旅館打下手的病狼。

「午安，警長。」病狼禮貌地打了個招呼。「你這是要去哪？」

「前幾天在林地裡佈置了陷阱，我去看看有沒有收穫。」病狼說。

「看見瘋熊了嗎？」

「剛剛過去，看起來很生氣，手裡還拎著槍，什麼也沒說。」

「拎著槍?!哪來的槍？我之前沒看到他手裡有槍呀！」大屁股很吃驚。

「這你就有所不知了，他喜歡把槍藏在某些地方。」病狼說。

「謝謝。」大屁股急忙告別病狼，大步跑開。

「警長，怎麼了？需要幫助嗎？」身後傳來病狼的聲音。

「忙你的去吧！」

天快黑了，大屁股心急火燎，瘋熊性格暴烈，又拿了槍，如果真動了殺心，那可就糟了。

一口氣跑了十幾分鐘，眼前出現了岔道，一條通向村裡，一條向北蜿蜒，還是沒有看到瘋熊。

「媽的，可別出差錯。」大屁股喘息著跑下坡，衝向弓頭村。到了斷頭旅館，大屁股已經累得連口氣都喘不上來。

砰！一聲巨響傳來，嚇得大屁股打了個寒顫。一朵巨大絢爛的煙火在高空中綻放。

「好看！好看！」

「再放一個！」

砰！

旅館門口，一群孩子歡呼雀躍著。

因陀羅蹲在地上放煙火，笑意盈盈。大屁股走過去，看著這幫快活的人，苦笑了一下。

因陀羅急忙站起來打招呼：「警長，你怎麼會在這裡？」

「我怎麼就不能在這裡？」

「哦，我以為你們回警局了。」

「喬回去了。」大屁股看了旅館一眼，「瘋熊來過沒？」

「沒有。」

「沒來就好。」心裡的石頭落了地，大屁股跌坐在臺階上，「閃電在不在裡面？」

因陀羅搖頭：「不在，我的那個手下，怖軍，嫌待在這裡無聊，和閃電去觀察站那邊的冰原上打海豹去了。」

「去冰原了?!」大屁股想起剛剛經過的分岔路，噌地一下站起來，「不好！」

「怎麼了？」因陀羅忙問道。

「瘋熊拎著槍說要殺閃電，往北面去了。說不定連你那個手下也一塊殺掉。我得趕緊去觀察站！見鬼！」

「我和你一塊兒去。」因陀羅大驚失色，趕忙跟上。兩人離開村子，朝觀察站方向飛奔。

光線越來越暗，天空中出現了北極光。

大屁股焦急萬分，拚命地擺動那兩條肥腿，跑得上氣不接下氣。

「快點呀！」他回頭看了一眼，因陀羅被遠遠甩在後面。

「他媽的，真是個累贅！」大屁股罵了一句，又想到這傢伙畢竟五十多歲了，只得站住等待。

因陀羅跌跌撞撞，突然一個踉蹌摔倒在地。

「警長！警長！」他叫著。

「怎麼了？」

「我扭到了腳，走不了了。」因陀羅的聲音裡帶著痛苦，捂著腳踝，疼得五官扭曲。

「見鬼！」大屁股幾乎要崩潰，跑了過去，「真走不了了？」因陀羅搖了搖頭。

大屁股看看四周，一邊是海，一邊是陰森森的林地。

「警長，要不你先趕過去吧。我留在這裡也行。周圍沒有熊吧？」因陀羅故作鎮定，臉上卻藏不住恐懼。

「算了吧！就算沒有熊，還有那該死的水獺怪呢。」大屁股抓了抓頭，蹲下身子，「滾上來，我背你。」

「謝謝……」因陀羅費力地站起來，趴在大屁股身上。

「想不到你這混帳這麼沉。」大屁股吸了一口氣，背著因陀羅一邊走一邊說。

「我們這些海上奔波的人，風裡來雨裡去，身體都還不錯。」因陀羅笑道。

「我就不該帶你來。上帝保佑，但願瘋熊那傢伙別碰到閃電他們。」大屁股望著天上的北極光祈禱。

到了觀察站，大屁股搖搖晃晃湊到門前，頓時癱倒在地，兩隻眼睛向上翻著，死魚一樣。

因陀羅一瘸一拐地上了臺階，使勁敲門。

門嘎吱響了一聲，老哈威花白的腦袋探了出來。「你們怎麼來了？」

大屁股爬起來，「瘋熊來過沒？」

哈威愣了愣，「沒有。怎麼了？」

「感謝上帝！」大屁股在胸前畫了個十字，「太好了，趕快給我倒杯水，渴死了。」

不過，很快他又把老哈威拽了回來。

「閃電和那個叫怖軍的傢伙，不在你這裡嗎？」大屁股看著空蕩蕩的屋子問。

「你說他們兩個呀……」哈威笑了笑，「來過，說是要去冰原上打海豹，在我這裡待了一會兒，喝了不少威士忌呢。後來納努克來了，說冰原上這個時候根本打不到海豹，建議他們去黑杉林打狐狸。」

「他們就去了？」大屁股睜大眼睛。「嗯。那地方狐狸很多。」

「見鬼！」大屁股絕望地叫了起來，「黑杉林在什麼地方？」

哈威朝門外指了指，「東邊十英里，是尤皮特人的狩獵地。」

因陀羅看著大屁股擔憂地說：「警長，如果瘋熊在林地裡遇到他們……」

「我得走了。」大屁股轉身想走。

「我和你一起！」因陀羅說。

「你都這樣了，跟著我幹什麼？」

「我能走！能走！」因陀羅找了根長鐵棍，「我不會比你慢。」看著老頭臉上的焦急，大屁股擺了擺手，「你跟不上我的話，我可不會再背你。」言罷便氣呼呼地出去了。

「到底出了什麼事情？」哈威道。

「晦氣的事情！」因陀羅學著大屁股的口氣說。

順著哈威指引的方向，大屁股和因陀羅一前一後快速前行。

天氣濕冷，樹木被風吹得搖搖晃晃，呼出的氣在面前變成一縷白色長煙。

「這裡應該就是黑杉林吧？」大屁股滿頭大汗的，停下來看了看四周。

他粗略計算了一下，離開觀察站已經有七八英里了。眼前這片廣袤森林生長著的幾乎全是黑雲杉，苔蘚密佈，幾乎沒有什麼路，鳥獸留下來的糞便隨處可見。

「應該就是這片林子吧。」因陀羅趕上來，同樣氣喘吁吁。靠著一根鐵棍一瘸一拐地走這麼遠的路，也算難為他了。

兩人站在一處凹地裡，周圍都是狹長的山脊，前方是一片面積不大的沼澤，有一棵大樹倒在上面，成了一條路。

「該往哪裡走？」大屁股問。他覺得迷路了。

林地這麼大，閃電和怖軍如同兩條魚游進了大海，鬼知道他們會在哪裡。

一想到此刻拎著槍滿臉怒氣的瘋熊有可能也在尋找他們，大屁股的心就揪了起來。

因陀羅四處看了看，沒出聲。他根本不知道該往何處去。

「要是有個弓頭村的人在這裡就好了。」大屁股吐了口唾沫。

身上的衣服已經濕透，冷風吹來冰冷刺骨，很不好受。「還是先過了這片沼澤再說吧。」因陀羅說。

「嗯。再往前走走。」大屁股點點頭。

艱難地過了沼澤，前方的軟泥裡露出兩串腳印。「應該是他們！」大屁股欣喜道。

「警長，來看看這裡！」因陀羅在旁邊叫起來。

大屁股走過去，發現地上有一大攤血跡，隨即心裡一驚，蹲下身查看，「不是他們的血，周圍有不少帶血的狐狸毛，看來他們收穫了獵物。」

「應該不遠了。」因陀羅說。

砰！

清脆的槍聲迴盪著，聽起來不是很遠。

「是他們！」大屁股看著東邊，對因陀羅說，「快！」

兩人加快腳步，在叢林裡摸索著，向槍聲傳來的方向穿梭行進。一個多小時後，已經走出兩三英里，密集的黑雲杉林不見了，視線豁然開朗，是一片平坦的山谷。

幾百公尺外有火光傳來，一棵樹上火焰飛舞。那是一棵粗壯的雲杉，並沒有枯死。

「怎麼會著火？」大屁股疑惑道，不由加快了腳步。到了近前，突然哐啷一聲坐在地上。

準確地說，不是樹著火，而是一個人。

那個人被綁在樹上，烈火正在他的身上肆虐，已經被燒得露出了白骨。那張臉雖已焦黑一片，但仍然得以辨認。

是閃電！

大屁股搖搖晃晃地站起來，繞過那棵樹，再次睜大眼睛。一塊巨石後面的平地上，倒著兩個人，他們隔著二三十公尺的距離，仰面向天，無聲無息，鮮紅的血濡濕了他們身下的土地。是怖軍和瘋熊。

「這到底是怎麼回事？」大屁股轉過頭，望向因陀羅。老頭站在不遠處的林地裡，周身被黑暗籠罩著。

「快點過來，找到他們了！」大屁股喊道。

因陀羅一瘸一拐地快步走來，看清之後，臉色死灰地盯著大屁股。

「全死了……全死了……」他喃喃道。

深夜。

斷頭旅館裡燈火通明，人頭晃動。一個女人在哭，淒厲悲慘。閃電那具燒得焦黑的屍體擺放在大廳裡，身上蓋著一條毯子。角鸚趴在他身上，哭到昏厥。另外兩具屍體並排放在桌子上。

大屁股攤了攤手，「……基本上，就是這麼回事。」喬坐在大屁股對面看著屍體，在想著什麼。

村裡的男人們都來了，颶風和白鯨也在，一老一小圍在瘋熊的屍體旁邊。颶風雙手撫摸著瘋熊的額頭，低聲吟唱著，眼淚從微閉的眼角潸然而下。

「就像我剛才說過的那樣，瘋熊一直反對閃電和印尼人簽署合約，有殺人動機。我去颶風的帳篷時，見他吼著『我要殺了那傢伙』跑了出去，路上病狼也看到他拎著槍。」大屁股背著手，看著周圍的人，「閃電和怖軍原本要去冰原打獵，後來聽納努克說冰原根本打不到海豹，所以轉而去了黑杉林。

「在那裡，閃電和怖軍碰上了瘋熊，然後悲劇就發生了。我仔細檢查了屍體，過程應該是這樣的——瘋熊從後面偷襲怖軍，將他擊暈，然後用槍殺掉了閃電，隨後將他綁在樹上放了火，然後……我想，應該是怖軍醒了，瘋熊也察覺到了，兩人同時舉槍，雙雙斃命。」

房間裡的人都沉默了，不少人點著頭，對大屁股的推斷表示認同。

「不可能！」颶風猛然站了起來，雙目圓睜，「瘋熊不可能殺閃電！絕對不會！」

大屁股揉著太陽穴，一副頭疼的樣子，「颶風，我十分理解你的心情，但事實就擺在眼前……」

「狗屁的事實！」颶風憤怒得如同一頭獅子，「瘋熊不會殺閃電！」

「他說那句話的時候，我聽得清清楚楚，而且他拎著槍往北去了！」大屁股道。

「他的目標不是閃電！」颶風脫口而出。

「那他要殺的人是誰？」一直沒說話的喬站起身，盯著颶風。颶風張了張嘴，沒有繼續說下去，隨後憤怒地哼了一聲，抱著瘋熊的屍體出去了，白鯨也跟著離開了。

「把話說清楚！」喬想跟過去，被大屁股拉住。「別跟他扯了！鐵證如山，他還狡辯。」

電話突然響了。

距離電話最近的病狼嚇了一跳，趕緊接過來，隨後朝大屁股招了招手。

「線路接通了？」

「找甘比諾。」病狼捂住話筒，小聲道。

「找甘比諾？」大屁股狐疑地拿起電話，「我不是……哦……他死了……對，死了……我是警長……喂……」

片刻後，大屁股放下話筒走回來。

「散了，趕緊散了。」大屁股朝大廳裡的尤皮特人喊了幾句，人群便一哄而散。

「誰的電話？」喬朝電話嘛了嘛嘴。「莫名其妙。一個叫安妮的女人。」

「說了什麼？」喬揚了揚眉。

「上來就問，『那件事做完沒有？』沒頭沒腦。我說甘比諾死了，她就掛掉了電話。」

喬摸著下巴沉思。

「別管這狗屁電話了！」大屁股指著地上的屍體，「一波未平一波又起，怎麼辦？」

「你剛才的推論，我不認可。」喬瞇起眼睛道。

「不認可？鐵證如山呀！」大屁股睜大眼睛。

「我們出去說。」喬拍了拍大屁股的肩膀。

外面的風停了，夜空澄澈，極光流動。兩人掏出菸，點上。

「警長，你剛才的推斷聽起來很合理，但有三個疑點。」喬說。

大屁股冷笑兩聲，「我幹了二十年警察。你說說，遺漏了什麼？」

喬吐了個菸圈，「第一，槍聲。」

「槍聲？」

「你在林地裡，聽到了幾聲槍響。」

「砰！一聲。」

「閃電是被人從背後用刀殺死的，和槍無關。怖軍和瘋熊的身上，兩個槍眼。」

「所以我才說他們是同時開槍的。」大屁股大聲道。

「同時開槍，槍聲同時響起，這種概率太小了，尤其是在那種情況下。」

「那也不代表沒可能。」大屁股爭辯。

喬笑了一下，「好，就算是同時開槍。那麼第二點，閃電。」

「閃電怎麼了？」

「他被綁在樹上燒了。」

「對。這個是挺難解釋的，殺了就殺了，為什麼還要綁在樹上放火燒？或許是尤皮特人的傳統？別忘了，他們特別看重人的屍體，屍體被破壞了靈魂就無法順利轉世，放火燒就更慘了。看來瘋熊對閃電恨之入骨了。」

「我說的可不是這個。」喬搖搖頭，「警長，你太大意了。人的身體可不是那麼容易著火的，即便閃電穿著皮衣，也不可能燒得連樹都著起來。事實上，我在他的身上發現了汽油的痕跡。」

「汽油?!」

「瘋熊出去時，可沒提著汽油吧？閃電和怖軍是去打獵的，隨身帶著汽油做什麼？那麼問題就來了，汽油是哪裡來的？」

「這個……」大屁股睜大眼睛。

「和你一樣，我現在也弄不清楚為什麼兇手要燒了閃電的屍體，而且還冒著被發現的危險費勁去弄汽油，這裡面肯定有某種動機。」喬把菸頭扔在地上，「不過……弓頭村的汽油都集中放在旅館裡，如需使用，比如使用船塢裡的小艇，要向閃電申請。我問了角鸚，也去查看了，並沒有少。除此之外……」

喬思忖良久，突然打了個響指道：「還有三個地方能搞到汽油。觀察站、惡魔島……」

喬故意賣了個關子。

「還有呢？」大屁股問。「我們用過的那艘小艇。」

大屁股立刻明白了，「我們沒有船塢的鑰匙，它還停在船塢外面！」

「汽油也有可能是從小艇的油箱裡抽取的。」喬點頭，表示同意，「這裡離船塢比較近，我們先從小艇查起。」

兩人向船塢疾步而去。

「你說有三個疑點，最後一個呢？」大屁股問。

「颶風。」喬低著頭，「他說瘋熊的目標並不是閃電。如果這句話是真的，那說明瘋熊去殺的應該是其他人。」

「誰？」

「不知道。現在去問，那老頭肯定也不會說。我覺得這裡面有蹊蹺。」

「可怖軍和閃電為什麼會死呢？」

「如果，我是說如果……」喬皺著眉頭，「如果瘋熊的確是去殺某個人，但卻被對方殺了，然後對方碰到了怖軍和閃電……」

「殺人滅口！」

喬又搖了搖頭：「也不對。如果是那樣，偽造現場也就算了，為什麼要用汽油焚燒閃電呢？我覺得這件事是計畫好的……」

喬有些解釋不下去了。

「別想這些了，先去檢查小艇。」大屁股道。二人加快腳步。

「你回市裡調查，有什麼結果？剛才光顧著那三具屍體，忘了問。」大屁股說。

走在前面的喬停住腳步，深深吸了一口氣，「警長，這次我有了大收穫，而且絕對是你根本無法想像的大收穫！」

騎鯨人

深夜，萬物歸於平靜。只剩下海浪拍擊巨石的砰砰聲和親吻沙灘的嗤嗤聲，還有更遠處猶如鼓點一般的某種響聲，如同大海在打著呼嚕。

「回到警局，我幹了許多事，聯繫到了印尼和泰國當地的領事館。」

大屁股好奇而緊張。

「首先是關於劍魚公司的……」喬笑了笑，「這家公司可是大有來頭。」

「很厲害嗎？」

「全名叫印尼劍魚漁業公司，主要的業務是海產加工品出口。」

「海產加工品出口？」

「就是派出捕魚船在大洋裡四處漂泊，滿倉之後運回公司，經過簡單的加工直接出口世界各國。」

「一幫魚販子而已。」大屁股大失所望。

喬笑，「如果這麼想就大錯特錯了。這家漁業公司成立的時間並不長，四五十年吧，是一家私人公司，老闆叫卡隆，印尼人。總部在一個叫班納吉島的小島上。」

「班納吉島？從來沒聽過。」

「我也沒聽過。我在地圖上查了很長時間，好不容易才找到。」喬瞇起眼睛說，「這座島孤懸於無邊無際的大洋之中，幾乎與世隔絕，沒有網路，連手機信號都十分微弱，是印尼最偏遠的島嶼，距離澳大利亞最北端將近七百公里。整個島嶼是座熱帶雨林，只有靠近海灣的地方適宜人類居住。據說雨林裡現在還有當地的土著部落，赤身裸體，還有吃人的傳統。」

「什麼鬼地方呀！」大屁股說。

「你能想像嗎，卡隆當初帶著一艘小型破舊的捕魚船來到鳥不拉屎的這鬼地方，幾十年之間，發展成為擁有近百艘現代捕魚船、產品出口幾十個國家、印尼最大的幾家捕魚公司之一。」

「這個人，還真不簡單。」

「如果是像一般人那樣經營，這麼快的發展速度的確不簡單。事實上，這傢伙根本就是賺不義之財。」喬頓了頓，「他靠的是奴隸。」

「別扯了，現在還有奴隸？」大屁股啞然失笑。

喬很嚴肅，「對，漁奴。」

「漁奴？」

「嗯。」喬吸了口氣，「儘管現代捕魚業和幾個世紀前相比已經發生了天翻地覆的變化，但最基本的人員結構依然沒變——一艘船、船長、管理層以及有力氣的船員。對漁業老闆來說，最大的開銷是船員的薪水，如果船員有死傷，還得支付高額的賠償費。」

「是這個道理。」

「但這些在卡隆的漁業公司根本不存在，原因就是他有漁奴。」喬停頓了一下，「我在東南亞待過很多年，有些了解。那裡的人大部分都十分貧窮，幾百美元就能養活全家一年。卡隆會在那些國家招攬人手，泰國人、越南人、緬甸人等。對這些人來說，幹上幾個月就能拿到豐厚的報酬，絕對是美差。」

「可你剛才說卡隆不會付薪水。」大屁股道。

「當然不用付了。」喬笑，「當這些滿心歡喜的傢伙上了他的捕魚船，噩夢就開始了。他們會被捆上，丟進船艙的最底層去往班納吉島，然後就成了奴隸。」

喬點了一根菸，「那裡遍佈著卡隆那幫端著槍的手下，根本逃不出去，他們的下場可想而知——這麼說吧，和幾個世紀前的黑奴沒什麼不同。吃得比豬差，沒日沒夜在海上幹活，死了之後屍體就被丟進熱帶雨林或大海。對卡隆來說，人永遠都有，一開始他還騙人上船，後來乾脆暗地裡下迷藥、綁架，無所不用其極。」

「政府不管嗎？」大屁股道。

「政府？呵……」喬笑起來，「一方面，班納吉島太偏僻，政府根本管不過來，也不願意去和那幫亡命之徒火拼。另一方面，卡隆這傢伙除了捕魚，販毒、打劫這類事情也沒少幹，積累了巨額財富，政府和警察系統的不少高官在賄賂之下都成了他的保護傘，更是睜一隻眼閉一隻眼。這麼說吧，在班納吉島，他就是國王，在印尼周圍的廣闊海域裡，他是海上之王。」

「媽的！」大屁股吐了口唾沫。

喬輕笑，「但是，如此風光不可一世的傢伙，兩年前突然不知所蹤，班納吉島也發生暴動，漁業公司四分五裂。龐大的帝國轉眼之間土崩瓦解。」

「為什麼？」大屁股睜大眼睛問。

喬從口袋裡掏出一張照片，遞給大屁股。

大屁股接過來一看，「這不就是你做過屍檢的那個死人嗎？」

「對。」喬笑了笑，「他就是卡隆。」

「什麼?!」大屁股差點被自己的口水嗆死。

「浮冰裡的那些屍體也都是卡隆的手下，劍魚公司的人。」

「他們怎麼會千里迢迢跑來這裡？」

「接下來的事情就更有趣了。」喬賣了個關子，「一幫在印尼為非作歹的傢伙，怎麼會穿過太平洋跑到北地的冰原來呢？我不由自主想到了那艘船。」

話說到這裡，大屁股似乎也明白了。

「警長，還記得我之前跟你說過的嗎？兩年前，費爾羅石油公司的『女神號』從泰國啟程，經過印尼、馬紹爾群島、夏威夷，繞了一大圈來到北地，接著發生了船難，船毀人亡……」

大屁股雙目圓睜，「你是說……」

喬輕輕點了點頭，「船上可不是只有甘比諾那幫人，卡隆他們也在上面。」

「怎麼回事？」

喬抓了抓頭，「我動用了關係，靠泰國當地警局提供的消息，好不容易才打探清楚——女神號去泰國，的確是採購設備，但身為負責人的甘比諾卻幹了一票見不得光的買賣。」

「總不會是綁架當地人當奴隸吧？」大屁股說。

「當然不是，甘比諾幹的可比這個好賺多了。」喬笑道，「東南亞那片熱帶雨林裡除了蚊子、毒蛇、猛獸之外，還有令全世界矚目的遺產，也就是古文物。」

「這個我知道，吳哥窟就是嘛。」

「看來你知道的不少。甘比諾和當地的文物販子勾結，盜出了一大批珍貴文物。據當地警方介紹，那批文物很多都是絕世珍品，光是一尊用整塊帝王綠翡翠雕刻的玉佛，黑市上的價格就是天文數字。所有文物裝了整整三卡車！」

「這個混蛋！」大屁股氣道，「卡隆也有份？」

「當然。」喬邊走邊說，「他和甘比諾的分工很清楚，甘比諾負責把文物搞出來，裝上女神號，然後離開泰國，從印尼走海路出來。那地方是卡隆的地盤，他負責安全，沒人會盤查。

然後女神號經過茫茫太平洋來到北地，這裡是甘比諾的地盤，也不會有問題，上岸之後文物就算安全了，剩下的就是進入黑市變現。這也是女神號在海上兜一大圈的原因。

「當地警方當時已經注意到了文物盜竊，不過當警察進入海港搜索時，女神號早已經駛進了大海。好在甘比諾和卡隆在出海前被錄下了影片，警方這才鎖定他。」

「那警方應該捉拿他們呀！」

「談何容易！」喬嘆了口氣，「印尼方面卡隆已經打點好，根本不管，印尼的海域泰國警方也不敢進去，畢竟是卡隆的地盤。所以他們只能向我國發出通知。」

「這事情，北地警局沒有任何記錄？」大屁股說。

「當然沒有記錄了，我們這種小警局入不了人家的法眼。泰國警方通知的是聯邦調查局，當時為了防止北地這邊有人給甘比諾通風報信，根本就沒把消息傳到這裡，不過倒是動了大動作——海岸巡邏隊在北地海岸幾百海浬之外布下了天羅地網。」

「那最後為何……」

「具體情況我就不知道了。總之，女神號神奇地穿過了海岸巡邏隊進入這片海域，但惡有惡報，誰想到會在惡魔島遭遇巨鯨的襲擊，船毀人亡，那批文物也沉入大海。但是由於沒有證據，警方根本拿甘比諾沒辦法。」

「可以下海去打撈呀！」大屁股說。

「整艘船稀巴爛，聽說還發生了爆炸，鬼知道那些文物都隨海流漂到了什麼地方。」喬搖了搖頭道，「聯邦調查局的人組織了幾次打撈，都無功而返，也只能不了了之。」

喬將菸抽完，豎起了外套的領子，「對了，莫妮卡當時也在船上，她和甘比諾就是在泰國認識的。」

「她一個海洋學教授，怎麼會和甘比諾搭上？」

「之前來弓頭村的路上你也聽到了，她在考察一頭鯨，叫什麼來著……」

「52赫茲，世界上最孤獨的鯨。」大屁股說。

「對。她滿世界追著那頭鯨跑，在泰國認識了甘比諾，一見鍾情。」

「可憐的女人。」大屁股攤手，「這樣一來，卡隆那幫人就有可能是甘比諾殺掉的。」

喬沉默了一會兒，道：「有這個可能。但似乎……」

「怎麼了？」

「根據當時的記錄來看，在女神號上，甘比諾和手下一共才八個人，而對方，也就是卡隆那一方，有十多個人，而且個個都是亡命之徒，如果雙方火拼起來，甘比諾明顯處於下風。」

「如果突然偷襲，也不是沒可能啊！」

「嗯……不過我總覺得沒那麼簡單。」喬意味深長地說。

「這些破事情暫且放下。你這麼說，我倒覺得殺死甘比諾的似乎另有其人。」

「你是指那兩個印尼人？」

「嗯。無緣無故跑這麼遠來北地找尤皮特人合作，本來就有點奇怪，而且正好是印尼人，會不會與甘比諾有什麼糾葛呢？」
「可他們倆當時都有不在場的證明。而且那個怖軍也死了。」
「是。閃電、瘋熊、怖軍死的時候，因陀羅一直和我在一起，他也不會是兇手。」大屁股皺起眉頭，「難道是我多想了？」
「我總覺得還有很多事隱藏在暗處……老實說，我現在已經有些頭緒了，但需要更多有價值的線索。」喬說。
兩人到了船塢，喬走到小艇後方，掏出打火機，借著光亮查看油箱。
「見鬼，油箱並沒有被動過。」大屁股很失望，「你看，上面破損的地方，還是先前我們去惡魔島撞到浮冰留下來的，白鯨用橡膠補上了，橡膠也沒有被毀壞的痕跡。」
「的確是這樣。」喬點頭。
「那就說明汽油是從其他兩個地方弄到的……」大屁股搔著腦袋說。
「嗯？」檢查油箱的喬突然發出一聲怪異的聲音，他掏出小刀，一點點將修補油箱的橡膠刮了下來。
「你幹什麼？」大屁股問。
喬的臉上露出一絲凝重之色，「警長，看來之前並不是撞上了浮冰才漏油的。」
「那是什麼？」

「你自己看。」喬敲了敲油箱。大屁股俯身上前，張大了嘴巴。
「有機會動手的只有一個人。」喬笑道。「但是……理由呢？」
喬沉默了，看著惡魔島的方向出神。這時，一陣宛轉悠揚的樂聲在黑暗中順著風傳了過來，空靈動聽。
「哪來的笛聲？」大屁股看了看，指著不遠處，「那裡。」那是一片十幾公尺高的斷崖，下面是大海。
「過去看看。」喬沉聲說。
「有什麼好看的，我可跑不動了。」
「警長，這段樂曲可不應該出現在這裡。」喬說。
「為什麼？」
喬來不及解釋，掉頭大步向斷崖走去。大屁股跟在後面，一路小跑。
笛聲越來越清晰，與此同時，另一種更加奇怪的聲音也傳進耳朵裡，往斷崖上爬的喬和大屁股面面相覷——深沉悠長的吟唱，之前似乎聽過。
兩人加快速度，爬上斷崖，緩緩伸出了頭。
澄澈的夜空下，絢爛的極光中，一個孩子吹奏著笛子，端坐於大海之上。
「白鯨?!」大屁股發出一聲低呼，「他屁股底下是什麼東西？浮冰嗎？」
「會移動嬉戲還能吟唱的浮冰？」喬搖了搖頭，「警長，那是一頭白色巨鯨！」

「上帝！那麼大！」大屁股驚呼。

「這東西我們碰到過。」喬說。

「你是說在希望角海灣，嚇走弓頭鯨群，從我們船底下過去的那個傢伙?!」

「除了牠，不會是別的了。」

「白鯨怎麼會和他在一起……」大屁股想站起來，「我去把他叫過來問問！」

喬將大屁股壓住，「警長，我想我已經明白了。」

「明白什麼了？」

「來不及說了。」喬拖著大屁股從斷崖上下來，「警長，你趕緊回去找人帶你去惡魔島一趟！」喬的語氣變得很急切。

「去惡魔島幹什麼？」

「去了你就知道了。」喬神祕一笑，「療養院一樓那個太平間，呵呵……黑魚那個老傢伙瞞了我們。」

「好。你不去？」

「我還有別的事情要做。」喬看著北方，「我去觀察站看看。弄清了汽油的來源，閃電、怖軍和瘋熊的死就有眉目了，我們分頭行動！」

大屁股雖然一頭霧水，但還是決定相信喬。二人相互點點頭，然後原地分開，各自行事。

風已經停了，弓頭村的狗吠聲遠遠傳來，跟喬的喘息聲一同在風中流動。喬很激動，他邁開腿奔跑，像一頭健壯的馴鹿。

觀察站出現在眼前的時候，喬停住了腳步，平復喘息後輕輕走到門口。裡面一片黑暗，一點聲音都沒有。喬輕輕一推，門嘎吱一聲開了，並沒有上鎖。喬舉起槍，像豹一樣衝進去，動作敏捷。

壁爐裡的火就快熄滅，借著微弱的火光，喬看見一個人躺在壁爐邊的地上，無聲無息。是老哈威。

他的後背上插著一把刀，已經死了。

喬點燃蠟燭，屋裡亮起來。房間裡井然有序，沒有任何凌亂或打鬥的跡象。哈威面朝壁爐倒下，幾根木柴落在不遠處。刀從他的後背插入，穿過肺葉和心臟，在前胸露出刀尖。

喬的臉色沉凝起來，這一刀正中要害，對手分明是一心想置他於死地。被刺之後，哈威向前爬行了幾步，但很快就死了。

喬仔細看了看哈威的屍體，發現他的手中抓著一張紙片。喬用力掰開他的手指，發現是一張地圖的一部分殘片。那張地圖喬之前來的時候看到過，是一張北地的科考圖。

喬將殘片放進衣袋，起身走到房間的另一角。那裡是存放汽油的地方。一桶桶汽油整齊地堆在牆角，最中間，有一個明顯的空了。看清這些之後，喬轉身，快速出門。他沒有回弓頭村，而是向東北方向跑去。

叢林中光線斑駁，黑雲杉的樹影投射下來，影影綽綽。不知名的鳥叫聲聽起來令人毛骨悚然。灌木叢中、山石旁邊的巨大陰影中，或許正藏著一隻狼或一頭熊，虎視眈眈地打量周圍。

但喬已經顧不上這些了。

他拎著槍，在樹林中跳躍奔跑，路過溪流，穿過沼澤，爬上一座山丘。

「見鬼！」他罵了一句。

不知道跑了多長時間，也不知道走了多少路，他發現自己竟然來到了林地的邊緣，似乎和他想去的地方不一樣，便順著山丘下來，又走了一段路，來到一片開闊地。

「好像迷路了。」喬嘀咕著，卻突然被什麼東西絆倒，摔在地上。

「媽的！」他爬起來，發現是一塊刻著字的碑石，四周看了看，這樣的碑石還有不少。

「難道是警長說的禁地？」喬愣了一下，隨即開始觀察那些碑石。

喬在一塊碑石前停下，看清了上面刻的文字之後，他抽出匕首，開始猛戳墳墓上的土。土壤結冰，堅硬得很，用匕首清理起來很是困難。喬滿頭是汗，忽然聽到身後叢林裡傳來呼啦啦的聲音。

「誰?!」喬急忙抓住槍，對準聲音傳來的方向。「別開槍！別開槍！」是一個男人的聲音。

「出來！舉起手，慢慢出來！」喬低喝道。

灌木叢中緩緩走出一個穿著皮衣的男人。他背著大包，手裡拎著一把槍，高高舉起雙手。

喬看了一下，這個男人他認識，是發現甘比諾屍體的那個尤皮特人——獨眼。

「原來是你，警察先生。」獨眼笑了笑。

喬看了看他身後，沒有其他人，「你在這裡幹什麼？」

獨眼晃了晃手中的槍，「當然是打獵了。先生，你為什麼在半夜跑到這裡來？這可是弓頭村的禁地。」

喬長出了一口氣，放下槍，「身上有傢伙嗎？」

「什麼傢伙？」

「能刨開這該死的凍土的東西。」

「這個行不行？」獨眼從包裹裡掏出一個東西，走向前。那是一把折疊的工兵鏟，應該是獨眼平日裡在林地中露營使用的工具。

「好極了！」喬接過來，開始快速挖掘那個墳墓。

獨眼一臉不可思議，「你這是……掘墳？」

「別說那麼多！幫個忙吧。」喬說。

獨眼丟下包裹，開始幫忙。

很快，墳墓被清理出來，冰冷的土層中露出一具高大的屍體，腐爛得並不厲害。

「果然！颶風那老傢伙騙了我！幸虧迷路了，哈哈哈。」喬大笑，然後重新將土回填。

獨眼像看瘋子一樣看著喬。

「這周圍你很熟悉吧？」喬問道。

「嗯。」

「知道去星星角的路嗎？」

「知道。」

「好，立刻帶我去！」喬沉聲道。

獨眼張了張嘴，似乎想問原因，但最終沒說出口。他背起包裹，拎上槍，看了看喬，「那你可要跟緊點。」

兩道人影在樹叢中穿梭。

「為了那樁案子吧？」獨眼一邊跑一邊問。

「你一直在這裡打獵？」喬沒有回答獨眼的問題。

「世世代代都是。」

「那對這周圍應該很熟悉。」

「一草一木都認得。」

「星星角有個叫納努克的人，你知道嗎？」

「見過幾次。」

「這傢伙的底細你清楚嗎？」

獨眼搖搖頭，「我們尤皮特人從來不過問別人的事情。」

「那他是什麼時候出現在星星角的，你還想得起來嗎？」

獨眼像鳥兒一樣越過一棵倒下的黑雲杉，「應該有一兩年吧，那傢伙在谷地裡搭了個木屋。沒人知道他從哪裡來。對了，那傢伙脾氣很怪，不願意和別人搭話，也從不邀請別人進他的房子，我們很好客的，向來不會有這種人……」

「一年還是兩年，準確點兒。」

「應該是……」獨眼想了想，「快兩年吧。」

喬點了點頭：「他的那個木屋你知道怎麼走吧？」

「知道。」

「我們就去那裡！」

連環殺

河流、樹林、灌木被夜晚蒙上一層薄薄的銀灰色，隱隱閃爍。喬吃力地行進著，有點一瘸一拐。鞋子先前陷進一片沼澤裡，完全濕透，兩隻腳冰涼麻木，幾乎沒有知覺。獨眼在前頭，和喬隔著一段距離。

「我們是不是偏離了？」喬停下來，看了看周圍問。

「沒有。穿過前面那個山谷就是星星角。」

這裡距離觀察站已經很遠，人跡罕至，很難想像會有人居住。「這地方太偏僻，我們很少來，但獵物相對多一些，尤其是馴鹿。」獨眼轉過身，看著喬，「要不要休息？」

喬搖了搖頭。寒氣從地面逐漸向上侵襲身體，那滋味很難受。他把雙手交叉在胸前，抱著身體，用衣領蓋住臉和耳朵，可以稍稍帶來些溫暖。

「快到了。」獨眼說。

穿過山谷之後，眼前豁然開朗，一片黑杉林生長在平坦地帶。「歡迎來到星星角。」獨眼停下來，指了指生長著黑雲杉的丘陵，「他就住在那裡。」

喬長出了一口氣，瞇著眼睛看獨眼手指的方向。天地一片灰茫茫，悄無聲息。

「這時候，那傢伙應該在希望角捕獵吧，我想他不會在家。」獨眼說。

「不，他必須在。」喬說。

獨眼沒說話，搖了搖頭。兩人順著丘陵的邊緣往前走，獨眼叫停了喬。

「有腳印。」獨眼蹲下身查看，「一個人。應該經過沒多長時間，頂多一兩天。」

「是那傢伙？」喬說。

獨眼伸出手量了一下腳印，然後搖搖頭，「不對。」

「怎麼了？」

「應該是個又高又壯的傢伙。」獨眼十分有信心地說，隨後起身，像獵狗一般使勁嗅了嗅，「你沒聞到什麼味道嗎？」

「什麼味道？」喬的鼻子早就麻木了。

「焦味。」獨眼指了指木屋的方向，「應該是那邊飄來的。」

「走！」喬拔出槍，開始飛奔。

兩人轉過丘陵，一座高大的木屋出現在眼前——原木築成的牆壁，苔蘚鋪就的屋頂，門前用枝條圍成柵欄，和其他木屋沒什麼分別。窗戶黑漆漆的，一點光亮都沒有。

院子裡空空蕩蕩，只有一個巨大的鐵皮桶，裡面散發著一股焦糊的味道。

喬雙手舉槍，敏捷地上了臺階，發現門開著。他衝進去，做好了搏鬥甚至射擊的準備，卻發現裡頭空無一人。

屋裡十分雜亂，火爐已經熄滅，喬點上蠟燭環顧四周，在牆角發現了汽油桶，和觀察站裡的汽油桶截然不同。喬上去仔細看了看，桶裡空空如也。牆壁的一角掛著個粗糙的木龕，裡頭放置著一尊手工雕琢的木像。

他走近看了兩眼，將木像放進口袋。這時，獨眼走進來。

「如你所說，人不在這裡。」喬轉過身。

獨眼笑了笑，「我想，這裡發生過什麼。」

「什麼？」

獨眼衝喬勾了勾手指，將他帶到門外。

「看看這裡，這些彈孔。」獨眼指著原木，上面果然有好幾個孔洞。

「不僅這裡……」獨眼指指周圍，「其他地方也有。這裡發生了一場槍戰，而且有人喪命。」

喬看著獨眼，有些驚訝。

「先生，這方面我是專家。」獨眼開始還原現場，「一個人從下面摸上來，路線和我們一樣，我猜就是先前我們看到的腳印的主人……」

喬目不轉睛地盯著他。

「他越過柵欄，進了院子，納努克也從屋裡走出來。那個人立刻射擊，是一把來福槍。」獨眼舔了舔嘴唇，「但第一槍沒有擊中，納努克躲進屋裡還擊，雙方對射。」

獨眼走到鐵皮桶旁邊，「那傢伙運氣不好，在這裡被柴堆絆了一跤，倒在地上，他掙扎著爬起來的時候，納努克果斷開槍，殺掉了他。」

喬細細一看，獨眼站的地方果然一片狼藉，滿是腳印和劃痕，以及一攤已滲入泥土、結凍的血跡。

「殺掉對方之後，納努克離開了。」獨眼指著一串腳印，朝著門口延伸。

「他帶走了屍體？」

獨眼搖了搖頭，「不止這麼簡單。」

獨眼走了幾步，指著另一串腳印，「他回來之後，走向了那裡。」獨眼指了指院子轉角處那個簡陋的寬大木棚。喬走過去，聞到撲鼻的尿騷味，地面上有很多馴鹿的骨頭以及毛髮。

「狗圈。」獨眼走上來，「在這鬼地方，獵人們離不開大狗，哈哈。我想摸進來的那個人之前就是被狗發現了，才會引起納努克的警覺。」

「然後呢？」

「接下來就很簡單了。」獨眼指著地上劃痕，「納努克套上狗，架上雪橇，把屍體放上去，出了門。這些劃痕就是雪橇弄出來的。」

「可現在還沒下雪。」喬說。

「不不不。」獨眼搖頭，「現在也可以。即便不是冬季，但土地已經結凍，雖然行進有些緩慢，狗也會累，但總比自己扛著省力、快速得多。」

「還是讓那傢伙跑了。」喬很失望。

獨眼點上一根菸，「你不想知道被殺掉的是誰？」

「哦？」

獨眼走到鐵桶邊，彎腰拿出一個東西，哐啷一聲扔在喬跟前。那是一把被燒得焦黑的來福槍。

「這東西你認識嗎？」獨眼又用木棍挑起一個黑乎乎的東西，是一只被燒得千瘡百孔的膠鞋，散發著刺鼻的怪味。

喬搖了搖頭。

「這玩意只有弓頭村的人會穿。」獨眼撿起地上那把槍，遞給喬。

喬接過來仔細查看。

「這裡。」獨眼指了指槍膛，上面刻著一頭站立著咆哮的雙頭熊。

「瘋熊的槍。」獨眼說。

喬大吃一驚，「瘋熊?!」

「是的。」獨眼攤了攤手，「槍對我們尤皮特人來說無比重要，所以每個人都會在上面留下屬於我們自己的獨特標記。」
「瘋熊死在了這裡?!」
「對。不過,這兩個傢伙怎麼會打起來?」獨眼似乎對瘋熊的死很惋惜。
喬正要說話,忽然看到遠處高空中有煙火綻放。
「應該是弓頭村吧。」獨眼說。
雖然聽不到聲響,但可以清楚地看到光芒。
「這裡能看到,希望角應該也能看到吧?」喬的表情很複雜。「當然。」
「走!」喬冷笑一聲,衝出院子。獨眼跟著跑出來,「我們去哪?」
「觀察站。」
「去那裡幹什麼?」
「如果我們走運,會在那裡找到答案。」
林地中,兩個身影迅疾飛奔。
這一回,喬跑在前面。因為興奮,他呼呼喘著粗氣,臉也變得漲紅,如同一頭聞到了血腥味的惡狼。
眼前的林地退卻之後,冰原邊緣的觀察站遙遙在望,海風吹來,濤聲陣陣。
喬停下來,雙手放在膝蓋上,彎腰大口喘息,累得幾近崩潰。獨眼擦著汗水,笑道,「如果不做警察,你會是個好獵手。」喬苦笑,正要開口,忽然壓低了身子。

「有人！」

海灘上，從觀察站的方向跑來一個人，有點跛。「不是納努克。」獨眼說。

喬拔出槍，「我想納努克那傢伙應該也被殺掉了。」獨眼愣住。

「抓住他，必要時可以開槍，但不能要這傢伙性命。」喬說。獨眼冷笑，摘下槍。喬衝出去，很快從側面包抄。

「站住！」喬將槍口對準那人。

對方停了下來，頓了頓，沒有動。那是個男人，看不清臉，穿著一件標有「北地科考實驗室」字樣的工作服，拎著一個不大的手提箱。

「放下箱子，舉起雙手！慢慢轉過身！」喬一邊高喊著，一邊舉槍靠近。

「別開槍，我是科考實驗室的。」那人放下箱子，慢慢轉過身。兩人隔著十幾公尺遠，當看清對方臉的時候，喬露出愕然的表情。

眼前的這個男人，喬沒見過。他三十多歲的樣子，黑頭髮，黃皮膚，臉色黝黑，雙目明亮閃爍。

喬看了看遠處的觀察站，目光重新落到這個人身上。

「你是警察？」對方盯著喬問。喬沒出聲。

「這就好辦了！」對方鬆了一口氣，「前幾天因為風暴，聯絡不到觀察站，我就趕過來了。警官，哈威那傢伙被人殺了。」

喬上下打量著這個人，「你的聲音，我似乎在哪裡聽過。」

「不可能。」那人搖頭，「我們沒見過。」

「是嗎？你叫什麼？」

「布魯諾・李。實驗室助理工程師。」他向前走了兩步。

喬看著他的那條瘸腿道，「布魯諾？我想你得跟我走一趟。」

「為什麼？出了人命你們得趕緊調查，我要趕回實驗室。」對方說。

「你一個人深更半夜出現在這個鬼地方……」喬笑，「作為目擊者，我想你得接受盤問。我會通知實驗室，告訴他們你的情況。」

那人想了想，點點頭，「好吧。」喬也放下了槍。

對方忽然將手伸進口袋，接著飛快抬起。當發現對方的手裡多了一把槍之後，喬睜大了眼睛。

砰！

那人手槍落地，胳膊痛苦地垂下去。

「差點讓他得了手！」獨眼跑過來。關鍵時刻，這位尤皮特獵手一槍擊中對方的手腕。

「這傢伙有貓膩。」獨眼將手槍撿起來，一槍托打下去將他擊倒在地。「你應該不叫布魯諾吧。」喬掏出手銬，將那人反手銬住，對著地上的手提箱噘了噘嘴，示意獨眼查看。

獨眼打開箱子，裡面胡亂塞著西裝，還有一些證件。

「不是什麼實驗室的人，是外國的護照。」獨眼把東西扔過來。護照上的照片確實是眼前這個男人，但姓名欄上卻不是布魯諾。

「你去觀察站看看。」喬對獨眼說。獨眼朝觀察站跑去。

「希瓦。印尼人。」

那傢伙面朝下趴在地上，想掙扎著爬起來。

喬拎起他，惡狠狠地盯著，兩人面對面，幾乎鼻子貼著鼻子。「希瓦……希瓦……這個名字，很特別。」喬笑起來。

「我要抗議！我要求到市裡，請我的律師來！在此之前，我拒絕回答任何問題！」對方大聲道。

「冒充實驗室的人員，出現在兇殺現場；想襲擊警察，置對方於死地。希瓦先生，你現在暫時不能回市裡。」喬笑笑，「有很多問題需要你來回答。」

「我不知道你說什麼。」希瓦坐在海灘的一塊岩石上。

「我現在才想起來，不久前在一份檔案上，我看到過你的這張臉。」喬蹲下身，「你的聲音……也很熟悉。」

希瓦轉過身，沒出聲。

喬掏出一根菸。菸抽到一半，獨眼跑過來。「還有納努克也死了！」獨眼邊跑邊喊。

「看看去。」喬和獨眼押著希瓦來到觀察站。

裡頭凌亂不堪，納努克的屍體倒在地上，胸口中了一槍，雙目圓睜，似乎死得很不甘心。

喬蹲下身仔細搜查納努克的屍體，從衣服的口袋裡掏出一封信。他展開看了看，冷笑一聲，隨即把信裝好，費力地扒掉了納努克的衣服，在屍體上尋找著什麼。很快，一個紋身在納努克的大腿上浮現——一條劍魚。

「希瓦先生，我承認，你先前的偽裝很有效，但這回你跑不了了。」

希瓦的身體抽動了一下，看著喬，「我不明白。」

「你會明白的。」喬微微一笑。

「納努克是這傢伙殺的？」獨眼氣喘吁吁地跑到跟前問。「除了他不會有別人。」喬聳聳肩，「希瓦先生，被你殺掉的那個人，真名也不是納努克吧？」對方不說話。

「接下來怎麼辦？」獨眼問。

「回弓頭村。」喬拎起那人，「該是揭曉謎底的時候了。」

風從門裡吹進來，窗簾拂動，頭頂的吊燈搖搖晃晃，照在人們凝重的臉上。

「警長還沒回來嗎？」喬將嫌疑犯扔到椅子上，轉身看著眾人。

病狼站在最前方，身後是弓頭村的男人們。沒人回應喬，所有人的目光都注視著喬帶回來的這個人。

「誰呀？」病狼問道。

喬笑了，露出潔白的牙齒，「你們和他相處了這麼久，還問我他是誰？」

病狼有些懵。

喬費勁地脫掉外套，環顧四周，「發生了什麼事？」

「警長不見了，你也不見了，我們不知道如何是好。」病狼指了指門外，「有人死了。」

「誰？」

「颶風。」

「哦？」喬稍稍驚訝了一下，「什麼時候的事？」

「今天晚上吧。白鯨發現的。」

「屍體呢？」

「在帳篷裡。」

「走，去看看。」喬轉過身，指著椅子上的嫌疑犯，「把這傢伙看好，別讓他跑了。」隨後便跟著病狼出門，去往林地中颶風的帳篷。

掀開簾子，喬看到了極為詭異的一幕：高大的帳篷中間吊著一根繩索，颶風掛在上面，屍體晃蕩著，蒼老的臉上雙目圓睜，舌頭伸在外面，表情痛苦。手腳被很多繩子吊著，形成了一個古怪的姿勢——雙手揚起，一條腿下垂，一條腿抬起，像是在跳舞。「發現之後，我們沒有動現場，保持了原狀。」病狼道。

「做得好。」喬抬起頭，瞇眼看著颶風的屍體。

「糟糕透了！」病狼憤怒地哼了一句，「我實在想不出誰會殺了他。」

「他之前告訴過我，他看到了自己的死亡。」喬轉身離開，「看來是真的。」

病狼跟著出來，「什麼意思？」

「病狼，東南亞人有一句古老的諺語——種什麼種子，就會收穫什麼果實。」喬拍了拍病狼的肩膀說，「我們還是回去吧。」

兩人原路返回，到達斷頭旅館門口時，大屁股的吼聲傳了出來，「哈哈！這一次，可是大大的收穫！」

推開酒館的門，見大屁股雙手插腰，得意洋洋地站在大廳裡，旁邊的椅子上還坐著一個人，一個令所有弓頭村村民都為之震驚的女人——莫妮卡。

「喬，有你的！這女人果真藏在療養院裡，黑魚那老傢伙騙了我們！」大屁股給喬來了個熊抱，「你是怎麼知道的？」喬沒說話。

「這傢伙是誰呀？」大屁股指著椅子上的嫌疑犯問。

「因陀羅先生。」喬笑道。

「因陀羅？」大屁股和病狼不約而同驚叫起來。

「是的。準確地說，應該是希瓦先生。」

「你的意思是，之前這傢伙做了偽裝?!」大屁股問。

「手段十分高超。」喬笑了笑，轉頭問病狼，「白鯨呢？」

「在後院，角鸚照顧著呢。颶風的死對他打擊很大。」

「帶他過來。」喬扯了把椅子，看著大廳裡的所有人大聲道，「所有的事情，該有個了斷了。」

幾分鐘後，病狼把白鯨帶了進來，看到莫妮卡時，他十分吃驚。「好了，人到齊了。」喬清了清嗓子。

大廳裡寂靜無聲，所有人屏聲靜氣。

「莫妮卡教授，你和甘比諾來弓頭村，是為了殉情自殺吧？」喬說。

大廳裡一陣噓聲。

莫妮卡的身體抖動了一下，低下頭一聲不吭。

「得知自己患了癌症，時日無多。兩個深愛著對方的人，決定來到一個特殊的地方，一個有著大海、極光和鯨群的地方，服藥自殺，一起離開這個世界。是嗎？」

莫妮卡雙手交叉在一起，沒有回答。

「這種事聽起來有些悲傷，但又浪漫美好。」喬點了一根菸，「但你被騙了，你根本沒有患上絕症，而你深愛的那個男人也根本不想和你殉情，相反，他希望你趕緊死去。」

莫妮卡緩緩抬起頭，聲音悲戚，「我們之前說好的！」

「的確。可是……」喬無奈地笑笑。

「這到底怎麼回事？」病狼完全聽不懂。

「費爾羅石油公司資產龐大，費爾羅先生對甘比諾的能力一直很欣賞，他的獨生女安妮也對甘比諾愛得死去活來，正好滿足了甘比諾的野心。這樣的婚姻，簡直是天作之合。」

「這種情況下，甘比諾的選擇便很清楚了——娶了安妮，就能徹底繼承費爾羅公司這個龐大的石油帝國，平步青雲！但要達成這個目標，你就成了最大的阻礙，莫妮卡教授。」

莫妮卡的眼淚簌簌滑落。

「如果讓費爾羅知道了你們的關係，甘比諾平步青雲的夢想就會為之破碎。這傢伙是個聰明人，他設了一個很完美的圈套——偽造你患上癌症的醫療單據，並給你服下精心準備的藥物，讓你產生和癌症差不多的反應，再『痛徹心扉』地表示想和你殉情。是這樣嗎？」

莫妮卡深吸一口氣，點了點頭。

「來到弓頭村那晚，你將遺書放在甘比諾的房間，然後按照約定回房，服下準備好的安眠藥，憧憬著離開這個世界之後，在天堂中與他相見。」

喬的聲音冰冷而清晰，「如果不是一個人的參與，甘比諾的詭計完全能夠實現，沒人會發現。」

「誰？」病狼問。

喬轉身，指了指站在不遠處的白鯨。大屁股張大了嘴巴。

「那天晚上，甘比諾接了個電話，我們幾個都在場。」

「這我記得。那傢伙嘀嘀咕咕的。」大屁股說。

「電話是安妮打來的。」喬頓了頓，「女人的直覺向來很準，我想甘比諾和莫妮卡的關係，安妮是知道的。甘比諾想必已經向安妮徹底坦白，並承諾會解決這件事。」

「安妮知道甘比諾的計畫？」大屁股問。

「警長，風暴把通信線路破壞了，修好的那天又來了個電話，你還記得嗎？」

「當然了！」大屁股恍然大悟，「當時是我接的！那女人以為我是甘比諾，問：『那件事完了沒有？』我說甘比諾死了，她就掛了電話。」

「是的。我想甘比諾第一次接安妮的電話時，雙方也是在說這件事情，不過，甘比諾做夢都沒想到，他的話被一旁的白鯨聽到了。」

大屁股看著白鯨，表情疑惑。

「接下來就是那晚的怪事了。莫妮卡在房間裡莫名消失，沙灘上留下怪腳印，你們都認為是水獺怪幹的。」

在場的尤皮特人齊齊點頭。

「現場只有兩串腳印，除此之外別無他物。我和警長懷疑有人開船來到海灘，裝神弄鬼帶走了莫妮卡，為此專門去了觀察站查看雷達記錄，結果發現當晚根本沒有任何船隻經過這裡，最後差點相信了水獺怪的傳說。」

喬笑了笑，凝視著白鯨，「一切都是你幹的吧。」白鯨咬緊嘴唇，不語。

「到底怎麼回事？」大屁股問。

喬盯著白鯨，「你聽到了甘比諾的詭計，決定救下莫妮卡。你倉促用冰塊給自己做了一對怪腳，想將人們的視線轉移到水獺怪身上。你從海裡出來，經過海灘，敲響了那扇門，服下安眠藥的莫妮卡開門後便暈厥了。你來到屋中，屋裡溫度很高，冰爪融化，所以現場才會留下爪印水痕，接著，你把莫妮卡扛在肩上，穿過海灘，再從海上離開……」

「等等！」大屁股打斷了喬的話，「那天晚上可沒有船！」

「警長，你忘記今天晚上我們在山崖上看到的那一幕了嗎？」喬說。

大屁股拍了一下腦袋。

「那頭巨鯨！」喬的聲音驀地提高，「我不知道你和那頭巨鯨到底是怎麼認識的，你們的關係非比尋常，你能指揮牠。你坐著牠從海裡來，又帶著莫妮卡消失在海中，去了惡魔島的療養院，將莫妮卡交給了黑魚。那個老傢伙曾經是軍醫，療養院裡也有醫療設施，莫妮卡因此撿回一條命。」

喬說完後，房間裡所有人都看著白鯨。

「你對尤皮特人的水獺怪傳說十分清楚，又有巨鯨的幫助，所以才搞出那樣一個詭異的現場。」

在所有人的凝視中，白鯨揚起臉，然後緩緩點頭。

大屁股驚訝地咋舌，看著喬，露出無比佩服的表情，「你是怎麼發現的？」

「首先是那艘小艇。」喬看著白鯨，「那天我和警長要去惡魔島，碰到了你。聽到這個消息後，我猜你一定很緊張，因為我們很有可能會發現莫妮卡。所以你主動提出帶我們去，並做了精確的計算，故意引我們撞上了水底的冰塊，然後用刀子戳破油箱，讓小艇因沒油而停下。接著，你跳入海中，游到岸上，去療養院讓黑魚藏起莫妮卡。如果我沒猜錯，當時莫妮卡就藏在那個鎖著的太平間裡，她雖然被搶救過來了，但還在昏迷中。」

白鯨沒有吭聲。

喬繼續道：「你拎著油箱回來加好油，讓我們上了島，之所以沒和我們一起去療養院，是因為你必須儘快修好小艇，將橡膠熔化遮住上面的刀痕。

「如果我們今天晚上沒有去查看小艇，沒有發現上面的刀痕，我不會想到這一點。」喬頓了頓，「除了小艇，就是那頭鯨了。我和警長看到你坐在巨鯨身上在海中玩耍，那個震撼的場面，讓我想像出了你的作案手段。」

房間裡鴉雀無聲。

「有個問題我想不通，白鯨為什麼要救莫妮卡？動機呢？」大屁股說。

「當然要有動機了。他們原本就認識，白鯨不但認識莫妮卡，也認識甘比諾。但是因為臉上的刺青，莫妮卡和甘比諾根本認不出他。」

「我有些糊塗。」大屁股說。
「警長，白鯨根本就不是弓頭村的人！」喬一字一頓地說。
「別開玩笑了。」大屁股直搖頭。
喬抽了一口菸，「你還記得他帶我們去惡魔島時，後肩上露出的那個紋身嗎？」
「記得，一朵蓮花。」
「嗯。蓮花這東西，北地根本就沒有，尤皮特人根本不會有那樣的紋身。而對我來說，那朵蓮花的造型太熟悉了……」
「在哪？」大屁股問。
「東南亞。」喬笑起來，「那裡的人基本都信仰佛教，蓮花是佛教的聖物和標誌，很多人都會將它紋在身上，形狀也和白鯨身上的一模一樣。也是那個時候，我對他起了疑心，不過當時顧不了那麼多。除此之外，今天晚上還發生了一件事。」
資訊太多，大屁股有點懵。
「我經過了弓頭村的禁地，也就是那片墓地，掘開了那座墳墓。」喬說。
「寫著『白鯨』名字的那座墳墓？」
「是的。」喬點點頭，「之前你發現了這座墳墓，起了疑心，颶風的回答是，兩年前弓頭村的捕獵隊在海上被巨鯨襲擊，死了十幾個人，這孩子也在其中。以為他死了，就立了個空墓，沒想到他命大，又回來了，是不是？」

「颶風的確是那麼說的。」

「但那座墳墓並不是空的，裡面有一具成年男人的屍體！」喬冷冷地看著在場的尤皮特人，「你們欺騙了我和警長。」

病狼面色如土。

「尤皮特人生下嬰兒，會用已經死去的人的名字為孩子取名。所以，同一個村裡是絕不可能有重名的情況發生的。如此說來，答案就只有一個了，墳墓中的那具屍體叫『白鯨』，那一晚他死了。眼前這個孩子繼承了這個男人的名字。」喬說。

「是嗎?!」大屁股問病狼。病狼嘴角抽搐著，沒有吭聲。

「事情都到這個地步了，你還不說。」喬笑笑，「好，那我就一點點揭開你們的祕密。」

計中計

窗外大風呼嘯，斷頭旅館的大廳裡氣氛緊張，所有人都看著喬，表情各異。

「兩年前的九月三十號，一艘船在惡魔島附近沉沒，船毀人亡。同一天晚上，弓頭村離奇地死了十幾個人，而且都是健壯的成年男人。對那天晚上的事，甘比諾在警方的詢問記錄中聲稱是碰到了巨鯨襲擊，而且船上只有石油公司的人。颶風也說他們在捕獵時碰到了巨鯨襲擊，死了不少獵手。有足夠證據證明，這兩個人都說了謊。」

喬的聲音有些亢奮，「事實上，這艘船裡存放著一批價值連城的珍貴文物，走私者是甘比諾和劍魚公司的頭頭卡隆。兩年後，卡隆和手下的屍體被發現，儘管有一部分漂到了弓頭村，但可以斷定他們是被人殺死之後拋屍在冰原的冰縫中……」

喬看著大屁股，「警長，你難道還看不出來嗎？」

大屁股好像猜到了什麼，蹙著眉頭。

「一船價值連城的走私文物順利抵達了目的地，只要上岸就會有巨額的收入，兩幫混蛋肯定是因為分贓不均或者甘比諾要獨吞而發生了火拼！」喬聲音高昂，「顯然，甘比諾處於不利地位，卡隆和他的手下不僅人多，而且全是殺人不眨眼的狠角色，一旦發生火拼，甘比諾肯定不是對手，所以他必須找幫手！」

喬盯著病狼，「幫手就是你們吧。」

病狼身體晃了兩下，一屁股癱坐在椅子上。

喬掃了他一眼，繼續道：「甘比諾之前因為要在弓頭村開採石油，和你們搞得很僵。我想你們之所以答應幫忙，是因為他說了放棄石油開採的事。事實上，那件事情發生後，石油公司確實暫停了相關工作。」

大屁股連連點頭。

「那天晚上，當船行駛到惡魔島附近時，颶風帶著弓頭村的健壯男人，在甘比諾的配合下偷偷上船，卡隆和手下被一網打盡。當然，你們這一方也傷亡慘重，甘比諾做夢都沒想到會被一頭巨鯨襲擊，一船的文物也因此沉入海底，一切都成了泡影。至於那頭巨鯨為什麼會襲擊船，我不知道，但應該和白鯨，也就是這個孩子有關，他當時就在船上。病狼，是不是如此？」

在喬銳利目光的注視下，病狼無力地點了點頭。

「船沉之後，你們做了善後工作，將卡隆那幫人的屍體打撈出來扔進冰縫，甘比諾對外宣稱遭到巨鯨襲擊，將文物走私和這場火拼掩蓋了下去，你們把這個孩子帶回弓頭村，取名

『白鯨』，並約定永遠將這件事保密下去。當晚具體發生了什麼我還不知道，但基本上應該就是這樣。」

大廳裡一片死寂。

片刻後，喬又開口道：「接下來就好辦了。」喬笑了笑，「我們說說莫妮卡詭異消失之後的事。她不見了，最緊張的人應該是甘比諾。」喬來到櫃檯旁，給自己倒了一杯威士忌，「原本完美的計畫泡湯了，而且竟然引起兩個警察的調查，搞不好會暴露自己的所作所為。所以，對於他來說，最重要的事就是儘快找到莫妮卡，哪怕鋌而走險殺了她，但這傢伙做夢都沒想到，自己早已經成了別人的獵物。」

喬喝了一口威士忌，看了看坐在椅子上的希瓦。

「病狼，這兩個人千里迢迢來到弓頭村，可不是要和你們搞什麼漁業合作。」喬拍了拍病狼的肩膀，「這位先生喬裝打扮，把自己搞成了一個老頭，實際上他是劍魚公司的人，卡隆的得力助手，他真正的名字叫希瓦，而不是因陀羅。我在回警局調查卡隆時，看到過劍魚公司高層的照片，希瓦先生這張臉我有印象。」

病狼愣了。

「看來兩年前那個晚上，希瓦確實沒在船上。」喬咳嗽了一聲，「他千里迢迢跑到這裡，是為了報仇。」

「因陀羅，希瓦，呵呵。」喬笑了笑，「其實，兩個名字沒什麼分別。印度教有三大神靈，創造宇宙的大梵天、毀滅和破壞之神濕婆、宇宙的守護者毗濕奴。其中，濕婆這位神靈又叫希瓦，來源於吠陀時代的風暴之神因陀羅。」

「先別糾結名字了，說下面的事。」大屁股著急道。

「我想，希瓦和他的手下怖軍來到北地已經有段時間了，他們做了周密的部署，目標就是甘比諾和弓頭村。」

喬舔了舔嘴唇，「以漁業合作進入村子，等著甘比諾現身。甘比諾來了之後，因為莫妮卡的失蹤焦頭爛額，主動加入搜查隊中，想第一時間找到莫妮卡，並解決她。不料他的行動正好給了希瓦機會。」

「你是說希瓦和怖軍殺了甘比諾？不可能！當時他們兩個人在觀察站和老哈威一起喝酒。」大屁股說。

「不是他們倆，而是他們的幫兇。」

「幫兇?!誰？」大屁股愣了。

「納努克。」

「那個在希望角捕海豹的尤皮特人?!」大屁股覺得自己的腦袋要爆炸了，「怎麼扯到那傢伙了？」

「我會慢慢說。」喬笑了一下，「希瓦和怖軍將甘比諾和搜索隊出去的事情告訴了納努克，納努克隨後殺了甘比諾，並在周圍佈置出爪印，試圖將一切推到水獺怪身上。」
大屁股揉著太陽穴，「北地沒有手機信號，在希望角獵捕海豹的納努克是怎麼收到資訊的？」
「煙火。希瓦先生在去觀察站之前放了煙火，足以在希望角看得清清楚楚。納努克看到煙火，就會去觀察站和他們碰面。」
大屁股目瞪口呆。
「納努克為什麼會聽他的?!」大屁股問。
「很簡單，因為納努克也不是尤皮特人，這名字是假的。」喬笑道。
大屁股再次張大嘴巴。
「我在觀察站第一次見到他的時候，就產生疑心。他長著一口黑牙，據我觀察，尤皮特人是不會有那樣的牙齒的，反倒是東南亞的人會有。」
「為什麼？」
「嚼檳榔。長期嚼檳榔的人，牙齒都會變成那樣。不過也不排除有人因為某些特殊原因牙齒變黑。所以第一次見面時，我試探了一下，故意用手去摸他的腦袋，他下意識躲開了，表現得很憤怒。」
「這說明什麼？」大屁股不明白。
「東南亞的人把腦袋視為最高貴的部位，陌生人去摸對方的腦袋，是最大的不敬。」

大屁股「哦」了一聲，「所以他是東南亞人？」

「當時我還不能徹底確定，很快就忙其他事情了。」喬點了根菸，「後來發生了很多事，尤其是今天晚上發生的事，我才最終確定他不僅是東南亞人、希瓦的幫兇，而且是劍魚公司的人。」

「今晚的什麼事？」大屁股問。

「納努克死在觀察站裡。我在他的屍體上發現了劍魚紋身。」大屁股翻了個白眼。

「老哈威說過，納努克在北地待了一年多接近兩年，他又是劍魚公司的人，說明兩年前的那個晚上，他也在船上，並且逃過了一劫，從此隱姓埋名扮成尤皮特人躲在了北地。」

「他為什麼留在這裡？萬一被發現，會被殺掉。」大屁股說。

「當然是為了沉在海底的那些文物。警長，老哈威說過，那片海域經常會發出神祕的光芒，而且以前沒有，就這一兩年。尤皮特人說是鯨靈騎著巨鯨提著燈籠巡海時發出的光芒，其實根本不是。你想想，我們在希望角碰到納努克時，他船上放的那些東西……」

「我知道了！」大屁股恍然大悟，「潛水設備！他說是為了打撈跑進海裡的海豹！」

「當然不是海豹，而是那些沉沒的文物。我猜他應該沒什麼收穫。」喬笑道。

「這個混蛋！」大屁股罵了一句。

「我們還是言歸正傳，說凶案吧。」喬擺了擺手，「希瓦、怖軍為了給卡隆報仇來到北地，他們發現了納努克的存在，並且達成了合作計畫：希瓦和怖軍進入村子，納努克在暗中策應，以煙火為信號，決定行動。第一次放煙火，納努克殺了甘比諾，完美地製造了希瓦、怖軍的不在場證明。但是，接著發生的一件事，讓納努克的身份暴露了。」

喬看著大屁股，「警長，你還記得我們去希望角以及冰原的經歷嗎？」

「當然記得！是納努克那傢伙領我們去的！」

「是的。他偶然碰到了我們，帶我們去了冰山，還因為小艇沒油跟著我們回了惡魔島。在島上，有個人認出了他。」喬指著白鯨，「兩年前的晚上，他們都在船上。只不過現在的白鯨臉上有紋身，納努克認不出他而已。隨後白鯨跟著我們回來，第一時間把納努克的事情告訴了颶風和瘋熊。接著就出現了那一幕——颶風的帳篷前，瘋熊憤怒地衝出來，大吼著：『我要殺了那傢伙！』」

大屁股愣了。

「你當時以為瘋熊是去殺閃電，其實是納努克。我想，兩年前那天晚上的火拼，納努克肯定做了什麼讓瘋熊恨之入骨的事。」

大屁股點頭。

喬繼續道：「你回到斷頭旅館，碰到了在放煙火的希瓦，告訴了他這件事。」

「是的。他當時看到我還有點吃驚呢。」

「當然吃驚。他以為我們都回警局了——我們從惡魔島回來之後，他找到我們，說浮冰裡的一具屍體是劍魚公司的卡隆，建議我們回警局查。我回了警局，你則去颶風家裡調查情況。他這麼做完全是想支開我們，好實施他的計畫。」

「什麼計畫？」

「他讓閃電帶著怖軍去觀察站附近的冰原打海豹，又放了煙火通知納努克去觀察站碰頭……」喬從口袋裡掏出一封信，那封獨眼從納努克屍體上發現的信。

看著那封信，希瓦面色蒼白。

「這是在納努克的屍體上發現的，上面寫的是泰文。」喬抖了抖信紙，「內容嘛，是叫納努克殺掉怖軍。」

「內訌？」

「依然是製造假象。」喬搖了搖頭，道：「具體的計畫應該是這樣的：希瓦讓怖軍以打獵為名帶著閃電出去，然後殺掉他；怖軍在觀察站把希瓦的信交給納努克。怖軍的死，他自己也有份兒。這樣一來，既殺掉了閃電，也不會讓我們懷疑怖軍是兇手，他也不會暴露。」

「夠狡猾的。」大屁股鎖著眉頭問希瓦，「汽油是怎麼回事？從哪裡來的？還有，為什麼要費盡心思燒了閃電？直接殺掉不是更方便嗎？」

「警長，這個問題問得太好了。」喬奉承了大屁股一句，然後看著希瓦道，「你說還是我說？」

希瓦冷哼一聲，別過頭去。

「好吧，那我說吧。一槍殺掉最省事，為什麼還要專門準備汽油綁在樹上燒？既費事又容易暴露，所以一定是有理由的。」

大屁股點了點頭。

「其實我之前也沒搞清楚……直到看見颶風的屍體。」

「颶風也被殺掉了？」大屁股瞠目結舌。

喬攤攤手，「在他的帳篷裡被人吊死了，而且兇手刻意把屍體擺出一個舞蹈的詭異姿態。看到那具『跳著舞』的屍體，再想一想希瓦的身份，我就明白了。」

喬坐下來，「甘比諾、閃電、颶風，是兩年前殺死卡隆的元兇，也是希瓦報仇的對象。甘比諾死的時候被分屍塞到犛牛的肚子裡；閃電被綁在樹上倒了汽油焚燒；颶風被吊死在帳篷裡，屍體還跳著舞。這一切，都和希瓦的信仰有關係。」

「信仰？」

「是的，警長。」喬眨了一下眼睛，「我之前說過，希瓦是破壞之神濕婆的名字。」

「你是這麼說過。」

「其實濕婆具有生殖與毀滅、創造與破壞的雙重性格。他的坐騎是一頭公牛，那是他現身的標誌。他神通巨大，威力無邊，擁有毀滅世界和一切對手的強大武器——火。作為懲罰，他會讓對手在大火中化為灰燼，甚至會用火毀掉舊時代，然後在廢墟中跳起舞蹈，重建新世界。」喬瞥了希瓦一眼，「甘比諾、閃電和颶風的死狀，就是濕婆現身、毀滅、重建世界的象徵。

希瓦把自己當成了復仇的濕婆。」

「哦？」大屁股兩眼放光。

「甘比諾的屍體被塞到犛牛的肚子裡……北地並沒有牛，犛牛勉強算得上。牛的出現，代表復仇的開始。閃電被燒，代表了毀滅的懲罰。颶風的死以及那詭異的舞蹈，正是濕婆特有的『坦達瓦之舞』，表示毀滅的結束，新時代的開始。當然，是希瓦的新時代。」

喬說完，大屁股極為信服地點了點頭。

「有個問題需要特別注意。」喬摸了摸下巴說，「甘比諾的死。」

「怎麼了？」

「近兩年來，北地發生過幾起尤皮特人被殺，屍體被分解後塞入動物肚子中的事，而且死者都是弓頭村的人。」

「是這樣。」大屁股說。

「病狼，死的這幾個人，當年都參加火拼了吧？」喬看著病狼問。

病狼點了點頭。

「這幾個人都是納努克殺的。這傢伙潛伏在北地，除了打撈沉在海底的文物，也在伺機報仇。當然，他不敢進弓頭村，只是在林地晃悠，遇到當年的敵人，趁機殺掉，然後將對方分屍，塞到動物的肚子裡。我問過了，基本上都是馴鹿的肚子。」喬又給自己倒了杯酒，「這樣做顯然是在利用尤皮特人的水獺怪傳說，製造假象。」

「原來如此。」大屁股表示同意。

「之前那些人死後都被塞入馴鹿的肚子裡，唯獨甘比諾的屍體被塞入麝牛的肚子裡……麝牛那玩意兒在北地很少見，馴鹿到處都是，非要找頭麝牛，肯定有特殊目的，這是希瓦特別的授意。」

大屁股點頭，然後道：「還是說說閃電的死吧，說說汽油。」

喬喝了口酒潤了潤喉嚨，「這件事是重點。我之前說了，希瓦的計畫是先殺閃電，再殺怖軍，這樣一來他不會暴露。在給納努克的信中，希瓦明確要求納努克帶上汽油，完成計畫後把閃電燒了。」

「計畫是這樣，卻臨時出了變故，這個變故就是瘋熊。」喬舔了舔嘴唇，「當年那場火拼中，納努克做了某些讓瘋熊恨之入骨的事，瘋熊視其為仇人，所以當他從白鯨口中得知納努克還活著的時候，就拎著槍去了納努克位於星星角的家，找他報仇，」

「你是怎麼知道的？」大屁股問。

「今晚和你分別後，我去了觀察站，發現哈威死了，屋裡還少了一桶汽油。現場沒有任何打鬥的跡象，說明兇手是熟人。哈威手中握著一片北地的地圖殘片，那是他臨死之前刻意留下的線索，殘片上有一個顯著的地點——星星角。當時我就知道，兇手肯定是納努克，所以我就去了他在星星角的家。」

喬看了看獨眼，「我和獨眼一起去的，果然發現了重大線索。第一，納努克的家裡掛著一個木龕，裡面供奉著一尊木頭雕像。」

喬從口袋裡拿出木像，「這是一尊佛像。北地尤皮特人是不會供奉這個的，這也從另一個方面證明了納努克的身份。」

「第二，也是最重要的。」喬頓了頓，「閃電死的那天晚上，納努克在星星角看到了希瓦放的煙火，這是讓他去觀察站碰頭的信號。可是出門前，瘋熊摸上了門。兩個人發生了激烈的交火，不幸的是，瘋熊被他殺掉，現場留有瘋熊的槍和靴子，就是最有力的證據。

「殺掉瘋熊後，納努克去了觀察站，碰到了怖軍和閃電。他看了希瓦的信，知曉了計畫，然後建議怖軍和閃電去黑杉林打獵，那地方距離觀察站很遠，讓他有足夠的時間實施計畫。」

「什麼計畫？」大屁股問。

喬笑而不答，「閃電和怖軍走了之後，納努克向哈威借了一桶汽油，離開觀察站，恰好碰上你和希瓦……」

「應該是這樣。」大屁股說。

「你和希瓦在觀察站待了一段時間，然後去黑杉林找怖軍和閃電。納努克一直都在附近，希瓦的出現讓納努克覺得計畫可能有變，便在慌亂之下回去殺了哈威，因為哈威如果將借汽油的事說出去，他一定會暴露。」

大屁股點了一根菸：「按道理說，納努克殺了哈威之後，應該拎著汽油直接去黑杉林，按照希瓦的計畫行事。瘋熊的屍體怎麼會出現在那裡？」

「不得不說，納努克這傢伙也很有頭腦。」喬笑起來，「瘋熊的死以及偽造的槍擊現場會讓警方陷入迷惑，甚至打亂調查方向——他知道瘋熊和閃電不對盤。」

「具體的行動是這樣的——他拎著汽油桶返回了星星角，將瘋熊的屍體搬上了雪橇，然後在你和希瓦趕到黑杉林之前趕到。他先把瘋熊的屍體隱匿起來，等怖軍殺掉閃電之後襲擊了怖軍，然後將閃電的屍體綁在樹上，澆上汽油放火，接著搬出瘋熊的屍體，偽造出火拼現場，然後神不知鬼不覺地離開。」

「騙我騙得好苦！」大屁股叫道。

「警長，那天晚上，你差點也被殺掉。」喬看著大屁股說。「我？被殺掉？」

「希瓦和你一起去觀察站，然後一塊去了黑杉林，你以為他是擔心怖軍的安全嗎？」喬說。

大屁股默然了。

「瘋熊的闖入和你的加入，讓希瓦覺得自己的計畫可能會出現變故，所以他才決定跟著你。在去觀察站的路上，他故意扭傷了腳，拖延時間，然後和你一起去黑杉林。我猜他在現場看到當時的情景，尤其是瘋熊的屍體，肯定也覺得出乎意料。幸虧當時你被納努克的精心佈置迷惑了，認為現場是瘋熊、怖軍、閃電三人發生了火拼，否則，站在你身後的希瓦肯定會殺掉你。」

大屁股心有餘悸地摸了摸胸口。

「接下來的事情就很簡單了。」喬再一次看向希瓦，「我和警長了解到的線索越來越多，納努克又做出了和計畫不同的舉動，希瓦覺得必須要儘快完成他的復仇，以免橫生枝節。今天晚上，當我和警長出去忙活的時候，他吊死了颶風，然後放出煙火讓納努克去觀察站碰頭，接著去掉自己的偽裝，換上科考實驗室的工作裝，扮成科研人員去了觀察站，接著又在那裡殺了前來和自己碰頭的納努克。」

「結果被你逮到了。」大屁股感慨，「看來再狡猾的兇手，最終也難逃正義的審判！」

喬結束了自己的推斷，也喝完了杯子裡的酒。

「病狼，兩年前那晚的事，是喬說的那樣嗎？」大屁股問病狼。病狼無力地點了點頭，「是的，一切都如喬所說。我們和甘比諾因為石油鑽油井的事關係很緊張。那一晚之前，石油公司的人來到村子裡，找到了村長。」

「閃電？」

「不是。當時的村長是白鯨。」

「白鯨？」

「嗯。就是喬在墳墓裡發現的那具屍體。」病狼嘆了一口氣，「他是我們的村長，也是颶風的長子，瘋熊的哥哥。」

大屁股和喬張大了嘴巴。

「甘比諾讓我們幫他殺幾個人，只要完成這件事，石油公司就放棄在這裡鑽油井。」病狼抬起頭，雙眼潤濕，「警長，殺人的確不對，但沒有辦法呀！這片土地，這片海洋，是祖先留給我們的，是巨鯨留給我們的，不能讓石油公司給毀了！為了祖先，為了我們的土地和海洋，為了子孫後代，也為了巨鯨，我們只能這麼做！」

喬和大屁股沉默了。

「那天晚上我們上了船，但被發現了，雙方發生了一場惡戰。我們殺了那幫人，我方也死傷慘重，白鯨也死了。」

「白鯨怎麼死的？」喬問。

「被一個黃皮膚猴子殺死的。那傢伙殺了好幾個人。」

「一口的黑牙？」

「是的。」

「那就是納努克。」喬點了點頭。

病狼繼續道：「當時，甘比諾、莫妮卡和這個孩子都在船上。火拼快要結束時，一頭巨鯨襲擊了船，整個船都翻了。那個黃猴子，哦，就是納努克，押著這個孩子奪了一艘小艇要跑，颶風帶著我和瘋熊追趕……」病狼臉上露出複雜的表情，看上去像見了鬼一樣，「我從來沒見過那麼大的白色的鯨魚！牠襲擊了小艇，納努克掉進海裡，我們以為他死了，然後……巨鯨浮出水面，托起那個已經昏迷的孩子。颶風說，他是巨鯨選中的人，所以就把他帶回來，用已經死掉的長子的名字為他命名，取名『白鯨』。」

說完這些，病狼低下頭，「事實就是這樣。」

「現在證據確鑿，希瓦，你還有什麼要說的？」大屁股惡狠狠道。

從始至終，希瓦都非常安靜，此時終於開了口。

「能先把這玩意兒打開嗎？」希瓦抬起手，晃了晃手銬。大屁股和喬相互看了一眼。

「放心，我跑不了，你們這麼多人。」希瓦的臉上露出一絲微笑。大屁股點點頭，喬替他開了手銬。

「我餓了，能來點吃的嗎？」希瓦點了根菸說。

大屁股正要發火，喬搖了搖頭，給希瓦弄來一盤魚排。

「來個叉子吧。」希瓦苦笑地舉起自己受傷的手。

大屁股忍著氣，給希瓦拿了把叉子。

希瓦左手拿著叉子，一邊吃著魚排，一邊看著喬，「對你的睿智，我很欽佩。」

「別說這些混帳話！睿智的不止他一個，我也很睿智！」大屁股狠狠地敲了一下桌面。

希瓦嚼著魚排，「關於我的所有事情，這位警官的推斷基本都對。兩年前我並不在場，半年後才得知真相，然後就開始復仇計畫。」

希瓦的臉上沒有任何表情，「為此我做了很久準備，派了不少人來這裡摸索情況。很意外地，我發現納瓦那個混蛋還活著！」

「納瓦？你是說納努克？」喬說。

希瓦點點頭：「那傢伙並不是卡隆的手下，只不過是我們劍魚公司的一個下賤的漁工而已。實際上，他幹了很多你們不知道的壞事，也是我的仇人。」

「我找到他，告訴他只要答應與我合作，我就可以饒恕他，帶他離開北地，給他自由。他答應了。」希瓦笑了笑，「怎麼可能呢？我必須殺了這個混帳，這個叛徒！」

希瓦往嘴裡塞了一大塊魚肉，「我精心計畫了這麼長時間，到頭來還是人算不如天算。對於失敗，我承認，但不後悔。如果說有什麼後悔的事……」

希瓦惡狠狠地盯著一旁的白鯨，「那就是沒有發現這傢伙！如果能早認出來，我會第一個殺掉他！不管付出什麼代價！」

最後一句話，他幾乎是吼出來的。

大屁股和喬困惑不已，不過是一個十五歲的孩子。

「兩位先生，發生在這個鬼地方、這個破村子裡的事，在你們看來可能很複雜，但和兩年前比，和班納吉島、泰國附近、太平洋上發生的一系列事情比，呵呵……簡直不值一提！」希瓦用叉子指著白鯨吼道，「可以這麼說，劍魚公司之所以有現在的下場，所有的人之所以有現在的下場，和這個混帳有著直接的關係！」

「他不過是個孩子。」喬說。

「孩子？」希瓦笑起來，「對，是個孩子。可你們根本想不到，這個孩子身上到底發生過什麼事！他是個惡魔！」

在希瓦的咆哮聲中，莫妮卡開了口，她緩緩站起身，盯著希瓦道：「如果這世界真有惡魔的話，應該是你們吧？你們才是殺人不眨眼、製造出無數罪惡的惡魔！」

莫妮卡把白鯨輕輕摟到懷裡，看著窗外絢爛的極光和廣闊的北極大地，喃喃道：「在我看來，他擁有全世界最純淨的靈魂！」

大屁股和喬愣了。

「兩年前，在女神號駛入北地這片海域之前，到底發生過什麼？」喬沉聲道。

大廳裡一片寂靜。

希瓦吃著他的魚排，莫妮卡盯著窗外發呆。白鯨走到喬的面前，揚起那張滿是刺青的臉，用那雙遠超過他年紀、冷靜、成熟甚至有些幽怨的雙眼看著喬。

「警官先生，你見過52了？」

「52？」

「那頭白色巨鯨。52是我給牠取的名字。」

「為什麼取這麼一個名字？」

「因為牠就是那頭世界上最孤獨的鯨。」莫妮卡接道。

喬睜大了眼睛，「你的意思是說，牠就是那頭『52赫茲』?!」

「是的。」白鯨望向窗外的大海說，「其實我和牠沒什麼不同。長久以來，我也在孤獨地活著。很多很多話我不能告訴任何人。我就像一棵深谷裡的樹，開著自己的花，落著自己的葉。那都是我自己的事。」

白鯨打開窗戶，任大風灌進來。他站在風中，面對著所有人，「發生在我身上的事情，如果你們有耐心和時間，那我就說說吧。」

在眾人的凝視中，白鯨開始了他的講述。

阿古的講述（上）

原先，我並不叫白鯨，這是颶風給我取的名字。我的真名叫阿古。

我出生在距離這裡很遠的一座山裡，住在一棟破敗狹窄的木樓裡，直到現在我還記得它的牆壁、門窗和踩上去搖搖欲墜的樓梯。雨水多的時候，屋子常常漏雨，木板會被濕氣侵蝕，生出黴點，甚至長出蘑菇。

家裡什麼都沒有，最值錢的東西是用炮彈殼換來的一台收音機，還經常沒有信號。村子裡家家都是這樣，所以也不會覺得日子難過。我和媽媽生活在一起，記憶裡，這個家只有我們兩個相依為命。

我從未見過爸爸。

他是一個長得並不好看的男人，瘦小黝黑，但看起來很幹練。家中留有他的唯一一張照片，那應該是我出生不久之後去鎮上拍的。媽媽抱著我，他站在媽媽背後，微微瞇眼，一點笑容都沒有，身後是一棵巨大的開出碩大鮮紅花朵的木棉樹。

村子裡原本很安靜，男人們外出幹活，女人們擦洗地板，縫補煮飯，孩子們成群結隊地奔跑，歡鬧嬉戲。放眼望去，樹木蔥蘢，稻田起伏連綿，風會送來花香，地上開滿五彩繽紛的花。媽媽經常會採花回來，插在窗口的玻璃瓶裡，或者挖來荷花種在門口的小池塘中，裡面還有碩大的紅尾鯉魚。

晚上，人們聚在樹下說話，享用著拌飯和南瓜湯，再配上魚蝦醬，美味極了。也有人會彈起一種叫作彎琴的弓形豎琴，女人們伴著樂聲跳起「阿迎」舞，月光從樹葉中漏下來，螢火蟲飛旋。

媽媽是個話少的人，但很愛我。只要有空，她就會帶我走很遠的路去寺廟佈施，土路狹窄，兩旁是河流和田野，山巒起伏，天空澄澈。

她會穿那身白色的筒裙走在前面，黑髮邊經常別著一朵野花，衣服雖破舊，但洗得乾乾淨淨，一旦發現我落遠了，她就會停下，耐心等待。

她是個虔誠的信徒，往往要在佛堂待很久，一個人小聲地對著佛說話。她說話的時候，從來不允許我靠近傾聽。我們會帶去米飯，這也是家中唯一拿得出手的東西。

我是家中唯一的男孩，生來頑皮淘氣，她從來不會對我發火。有時半夜醒來，我會看到她對著那張合影偷偷地哭泣。我走過去，她會將我摟進懷裡，冰涼的淚水隨即落在我的臉上。

我不知道她為什麼哭。也許是為了照片中的那個男人。

村裡孩子很多，但沒人跟我玩。他們戲弄我，打我，將我捆在樹上，或者脫下我的褲子套住我的頭再將我扔進溪流裡。村裡人不允許我走進他們的家，即便是在路上碰到了我，也會遠遠繞開，像碰到瘟神一樣。

我沒有朋友，一個都沒有。

我最喜歡做的事，就是每天晚上爬到樹上最高的枝枒上，躺下看漫天閃爍的星斗，它們如寶石一般。

我從來不覺得這樣的生活有什麼不好。如果日子一直這樣下去，也算幸福，因為我畢竟還有一個家，有媽媽。

爸爸的事，我也問過媽媽，那是因為我又被村裡的孩子狠狠揍了一頓，他們扯著我的頭髮，將我壓在地上，罵我是野種，還往我臉上撒尿。

那是我唯一一次對媽媽發火，質問她照片中的那個混蛋為什麼要丟下我們，至今都沒有露過面。她什麼都沒說，帶著我去洗澡，一邊清洗我的身子，一邊默默流淚。

那天晚上，她給了我一件東西——一份生辰八字圖。

我們緬甸人出生後都會有一個記載他出生日期、時辰、星相的生辰八字圖。一個孩子出生後，父親會急忙跑到有鐘錶的地方，一般是村長家或寺廟，把時間記下來，然後再到懂得生辰八字的人家裡，請求寫下生辰八字圖。生辰八字圖一定要寫在棕櫚樹最頂端向上的葉片上，因為那代表著高貴。

父母會將這東西保存好，插在自家房屋東邊的屋簷下，等孩子長大，再交給他本人保管。我們認為，人一出生，命運就被決定了，因此生辰八字圖是一個人一生中最重要的東西，一旦帶在身上，只有死後才能被摘下來燒掉。

母親將它掛在我的脖子上，說那是當年我出生時父親請人做的。他很愛我，為了尋找滿意的棕櫚樹葉，爬到村裡最高的一棵樹上，差點掉下來摔死。他希望我一生平安，但諷刺的是，我的生辰八字帶著罕有的凶兆，我們也因此被趕出了村子，住在村外的野地裡。爸爸重造了木樓，悉心照料著家。但貧窮從來沒有離開過我們。

我一歲的時候，爸爸決定離家去賺錢。他是個沒有見過世面的人，從來沒有離開過村子。為了這個家，他和幾個朋友決定長途跋涉去泰國，他們聽說那裡有人招聘漁工去海上做活，每個月有幾百美元的收入。對我們來說，那簡直是天文數字。

爸爸離開的那天，我們照了那張照片。之後他就走出村子，再也沒有回來。一開始還會有信寄回，說他在泰國遊蕩、做活，寄回來少得可憐的錢，他說會努力幹活，等發達了就將我們接過去。再然後，連信都沒有了。

母親等了好幾年，最終拜託同樣去那邊闖蕩的村裡人打聽他的下落，可始終沒有消息。後來，有人說看到過他和很多人一起上了漁業公司的船，但那艘船幾個月後返回港口的時候，卻不見他的蹤影。有消息說，他跟著船出海，去了很遠的地方捕魚。後來海上發生風暴，載著他的那艘小船翻了，整船人都死掉了。

母親不信，她不止一次卜卦，她說爸爸還活著，總有一天會回來。

「阿古，有人說你生來就是個能招來禍端的孩子，你爸爸打了那傢伙。他從不認為你是禍害，他覺得你是一個像蘭花般純淨的孩子。」

那晚我握著生辰八字圖睡著，做了一個美夢。我夢見一片無邊無際的大海，爸爸站在雲端對我微笑，告訴我，他愛我。

第二天，我在小溪裡摸魚蝦。當我拎著竹籃往回走的時候，一個炮彈在我十幾公尺外爆炸，天地隨之搖晃，槍聲此起彼伏。

我被炸暈了，醒來時槍炮聲已經停息，村子裡冒出濃煙，不斷有哭喊聲傳來。我摸回去，看見很多衣衫不整、扛著槍械的人在村中橫行。他們挨家挨戶搜索、搶劫、姦淫，成年男人被抓到後，排成一排跪在地上，槍聲在他們身後響起……我家的房子烈火熊熊，跑到跟前時才看到母親的屍體。她仰面倒在地上，白色的筒裙上是大片的殷紅，像盛開的木棉花。我轉身往回跑，想跑回林子裡，然後撞在一個人身上。我抬起頭，看到了黑壓壓的槍口……我和十幾個孩子被抓住，狠狠打了一頓，又被扔進卡車裡。那是我最後一次看到村子。我哭喊著，大叫著，掙扎著想滾下車，一個槍托砸在頭上，我眼前一黑昏了過去。

醒來後，我發現自己身處一個山坳中。那是一座很大的城鎮，當然，比起我的村子來說。

房舍連綿，各種各樣的車駛進駛出，一群荷槍實彈的男人喝著酒、說著笑話。廣場的角落裡倒著一排被射穿了腦袋的屍體，腦漿遍地。一個年紀和我差不多大的孩子被另一個叼著菸捲的孩子押進旁邊的樹叢裡，槍聲隨之響起……我不知道這是什麼地方，只知道如果世界上真的有地獄，這裡就是。

我們十幾個人被扒光衣服扔進了一間黑屋子，那裡又濕又冷，腥臭撲鼻。五天五夜，我們粒米未進，渴了只能踮起腳從窗口伸出手接落下來的雨水。

有幾個孩子撐不住，在我身邊，在我的眼前死掉了。

第六天，一個高大的男人打開門走進來，丟給我們一丁點的食物，看著我們為此瘋搶、廝打……兩個沒參與爭搶的孩子被他用手槍打死，只有五個人活了下來。我們被帶入營地，穿上滿是汗臭的大尺碼衣服，開始幹活。

做飯、清洗屋子、擦拭槍械、搬運子彈……稍有差池就是一頓毒打。兩個月後，我被分到一堆童兵中，領到了屬於自己的一把老舊步槍，開始訓練。

我們隊有二十幾個孩子，最大的傢伙綽號「司令」，也不過十五歲。我學會了射擊，身上掛著彎刀跟隨他們穿梭於密林之中巡邏放哨，也學會了抽菸喝酒、打架鬥毆。

很快，我們和大人們一起參與戰鬥。我們在前方，他們跟在後方，我不止一次看到同伴在呼嘯而來的子彈前倒下，看到他們被炸到半空中，殘肢劈里啪啦落下來，看到司令用刀剖開俘虜的肚子，看著他們哀號著死去。

每次戰鬥，我都會握著爸爸留給我的生辰八字圖閉著眼睛往上衝。我漸漸開始相信自己是個會帶來禍害的人，因為身邊的人幾乎都死掉了，只剩下了我和司令。

不斷有孩子被補充進來，我成了「老兵」。司令對我不錯，不光因為我救了他的命，而且他一直認為我很像他的弟弟，對我照顧有加。

這樣的日子持續了半年左右。一天晚上，我們被包圍，炮彈和敵人從四面八方湧過來。營地化為一片火海，很多人成了俘虜，旋即被就地槍決。司令帶著我們少數幾個人逃出來，慌不擇路地衝進密林。對方有幾十人圍剿我們，交戰不斷。

我們在密林中逃竄，人數越來越少，在一場激烈的交戰之後，只有司令和我逃了出來。我背著受傷的司令，一夜走了二十多公里路。

天亮時，他從我肩頭掉下來。「阿古，我們在這地方歇歇吧。」

那是一個向陽的山坡，到處都是木棉樹，能夠看到田野、稻田和村莊。

「這裡很像我原來的家呢。」司令喘息著，笑著看我，「阿古，你知道我最喜歡你什麼嗎？」

我搖頭。

「你這傢伙從來沒有殺過一個人。」我愣住。

他湊過來，「你知道我殺過多少人嗎？」
「多少？」
他走到一棵樹跟前坐下，搖搖頭，「記不清了。阿古，你知道人死了之後會怎樣嗎？」
司令咳嗽著。
「有的會解脫成佛，有的會重新輪迴，有的會下地獄吧。」
「要是沒有地獄該多好。」司令看著天空感慨。
陽光普照，樹影斑駁，一隻蝴蝶繞著司令翩躚起舞，最終落在他的手上，司令笑了一下。我很少見到他那樣笑。
「阿古，我們是要下地獄的，你和我們不同。」司令轉頭看著我，「第一次看到你，我就知道，你是個靈魂比我們乾淨的傢伙。」
「別扯了。我生來就是會帶來災難的人。」我挨著他坐下來。司令搖了搖頭，「你知道我是怎樣成為那幫傢伙中的一員的嗎？」
「被擄來的？」
「不，我是主動加入的。」看著我驚詫的目光，司令咧了咧嘴，「我沒有父親和母親，和弟弟相依為命。我們太窮了，只有加入他們，才能過上好日子，才能讓弟弟吃飽飯。」
我沉默了。
「我學會了舉著和自己一樣高的槍械射擊，學會了殺人，學會了阿諛奉承。有一次我參戰回來，發現弟弟不見了……」司令劇烈咳嗽了幾聲，吐了口帶血的唾沫，「我發瘋一樣四處尋找，後來發現那具被吊起來的屍體……」

司令轉過頭，不讓我看到他的淚水。

「阿古，有時候我想，人活著到底是為了什麼呢？女人為了男人的山盟海誓，男人為了權力金錢，老人為了長壽，小孩為了玩具，可歸根結底，又是為了什麼呢？」

我也不懂。

很久，司令才重新開口，「我弟弟喜歡大海。雖然他從未親眼見過，卻喜歡得要命。他告訴我，那裡沒有槍炮，沒有殺戮，只有海風和閃爍著光芒的水面，夜晚星光閃耀，多好。」

「是的，多好。」我喃喃道。

「阿古，如果可以的話，幫我看一眼大海。」

「我們可以一起去。」我說。

「我去不了了。阿古。」他咳嗽著，血沫從嘴裡噴出來。我撩開他的衣服，發現他肋部的彈孔。

「阿古……我好像聽到了……」他靠著樹的身體慢慢滑下來。

「什麼？」

「好像是……蓮花……蓮花開放的聲音。」他說完最後一句話，微笑著死去了。

蓮花，是的，我們身上都紋著蓮花，他弟弟的身上也有。或許因為這紋身，他把我當作親人。

大風呼嘯，山林作響。他躺在草地上，伸展著四肢，滿是污穢與血跡的臉上異常平靜，像睡著了一樣。我燒掉他身上一直帶著的生辰八字圖，用樹葉將他遮蓋，在他旁邊蹲了十分鐘，然後起身離開。

那一年裡，我無時無刻不想著逃跑，擺脫那幫毒販。但司令死後，我反而會懷念那個地方。因為在那裡我不孤獨，不是一個人。從小到大，除了媽媽，司令是唯一一個讓我覺得可以依靠的人，現在他死了，我要怎麼辦呢？

我脫掉衣服，扔掉槍，在林子裡遊蕩，採摘野果，在附近的村子裡乞討，行屍走肉一般活著。這世界分明這麼大，卻沒有可以安身的地方。我覺得自己很渺小，微不足道。

我昏倒在路旁，被一家人救了，甦醒之後又在那裡休養了一周，他們對我很好。看到他們一家人其樂融融，我突然想起爸爸。

說不定他還活著，在一個我不知道的地方活著。如果是這樣，他就是這世界上我唯一的親人了。半夜，我離開那戶人家，扒上一列路過的破火車，一路向南。

媽媽說過，爸爸去的是泰國一個叫宋卡的地方，到了那裡，我就有可能找到他。

經歷三個月的艱難路途，我到了宋卡，第一次看到了大海。司令一直想看的大海那麼美。

那是一個嘈雜、巨大的城市，到處都是人，泰國人、緬甸人、印尼人、馬來西亞人……

港口裡各種各樣的船隻出出進進，成箱的海貨被攤上岸，海風中滿是魚腥味和腐爛的惡臭。

我看到了高樓大廈、燈紅酒綠，也看到了窮困潦倒的人死在路邊，看到了坑蒙拐騙，看到了綁架、搶劫和兇殺。

我什麼都幹過——在酒館裡打雜，在路邊洗車，抬屍體、搬運貨物……被警察圍追堵截從三層樓上跳下，被黑幫脅迫著往黑市運送不知名的貨物，被人打得暈死過去扔進下水道又被雨水澆醒爬出來。

我像狗一樣活著，只為尋找爸爸的下落，但我只知道他的名字叫丹曼。

後來我加入了一個隊伍，成員全是和我年紀差不多大的孩子。

為了填飽肚子，我們幹起了偷盜。

帶頭的叫孟猜，是一個比我大兩歲的傢伙，手下還有檳榔、小火炮等一幫孩子，都是孤兒。大家相互照應，雖然朝不保夕，可總算有些溫暖。但好景不長。

半個月後，我碰到一個緬甸人，他說認識我爸爸。是的，他不但了解爸爸，還知道媽媽的名字，知道我們的村莊。

那一刻我太高興了。

他說爸爸在一家漁業公司工作，距離宋卡很遠，常年在海上打魚。我請求他帶我去，他答應了，讓我晚上去找他。孟猜他們也為我高興，並且商量著，與其在宋卡過著雞飛狗跳的日子，不如和我一起去漁業公司打工，不但管吃管住，而且還有錢賺。

那天晚上，我們去找那個緬甸人。他把我們帶進海灣的一棟樓裡，熱情招待，給我們弄來吃的和飲料。大吃大喝之後，我們暈倒了，醒來時發現我們在船艙裡。除了我們之外，還有七八十個人，都是男人，年紀不一，國籍不一，但看上去都窮困潦倒。

我們的脖子被鐵環鎖著，只能在一兩公尺之內的範圍活動。那一刻，我才意識到自己上了黑船。這種事我先前在宋卡的港口聽人說過，從未想到自己會碰上。

一開始，泰國、印尼的漁業公司會到緬甸、柬埔寨、寮國這些國家招工，開出高薪——只要出海幹上幾個月，就能拿到幾百美元的報酬，這筆錢足夠養活一個家庭一年，所以剛開始很多人去。

但出海捕魚實在太危險，招工變得越來越困難，一些負責招工的人就動起了歪腦筋。他們坑蒙拐騙，甚至乾脆綁架或把人迷暈，再將這些人賣給黑心的漁業公司，每個人一百美元到兩百美元不等。

從被送到船上的那一刻起，這些人就成了漁業公司的奴隸。沒有自由，沒有報酬，連生命都不屬於自己。漁業公司威脅他們幹活贖身，每個月只能拿到幾美元，甚至一分錢都拿不到，絕大多數人再也沒有回來。

船艙裡密不透風，為了不被海警發現，他們把艙口封死，只從上面的一個小洞丟下發臭的食物、用水管放水給我們喝。

八九十人擠在狹小、悶熱的空間裡，吃喝拉撒都在裡面，臭氣熏天。儘管扔下來的食物已經發臭變質，卻不能讓所有人吃飽，哄搶、打架的事時常發生，一個星期就有六個人死去。

但最麻煩的，是疾病。

剛開始是高燒，全身發冷，接著是腹瀉、嘔吐，然後是昏迷，很快便死掉。死掉的人沒人處理，就躺在船艙裡膨脹、腐爛。

越來越多的人患了病，狹小的船艙成了地獄。

我們幾個人中，最先死的是小火炮。他在我的懷裡閉上眼睛，臨死時還喊著好餓，好餓。第二個是檳榔。他身體強壯，飯量大。餓得受不了，就跟大人們搶東西，一個傢伙用鐵鍊狠狠砸在他的腦袋上，檳榔腦漿迸裂，當場死掉。

最後，只剩下我和孟猜。我們蜷縮在角落，周圍都是死屍，運氣好的話能趁著混亂撿到一點食物殘渣，再慌忙塞到自己嘴裡。後來我也病了，燒得迷迷糊糊。孟猜一直照顧我，時不時往我嘴裡塞些搶來的東西，用雙手接來水給我喝。

很快，船艙裡的人分成了兩派，一派是緬甸人，一派是泰國人。剛開始彼此都不認識，後來為了生存相互抱團。

緬甸人的頭頭叫拉明，是一個四十多歲的中年人，人高馬大，很能打，人也很不錯，知道照顧自己的同胞；泰國人的頭頭就是那個用鐵鍊砸死檳榔的傢伙，叫納瓦，他的力氣和身高都不出眾，但心狠手辣，詭計多端。

兩幫人經過商量，將船艙一分為二，上頭扔下來的食物平分，避免不必要的衝突。

我和孟猜成了船艙裡的第三類人——在他們眼中，我們是沒用的廢物，應該自生自滅。

我的情況越來越糟，精神恍惚，經常暈過去，醒來也神智不清。但一直有食物送到我的嘴裡，儘管很少，但勉強能維持性命。昏昏沉沉中，過了不知多少個日夜。有一天，船停了下來，密封的艙門被打開，清新凜冽的海風灌進來，耀眼的陽光投進船艙，讓人無法睜開眼睛。

或許就是因為海風和陽光，我醒了過來。船艙裡一片騷動，所有人都露出興奮的神色，覺得自己可以活下去了。

我轉過頭，發現孟猜躺在我旁邊，氣若游絲，快要死掉了。後來我才知道，在我生病的那段時間，為了那點可憐的食物，他向別人磕頭祈求，甚至唱歌跳舞供他們取樂，得來的東西全都餵給了我吃。

一幫人從上面走下來，全副武裝，荷槍實彈。他們光著上身，刺著劍魚紋身，領頭的人叫希瓦。他們戴著口罩清理船艙，將死掉的人抬出去扔進海裡，然後開始檢查剩下的人。

「這個沒用了。」

「這個病得太厲害，活不了了。」

「這個扔掉吧。」

希瓦緩緩走過，死神一般宣判著。最後，他來到我和孟猜跟前。

「這個還能救活，另一個餵魚吧。」

要被餵魚的，是孟猜。

一個傢伙走過來，拎起孟猜。我撲上去，接著被打翻在地。「沒用的。別幹傻事。」孟猜輕聲說。

我哭著給希瓦跪下，求他饒過孟猜，可以把我扔下海。而希瓦只是冷笑。

「阿古，我不行了，你要好好活下去。」孟猜的身體像一攤泥，「我生下來就被扔在路邊，差點被野狗吃掉。我好羨慕你，我從來不知道父母是誰，不知道他們長什麼樣。阿古呀，好好活下去，一定要找到你爸爸。」

那張臉上留下的最後的笑容，我一直記得。

活下來的人被帶到甲板上跪著，八九十人只剩下一半。

希瓦趾高氣揚地對我們訓話，總結起來就兩條：第一，從現在開始，所有人都要乖乖聽話，好好做事。第二，違抗命令的、私自逃跑的，死！

陽光照在無邊無際的海面上，藍得炫目。那麼美的大海，卻吞噬了我的朋友。那一刻，我又想起自己的生辰八字圖——我生來就是個禍害。不然，為什麼我身邊的人都沒有好下場呢？

接下來，我們的待遇好了很多。大家洗了澡，換上乾淨的衣服，有了充足的食物和乾淨的水。我也得到了救治，撿回一條命。我們被招工的人賣給漁業公司，乘著大船駛離宋卡港，小心翼翼地躲過海警的盤查，途經泰國、馬來西亞最終進入印尼海。

這家叫劍魚的漁業公司勢力龐大，黑白兩道都吃得開。後來，我們碰到過不少次海警檢查，海警都睜一隻眼閉一隻眼放行了。

活下來的人成了船上的苦力。沒有人想逃跑——周圍是無邊無際的大海和荷槍實彈的漁業公司的人，那樣做只是自尋死路。我的任務是清洗甲板，每天都要將甲板擦得一點灰塵都沒有，最後筋疲力盡。

最幸福的時候就是半夜。那個時候，除了看守的人，所有人都睡了。我躺在甲板上吹著海風，聽著波濤，看著漫天星斗。

我曾經在不同的地方看過星星——村子裡的樹上、密林裡、販毒據點的走廊上……但都沒有海上的美。夜空就像一只大鍋，倒扣在頭頂上，繁星碩大、璀璨，如藍絲絨上的寶石一般。

很多時候，我會忘記自己的處境，想起小時候的家，那個早已不存在的家。人就是這麼奇怪，再難熬的時候，也會想到最美好的事。

也是那時候，我突然想到一件事——將我賣給漁業公司的傢伙既然認識我的爸爸，那說明爸爸很有可能也被騙上了船。說不定，我能找到爸爸。

我突然歡喜起來。一想到爸爸可能還活著，我們可能還會見面，我便對接下來的旅途充滿期待。

船行駛了好多天，從未上岸補給，哪怕是經過港口。慢慢地，所到之處越來越荒涼，最後連人煙都看不到了，只有大海。沒人知道要去哪裡。

有一天晚上，我們正在船艙裡睡覺，隨後被叫醒。站在甲板上，我才發現船已經靠岸了。那是一座草木蔥蘢的巨大島嶼，高聳的山峰向遠處連綿，被濃密的樹木覆蓋。島嶼的平坦處有一個天然的海灣，停駐著很多漁船。平坦的盆地上建築鋪展，燈火通明，人聲嘈雜。

「到地方了，你們這幫混帳！」希瓦舉起槍，對著天空鳴放。後來我才知道，這個叫班納吉島的島嶼就是劍魚公司的總部，雖然屬於印尼，但孤懸於無邊無際的大海裡，與世隔絕，最近的大陸是澳大利亞，最短距離也要近七百公里。

這裡，沒有政府，沒有警察，沒有網路，劍魚公司就是主宰。我們像牲口一樣被趕到島上，由希瓦他們押解著進入這個地獄。

班納吉島分為兩個部分，劍魚公司佔據盆地大片的遼闊土地；盆地之外是野獸、毒蛇出沒的荒蕪森林和山地。

直到如今，我也不知道盆地有多大，只知道四周全是高牆和電網，裡面分為碼頭、工作區和生活區三部分。碼頭上停著許多捕魚船，都是劍魚公司的財產；工作區是加工車間，捕獲的各種魚類會運到那裡加工、儲藏，然後運上船賣掉；生活區分為兩部分，一部分是劍魚公司的人的住所，富麗堂皇，漁奴的棲身之地則被稱為「海牢」。

被趕進海牢時，我愣住了。

世界上怎麼會有那樣一個地方——鐵皮搭起來的房子簡陋無比，更多的是用木板、棕櫚葉遮蓋的木棚，一眼望不到盡頭。每個棚子下面都有一個鐵籠，裡面關著漁奴。人多，籠子就顯得小，根本無法躺下，只能蜷縮著坐在地上。那麼多的籠子，有多少漁奴呢？一千？兩千？我不知道。

我們這些人被分在了兩個籠子裡，我和拉明他們在一起。除了我們之外，籠子裡之前也有五六個印尼的漁奴，有老有小，加在一起有二十個左右。

第一個晚上，我根本睡不著。沒法躺下，蚊蟲又多，剛進來的人心情煩躁，彼此爭吵。

我和兩個印尼人成了朋友，一個是塞瑪爾，一個是巴布亞。塞瑪爾可能是整個班納吉島年紀最大的漁奴了，他有七十多歲，牙齒早已掉光，耳朵也不好使，脊背彎駝。他在四十歲時成了漁奴，然後被賣來賣去，最後來到班納吉島，一待就是三十年，對島上的情況一清二楚。

巴布亞只有十七歲，身材雖然矮小，可健壯有力。他和塞瑪爾不一樣，屬於土著的後代，也就是原本生活在島嶼上的當地人。他看起來很凶，但實際上心地很善良。他不喜歡和人交往，沒事的時候就瞇著眼睛睡覺，或者跪在地上嘀嘀咕咕地向神靈——一個用木頭雕刻的猙獰的雙頭木偶——祈禱，他叫它「布吉吉」。就這樣，漁奴的日子開始了。

在班納吉島，漁奴分兩種——籠子裡的和籠子外的。

有活幹的時候，漁奴就會離開籠子去幹活，沒有活幹的時候，再被關進去。對面籠子裡有個男人對著守衛哭喊，被活活打死了，還有個人將自己的褲子搭在籠子上方的橫欄上活活吊死了自己，沒有人阻止，就那麼看著他結束自己的生命。

守衛根本不把我們當人看，有時候喝醉了還會亂開槍。有一次，一顆子彈直接擊中我旁邊一個印尼人的腦袋，他當場死掉，隨後像死狗一樣被拖走。

我曾在守衛的槍口下救了巴布亞一命。當時所有人都嚇得趴在地上，只有他跪著，對著布吉吉祈禱，子彈射過來，我將他撲倒了。隨後這傢伙不慌不忙地爬起來，連句謝謝都沒說，還說是布吉吉顯靈救了他，我氣壞了。不過，這件事之後，他把我當成了朋友。

或許因為都是緬甸人，拉明那幫人也逐漸接納了我。大概到了第五天，我們第一次出了籠子。

「長腿」是漁業公司的一個小頭頭，他帶著一幫人押我們去幹活。所有人都出去了，除了塞瑪爾。那個老傢伙沒有被長腿點名。

大家舒展身體，往工作區走。巴布亞在路上撿了兩件衣服，自己穿了一件，丟給我一件，我毫不客氣地又扔給了他。班納吉島氣候炎熱，光著上身都會冒汗，穿上那件衣服更熱。

但巴布亞堅持，還神祕兮兮地說：「等會兒你就知道了。」

我們被帶到一個巨大的建築裡，到處都是裝在箱子裡的魚，魷魚、沙丁魚、金槍魚……數不勝數。我們的任務就是將那些魚搬進冷庫，分門別類地裝箱、存放。

進了冷凍庫，我才知道巴布亞為什麼給我那件衣服——冷凍庫裡極為寒冷，哈氣成霜！

我看了一下溫度計，足有攝氏零下二十度！光著膀子的人進到裡面，會是什麼感覺呢？

一個緬甸人凍得直接跑了出來，大叫著冷，被守衛壓在地上一頓暴揍，最後被拖了出去，自此之後，我就再也沒見過他。剩下的人只能乖乖進去了。大家哆哆嗦嗦地幹活，冷氣順著毛孔往身體裡鑽，很多人立刻面色蒼白，頭髮、鬍子上滿是白霜，流出來的鼻涕馬上結冰。然後他們開始尋找一切可以禦寒的東西，編織袋、塑膠袋、泡沫……拼命地往身上捆綁。

儘管穿著單衣，我也凍得受不了。還是巴布亞有辦法，他找來兩個編織袋套在我身上，然後給我裹上膠布，我才撐下來。

二十二個小時之後，我們才從冷凍庫裡出來，巨大的溫差讓很多人當場暈過去。最慘的是一個叫欽剛的同伴，因為工作時間太長，他的雙手凍得壞死，再無利用的餘地，出來後滿地打滾，被看守一槍殺掉了。

我們在冷凍庫工作了一個星期。長時間工作，無法休息又吃不飽，每個人都要崩潰。有個傢伙坐在那裡一動不動，我覺得不對勁，過去推了推，他便啪嗒一聲倒在地上，早已凍死了。每天都有漁奴死掉。餓死、凍死、累死、病死、被守衛打死、忍受不了自殺……死了就被拖走，又有新的漁奴補充進來。

又過了一個星期，籠子裡的人開始偷偷商量逃跑。

他們都明白，繼續待下去只有死路一條。只有從盆地裡逃出去，才有活下去的可能。儘管外面是森林和山地，野獸、毒蛇橫行，可起碼還有希望。

巴布亞偷偷地告誡我，讓我不要摻和。他在班納吉島待了四年，還從來沒有人成功逃出去過——鐵籠的鑰匙在荷槍實彈的守衛身上，殺掉他們基本不可能，即便拿到鑰匙，也還要穿過迷宮一樣的建築，躲過層層監視，翻過電網才能逃出去。即便出去了，外面的世界同樣危險。

作為頭頭，拉明對逃跑的提議一開始很動心，但經過細心觀察後，他放棄了。不過有四個緬甸人決定行動，還制訂了計劃——兩個假裝打架，引來守衛，另外兩個解決守衛。

他們的計畫剛開始實施得很順利，怒氣衝衝的守衛被他們壓倒殺死。我一直為他們擔心，當看著他們衝進夜色中時，又為他們高興。但隨後，刺耳的警笛聲響起，守衛牽著獵犬，像螞蟻一樣蜂湧而出，營地裡人仰馬翻。

一個小時後，逃跑的四個人被帶了回來。三個被打死，一個還活著。活著的那個，在所有漁奴面前，被長腿砍掉了腦袋，鮮血濺了我一臉。然後，長腿舉起血淋淋的刀，指了指我和巴布亞。

我嚇壞了，隨後才反應過來——他是讓我們把這四個人埋掉。那是我第一次也是唯一一次進入墳場。

在班納吉島，死掉的漁奴會被搬運到營區後面的山谷裡挖坑埋掉。

那是一片繁茂的林地，埋著人的土堆層層疊疊，每個上面都有塊簡陋的木牌，寫著死者的名字。人們相信，必須為這些死去的人立碑，他們才不會變成孤魂野鬼。

看到那些墳墓，我心情很糟。因為爸爸也有可能躺在裡面。我儘量多走動，一邊幹活一邊在木牌上尋找爸爸的名字。可惜太多了，根本看不過來。

我和巴布亞將那四個人埋了，累得半死。在製作木牌的時候，我才發現根本不知道他們叫什麼。巴布亞胡亂寫了幾個名字，然後把木牌插在墳頭。

「木牌上的名字，絕大多數都不是他們的真名。」幹完活，巴布亞拍著我的肩膀說，「再也沒有人知道他們是誰，也永遠沒有人知道他們曾經遭受過怎樣的折磨。」

回來的路上，巴布亞帶我穿過了一片雨林，那是另一處墳場。他指著一個高高翹起、伸向大海的崖地說：「阿古，看到那地方了嗎？我告訴他們，如果哪一天我死了，就把我埋在那裡，那是我家鄉的方向。」

人不斷地猜測、判斷，卻不知道自己能活多久，是一件多麼殘酷的事。

在島上工作了幾個月之後，我們終於可以出海。

清晨，長腿將我們放出籠子，包括一直待在裡面從未幹過活的塞瑪爾。

劍魚公司一共有九十多艘各種各樣的漁船，用途不一，大小不一，馳騁在周圍的廣闊海域。我們上了一艘專門捕魷魚的船，加上劍魚公司的人，一共有五六十人。在那裡，我看到了納瓦，看得出來，他吃了不少苦，變得更陰沉，但卻成了那幫人的老大。

捕魚船離開班納吉島，轟鳴著出了海，向東北方向開了五六天，中途停了幾次，但收穫很少，長腿很不高興。

有天晚上，長腿來找塞瑪爾。

我一直不明白這個老傢伙為什麼還能活下來。他又老又聾，病懨懨的，一陣風刮過來似乎就能被吹跑，完全是個累贅。但那一次我才知道，這老頭沒那麼簡單。

他坐在甲板上喝酒，有些醉醺醺。我和巴布亞在旁邊清洗甲板，看見長腿從船長室走過來。

「老傢伙，他媽的沒魚呀！」長腿蹲在他面前，大聲說。塞瑪爾擺了擺手，表示聽不見，長腿不得不提高了聲音，重複剛才的話。

「哎呀呀，早就告訴你，這裡魷魚不多。」

「可之前我們派人來這裡用聲納探測器搞過，海裡面全是魷魚。」

「那是魚，又不是樹上的果子！」塞瑪爾揉著滿是眼屎的眼睛笑道，「魚是會跑的。」

「那你說，應該去哪裡?!」長腿大吼。

塞瑪爾看著星光下的大海，伸出手感應了一下風向和風速，「往東北開兩百海浬，是不是風暴角？」

「是。」

「那裡有魚。」

長腿疑惑道：「老傢伙，現在這個時候，那裡可是有風暴。」

「海上哪裡沒有風暴？虧你還是在海上討生活的人，有什麼可怕的。想抓到魚，就得吃點苦。你們這些年輕人，比我們當年差遠了。」塞瑪爾咧著嘴，露出空蕩蕩的牙床，「我們那時候都是小船，補給不行，也沒有通信，還不照樣風裡來雨裡去，橫行四海。」

「媽的！」長腿笑著罵了一句，站起來，「好，那就去風暴角，不過我可告訴你，如果到那裡沒有魚，老子第一個把你扔進海裡。」

「扔吧。如果沒有魚。」塞瑪爾打了個哈欠說。

長腿晃著身體返回船長室，大船隨即全速向東北方向前進。

果然，進入風暴角之後，我們遇到了大風暴。

雷電轟鳴，狂風大作，濁浪排空，大海變成了張牙舞爪的惡魔，隨時都能將我們扯進萬丈深淵。捕魚船像一片渺小的樹葉，人在船上滾來滾去，根本站不住。我用一根繩子將自己綁在船艙裡，吐得昏天黑地，覺得自己要完蛋了，塞瑪爾卻睡在吊床裡，還打起了呼嚕。

半夜，風暴停息。捕魚船打開探照燈，有人在外面喊：「都起來！開始工作！」

塞瑪爾的判斷一點沒錯，我們碰到了大魚群！

探照燈刺眼的光亮照向海面，魚群就瘋狂地游過來，甩下鉤子，覺得有魚上鉤時收竿就行了，沒出過海的新手都能幹得來。

船上的人分為兩隊，由拉明和納瓦各自帶領，分坐在船的兩邊。密密麻麻的釣竿不斷甩出去、收回來，魷魚如同雨點一樣落在甲板上，場面非常壯觀。

我和巴布亞這樣的孩子便負責裝筐，經常被落下來的魷魚砸得暈頭轉向。那時候，我甚至忘記了自己是漁奴，看著豐碩的收穫，開心無比。船上的人都活躍起來，歡呼著，大叫著，場面歡快極了。長腿和他的手下也不制止我們的聒噪，他們端著槍站在高處，冷冷地審視著下方。

魷魚太多了，我和巴布亞也加入到了釣魚的行列。我們不斷甩鉤、收竿，可巴布亞的收穫遠比我的多。也是怪了，我們倆位置差不多，我並不笨，手腳也麻利，可就是比不過他。

釣魷魚雖然聽起來容易，但其實很危險，我就差點被一個幾十斤重的傢伙拖進海裡，最後和巴布亞合力才把牠拖上來。更危險的是釣鉤。幾十根釣竿起起落落，尖銳的魚鉤甩來甩去，不小心就會鉤到人。

那天晚上就出了事，一個泰國人被同伴的魚鉤鉤住了臉，慘叫著掉進海裡，其他人正準備救，海面上轟地衝出一張大口，還沒看清那傢伙長什麼樣他就被咬住拖進了海裡。

那是鯊魚。那片海的每條船旁邊，都圍繞著鯊魚。

還有船上的滑竿、起吊機甚至是魚箱，風浪裡搖來晃去，運氣不好被砸著，當場就會沒命。長腿他們根本不關心這些，死了人，就直接扔下海交給鯊魚，然後用水沖洗甲板，繼續幹活。

那天，我們工作了整晚，一直到天亮。我的胳膊又痠又重，幾乎抬不起來，肚子餓得咕咕叫，一站起來就頭暈眼花。探照燈關了之後，我原本以為結束了，但並非如此。幾桶米飯扔過來，大家瘋搶著吃完，便開始收拾船上的魷魚。

首先是分魚，按照大小分類，兩三公斤的一類，四五公斤的一類，超過十公斤的一類，大小不一樣，價格就不一樣。

然後是清洗，在甲板上進行簡單處理和裝箱，再抬入冷藏間。這工作聽來沒什麼，幹起來卻費時費力。我們忙了整整一天，在天黑時才處理完畢，還沒來得及喘口氣，探照燈打開，又要繼續釣魚。就這樣做了三天三夜，眼都沒合過。

剛開始還興高采烈，到最後，已經沒人說話了，大家筋疲力盡，機械地甩鉤、收竿，有的人甩著鉤的工夫就閉上了眼睛。這樣一來，事故就多了起來。

有人搖搖晃晃，一個不穩就掉下去；有人被船上起吊機的鋼索捲進去，攔腰切成兩半。負傷的就更多了。

這時候，漁業公司的人在高處開槍，子彈就打在我們旁邊，他們不停呵斥。後來開槍射擊也沒用，他們就下來用鞭子抽，用槍托打。

第四天清晨，魚群突然沒了，大船不得不離開，尋找下一個漁場。所有人離開甲板，連飯都沒吃，倒頭便睡。我整整睡了一天，晚上餓醒，才和巴布亞爬出船艙找吃的。

甲板上安安靜靜，只能聽到船艙裡傳來的呼嚕聲和高處劍魚公司那幫人的歡笑聲。我們看到了塞瑪爾。他的面前擺放著一堆吃食，估計是長腿賞的。

「兩個小傢伙，你們是不是在找吃的？」塞瑪爾衝我們揮了揮手。

我和巴布亞坐下來，立即狼吞虎嚥，塞瑪爾笑了笑，繼續喝他的酒。四周沒有一點風，大海彷彿睡著了。

「真美呀。」塞瑪爾喃喃自語，看著大海，目光迷離。我和巴布亞根本不接他的話，只忙著填飽肚子。

「你們難道不覺得美嗎？」塞瑪爾問。我和巴布亞依然沒回應，塞瑪爾聾得太厲害，即便我們說話了，他也不一定能聽到。

「也是，你們還小。」塞瑪爾放下酒瓶，開始抽菸。

「我第一次出海時，和你們年紀差不多，當時遇到風暴，船被打得稀巴爛，整船人就剩下我自己，抱著一根桅杆在海裡漂。我向神靈祈禱：如果能活下來，就把靈魂獻給大海，一輩子生活在大海上。我漂了五六天，被另一艘船救上來。或許，是神靈聽到了我的祈禱。」塞瑪爾自言自語。

「我兌現了諾言，登上各種各樣的船，水手、機輪手、舵手、標槍手、大副……什麼活都幹過。跟著船跑遍了各個大洋，去過許許多多的國家和港口。呵……轉眼就到了這個年紀。看了一輩子海，卻總也看不夠。

「英國、美國、日本……我在不同國家的船上待過，賺過不少錢，上岸就花得精光，然後繼續找船出海。那時候和現在完全不一樣，船上的人親如一家，跟著船長風雨同舟。那時候的人，和現在完全不一樣。」

巴布亞吃飽了，打了個嗝，大聲對塞瑪爾道：「你既然那麼風光，怎麼會到了班納吉島？」

塞瑪爾嘿嘿一笑，似乎不願說這事情，「忘了。見了太多的船毀人亡，見了太多的戰爭、屠殺，見了太多的生生死死，突然間就一把年紀了。人這東西，風光也罷，落魄也罷，總要死的。」

「世界上所有的海，你都跑過？」我好奇地問。「差不多吧。」

「有什麼不一樣嗎？」

「當然。海和人一樣，有著不同的脾氣。有的溫柔，有的暴躁，有的明亮，有的陰鬱，有的星光燦爛，有的烏雲密佈。」

塞瑪爾跟我們講了許多真真假假的故事：風暴過後飛速游行的魚群；生活在不知名島嶼上半夜會衝上船殺死船員的兇猛猩猩；比船都要大的巨型烏賊；頭上長滿海藻會唱歌吸引水手奪取性命的海妖；堆滿黃金卻行蹤不定的神祕島嶼；神祕現身卻從不允許人靠近的幽靈船……

他的世界，光彩陸離。

「那時候，你們捕的是什麼魚？魷魚？」我問。

塞瑪爾哈哈大笑：「魷魚？這玩意兒能算魚嗎？我們捕的魚，是世界上最大的動物，是海中的王者！」

我和巴布亞相互看了看。

「你們知道在一切歌聲中，什麼最動聽嗎？」塞瑪爾問。我們搖頭。
「鯨。」塞瑪爾瞇眼看著海面說，「因為牠的吟唱能折射出星空和大海。」
我和巴布亞都沒聽過塞瑪爾所說的鯨的歌聲，我自己甚至連鯨都沒見過。
「當你跑遍大海，鯨群突然出現在眼前時，那種心情是無可比擬的。」塞瑪爾興奮起來，「抹香鯨、座頭鯨、灰鯨、長鬚鯨、藍鯨、虎鯨……那些巨無霸，會讓你覺得自己渺小得如同一粒沙子，牠們憤怒起來，一尾巴就能打翻你的船。當牠們從你身邊游過時，當牠們突然在你面前高高躍起然後轟的一聲落入海中時，當牠們噴出水柱，發出各種各樣奇妙的吟唱時……呵呵，你會覺得這世界真是奇妙極了！」
「你捕過鯨嗎？」我問。
「當然捕過。當年我可是出了名的頭號標槍手。」塞瑪爾瞪大眼睛說，「發現鯨群，看準機會狠狠扎下標槍，然後……和這些巨無霸搏命。那是個危險的工作，卻充滿了吸引力。實際上，沒有比捕鯨人更偉大的男人了。」
「為什麼現在沒人捕鯨了？」巴布亞問。「還有，不過很少很少了。」
「為什麼？」我問。
塞瑪爾歎了口氣：「因為鯨快沒了。」
「快沒了？你不是說牠們是海洋的王者嗎？」我問。
「是呀，牠們是海洋的王者，但不是人的對手呀。」塞瑪爾咧了咧嘴，「捕鯨這事情持續了好幾百年，無數艘大船在大海上捕殺，死了多少頭鯨，沒人說得清楚。我捕鯨那時候，鯨就不多了，但起碼比現在多。」

塞瑪爾嘆了口氣，「或許，我們是最後一批堅守傳統的捕鯨人吧。我們捕殺牠們，卻滿懷著敬畏和感激，從不會趕盡殺絕，不會捕殺懷孕、帶崽的母鯨，也不會捕殺幼鯨，不像現在。聽說有些人捕鯨，只要看到的，都會殺掉。

「時代不一樣了。現在的船，又大又快，捕鯨工具從標槍變成了捕鯨炮，還有先進的聲納。海洋的王者又怎樣呢，在貪婪面前，脆弱得如同螞蟻。人類啊……早晚會遭報應的。」

「狗屁的報應，我看他們活得好極了。」巴布亞看了看船長室說。

「不是有那麼一句話嗎，善有善報，惡有惡報。」塞瑪爾笑道，「捕鯨也是這麼回事。」

「什麼意思？」我問。

「對鯨心懷敬畏和感激的人，會得到神靈的護佑。而那些肆意屠殺、貪婪自大的人，會自取滅亡。」

「是嗎？我不相信。」巴布亞搖頭。

「跟你們說個故事吧。」塞瑪爾抽著菸，「我也是當年聽來的，是一個美國人寫的一本書，名字叫……哦，《白鯨記》。」

那是一個震撼心靈的故事。

「世界上真有這樣的鯨嗎？」我激動地問。

「我不知道。」塞瑪爾搖著頭說，「故事只是故事。但和那個作者一樣，我一直認為，一切生活在海洋裡的東西，沒有比鯨更神聖、更值得讚頌的了。」

他轉過身，看著我和巴布亞，「孩子們，我這一生捕過多少鯨早記不清了，但最後那條，卻讓我一生不安。」我和巴布亞睜大了眼睛。

「那是頭個頭極大的抹香鯨，遠比一般的抹香鯨聰明。我們追捕了整整兩年，最後才在赤道帶的一處海域發現了牠。但出人意料的是，牠沒有逃，反而主動朝著船游過來。我親自帶著五艘小船圍捕牠，結果被牠打翻了四艘。我當即憤怒地投下三把標槍，然後……」塞瑪爾頓了頓說，「我們拉扯、搏鬥了整整六個小時，最終牠才筋疲力盡地浮出海面。」

「船上的人都瘋狂地用手中的魚叉、標槍甚至手槍攻擊牠，海面殷紅一片。或許牠意識到自己在劫難逃，便掉過身來，狠狠撞向我們的大船……船艙底部被撞了個大洞，船長不得不帶著船員棄船。」塞瑪爾面色冷峻，「我氣壞了，命人將小船划過去，我要將標槍扎進牠的致命處。結果……」

塞瑪爾苦笑一聲：「那傢伙揚起尾巴，輕而易舉地將小船打翻。我費盡力氣爬上去，掏出槍對準牠。當時的距離，大概只有十公尺吧。」

「牠完全可以再來一下，哪怕輕輕一下，就能讓我粉身碎骨，可牠沒有。牠緩緩游動，小山一樣的腦袋湊到我近前。

「然後……我看到了牠的眼睛。」塞瑪爾深吸了一口氣說，「深沉、幽怨、乾乾淨淨的眼睛！」

塞瑪爾緩緩低下頭，「孩子們，我從來沒有看過那樣的眼睛，折射出星光和大海的眼睛。在牠的眼睛裡，我看到了自己的渺小和骯髒。我緩緩放下槍，看著牠呼出最後一口氣，噴出最後一道水柱，隨後死掉。」塞瑪爾眼眶濕潤了，「自那以後，我再也沒有捕過鯨。」

塞瑪爾微笑地看著被星光照耀的大海，「孩子們，海上的人死了之後，你們知道他們會怎麼樣嗎？」

我和巴布亞被這個突如其來的問題問愣了。「死了，當然是扔進海裡了。」我說。

「這個我當然知道。之後呢？」

「之後？哪有什麼之後，自然是被魚吃掉了。」

塞瑪爾連連搖頭：「不，據我所知，可不是這樣。」

「那會怎樣？」我愕然。

「他們的靈魂會騎著巨鯨，在廣闊的海洋裡巡游、嬉戲。在風暴停息、星斗閃爍的晚上，如果你足夠幸運，就能見到。」塞瑪爾望著大海，聲音低沉顫抖，「我曾有機會逃出班納吉島，但離開了又能去哪裡呢？我寧願死，都不願意離開大海。」

「為什麼？」我問。

「我把一生交給了大海，把靈魂交給了大海。」塞瑪爾潸然淚下，「只有在船上，死之後才能沉入海底。神靈如果能寬恕我的罪惡，大海如果能憐憫我，鯨如果能接納我，我的靈魂便會找到那些逝去的老朋友，與他們一起在海裡巡游，談笑風生，只有歡樂，再無痛苦。」

我沉浸在老人的話語中，自此深信不疑。

「塞瑪爾，你是班納吉島上年紀最大的漁奴，應該見過很多人吧？」巴布亞突然問道。

「怎麼了？」

「向你打聽個人。」巴布亞看了看我，「一個叫丹曼的緬甸男人，大概在十年前上了劍魚公司的黑船。」

「丹曼，丹曼……」塞瑪爾瞇起眼睛。

我的呼吸粗重起來，不由自主握起拳頭。是呀，作為在班納吉島上待得最久的人，塞瑪爾說不定見過我爸爸。

「他是你的什麼人？」塞瑪爾轉頭問我，我的反應逃不過他的眼睛。

「爸爸。我來這裡，就是為了找他。」

「從緬甸跑到這兒？」

「媽媽死了，他是我唯一的親人了。」我低下頭，「如果他還活著的話。」

「肯定吃了不少苦吧？」塞瑪爾看著我說，「我沒見過這個人。班納吉島的人太多了，我怎麼認得過來呢？說不定還活著。」

「還活著？！」我睜大眼睛。

「有可能。他應該三十多歲吧，這個年紀正是最強壯的時候，沒那麼容易死。」塞瑪爾笑道，「所以，你要好好照顧自己，阿古。」

「明白！明白！」我大聲笑起來。

「不過找爸爸的事，不要再對別人說。」塞瑪爾看了一眼船長室提醒我，「我會幫你留意。」

「謝謝！」我無比感激。

塞瑪爾笑著點點頭，然後，他突然站了起來。「怎麼了？」我和巴布亞也急忙起身。

「鯨！是鯨！」塞瑪爾指著遠處說。

順著他手指的方向，我看見幾道水柱，是鯨噴出的粗大的、高聳的水柱！一個小鯨群朝著我們游過來，四頭成年，一頭尚幼。

「藍鯨，是藍鯨！」塞瑪爾激動得像個孩子。

牠們在星光下緩緩經過我們的船，巨大的身軀發出美麗的光芒。我目不轉睛地盯著，看著牠們山丘一般的身軀緩緩移動。然後，我聽到牠們低沉婉轉的吟唱。

「鯨！鯨！」我和巴布亞大聲喊了起來。「鬼喊什麼！」劍魚公司的人出來，朝天開了一槍，接著將探照燈打開，海面亮如白晝。

「都他媽的趕緊起來！到地方了，準備工作！」長腿大聲喊著。船艙裡一片騷動，漁奴們不情願地魚貫而出。

「塞瑪爾，以後再這麼鬼鬼祟祟和別人說話，小心我割了你的舌頭！」長腿喊道。

「什麼？你說什麼？」塞瑪爾指了指自己的耳朵。「老東西！」長腿扛著槍，指揮漁奴去了。

「多美呀。」塞瑪爾轉身看著大海，兀自感慨了一聲。

那一次，我們在海上待了四個月。生活單調得很，除了捕魚，就是分類和儲藏。冷藏室滿了，劍魚公司的人就會聯繫買家開船前來，貨款交接之後，我們繼續工作。

四個月裡死了十幾個人，都被扔進大海。船返航回到班納吉島時，劍魚公司那幫傢伙賺了很多錢，但我們什麼都沒有，一美元的報酬都沒得到。

不過，相比待在班納吉島，出海還是愉快些的。我和塞瑪爾成了好朋友，那老傢伙很有趣，我喜歡聽他的故事，還有他的笛聲。那是一支骨笛，半夜無人的時候他會摸出來吹，他還教我，我吹得也不賴。

除了巴布亞，我還交了個新朋友，他叫阿里，比我大兩歲，是泰國人，納瓦的親戚。

在島上工作了幾個月之後，我們又出了幾次海，漸漸也就習慣了。拉明他們一直想著逃出去的事情，後來可能性很小，便一邊老實幹活，一邊耐心等待時機。只要不死，總會有希望的。拉明這麼跟我們說。但是誰都沒想到，希望會來得這麼快。

那是很糟糕的一天，海上起了風暴，大雨下個不停。晚上，我們都睡著了，長腿帶著一幫人把我們叫去碼頭，三隊漁奴湊到了一起。一隊是八個緬甸人，包括我在內，拉明是老大；

一隊是十八個泰國人，納瓦是老大；還有一隊是七個印尼人，領頭的叫杜特，塞瑪爾和巴布亞原本是我們這邊的，後來被編到了印尼人的隊裡。班納吉島的漁奴裡雖然有印尼人，但地位要高於我們，誰讓劍魚公司的頭頭卡隆是印尼人呢？

杜特那傢伙人高馬大，年近四十，十分懂得阿諛奉承，和長腿關係不錯，長腿對他也很照顧和信任。

除此之外還有劍魚公司的七個人，各個全副武裝，兇神惡煞。在人群中，我看到了卡隆的心腹希瓦。

那時候我很疑惑，首先，希瓦是劍魚公司裡僅次於卡隆的高層，連長腿都是他的手下，出海捕魚這種事情，他從來不參加的。其次，這種鬼天氣為什麼要出海呢？

一行人上了梵天號——劍魚公司最新最快的一條捕魚船。甲板上，長腿召集我們簡單地說了幾句，說和平常一樣去捕魷魚，讓我們老實聽話，不然吃不了兜著走，然後便開始安排工作。

梵天號一共有三層，我們和納瓦一夥人住在船艙，長腿帶著兩個手下和印尼人住在中層，希瓦帶著幾個手下住在最上層的船長室。船長是希瓦，大副是長腿，舵手是杜特，塞瑪爾協助，其他人都是船員。

船開出港口，在風暴中搖晃著駛向大海。我們抓緊時間睡覺，按照往常的經驗，到了捕魚地點之後便很難有休息的機會。這一次，劍魚公司的人對我們還算不錯，吃的喝的都不少，還前所未有地發了菸，除了不允許我們到甲板上之外，我們在下面想幹嘛就幹嘛。

兩天之後，大家都睡不著了。有躺在吊床上閉目養神的，有聊天說笑的，甚至賭博鬥毆的，船艙裡面烏煙瘴氣。

我一直盯著納瓦，因為孟猜的死，我對他有些怨氣。但這傢伙從來沒有離開過他的吊床，一句話不說，總是瞇起眼睛盯著頭上的甲板，似乎在想什麼心事。

又過去了三天，大家都無聊了，船艙裡再也沒有人打鬧，氣氛詭異。當天半夜，納瓦跳下吊床，來到拉明跟前。我睡在旁邊，將他們的談話聽得清清楚楚。

「跟你商量個事兒。」納瓦說。

「什麼事？」對納瓦，拉明一直視而不見，保持著不遠不近的距離，見到納瓦主動走過來，拉明也有點奇怪。

「有點不對勁。」納瓦壓低聲音說。「怎麼了？」

「跟我就別裝傻了，大概你也覺察出來了。」納瓦掏出菸，遞給拉明一根。

「上船的時候就覺得怪。」納瓦小聲道，「已經開了五天了，照理說，應該到漁場了吧。」

「這個時節，最近的漁場四天就到了。」拉明說。

「這艘船是新船，速度更快，用不了四天。」納瓦搖頭道。拉明也疑惑起來，「既然到了漁場，為什麼不停下來幹活？」

「所以說不對勁呀。」納瓦回頭看了看艙口，道，「我總覺得這次好像不是去漁場。」

「不去漁場去哪裡？」
「不知道。」納瓦搖頭。
「難道是想開到公海，把我們殺掉？」
「不可能。我們的命可金貴著呢，他們捨不得。」納瓦冷哼一聲，「得搞清楚。」
拉明點了點頭，「你打算怎麼辦？」
納瓦轉過臉，看著我。四目相對，我嚇了一跳。
「這孩子和塞瑪爾關係不錯，也不起眼，我們出不了艙，就讓他趁機摸過去找塞瑪爾問問，或許他知道。」納瓦說。
拉明想了想，點點頭，「倒是可以，阿古每天都會上去給他們清掃房間。」
隨後拉明把我叫過去，低聲交代了幾句，兩個人又都回了自己的吊床。
第二天中午，我被叫上去清掃房間。或許是因為年紀小，劍魚公司的人並不提防。和往常一樣，我拎著水桶和拖把，先把甲板擦洗乾淨，隨後上了二層，發現巴布亞也在幹活。
杜特陪著長腿打牌，其他人有的睡覺有的喝酒，周圍髒得跟狗窩一樣。擦洗了一通，我拎著水桶出來，把巴布亞拉到一邊，問他塞瑪爾在哪。
「在輪長室，杜特那懶貨把舵交給了一個手下和塞瑪爾。」
「能不能把塞瑪爾叫出來？」
「你找他幹什麼？」

「有事問他。」我有些急。

巴布亞笑了一聲，去了輪長室，不一會兒，便扶著塞瑪爾出來了。找了個角落，我開始向塞瑪爾打聽。

「你問這個幹什麼？」塞瑪爾看著我，表情有些警惕。

「沒什麼，我覺得奇怪，按理應該早到漁場了。」我當然不能說是拉明他們讓我問的。

塞瑪爾這才放下心，笑道，「你小子還挺聰明，竟然注意到這個。」

「果然不是去漁場？」我吃了一驚。塞瑪爾搖了搖頭。

「那是去哪裡？」

「我也不知道。」塞瑪爾被風吹得直晃，「漁場在東北，我們卻在往西北開，再開下去，就要離開爪哇海了。」

我的腦袋嗡的一聲響。

以往捕魚時，掛在船艙裡的那幅航海圖我沒少看。爪哇海往西北，就是馬來西亞和泰國！

「塞瑪爾，這幫傢伙想幹什麼呀？」我忙道。

「不清楚。阿古，這種事不要瞎打聽，不然你吃不了兜著走。」塞瑪爾提醒了我一句，轉身離開。

回了船艙，拉明和納瓦都在等我。「怎麼樣？」兩個人把我拽到了一角。

我把情況說了，拉明和納瓦頓時愣住，然後不約而同望向了那幅航海圖。

「你們幾個，看好艙口，有人來就說一聲。」納瓦指揮幾個手下守住艙口，然後和拉明各自召集了幾個心腹，五六個人聚在一起商量，我也被拽了進去。

「兄弟們，機會來了。」納瓦看著大家，興奮道，「這艘船不是去漁場，而是駛向馬來西亞和泰國。」

聽了這話，周圍響起一陣低低的驚訝聲。

「這是千載難逢的好機會！」納瓦瞇起眼睛道。

「你想劫船？」拉明立刻明白了納瓦的心思。

「你難道不想嗎？」納瓦冷笑一聲，「早晚都是死。班納吉島那些人的下場，你們看得清清楚楚！要想活命，只能逃！在島上根本不可能，捕魚的時候也沒有機會，即便殺了劍魚公司的人，印尼海是他們的勢力範圍，立刻就會有其他船隻前來圍堵……但這次不一樣！」

納瓦扯過那張地圖，「你們看，再往前開，要不了幾天，我們就能駛出爪哇海，他們的人想追都來不及，只要劫船成功，我們就能逃出去！」

看著那張地圖，大家下意識地點了點頭，對納瓦的想法極為認同，這的確是前所未有的好機會。一想到能夠逃離虎口，恢復自由，所有人都激動起來。但拉明的一句話，給大家澆了一盆冷水。

「話是這麼說，但劫船怕是不容易。」拉明指了指上頭，「儘管我們人多，但赤手空拳。劍魚公司那七個人全副武裝，只要堵住艙口，一個人就能把我們全殺掉。再加上杜特那幫印尼人，我們根本沒有勝算。」

大家紛紛露出失望的神情，陷入沉默。拉明的話千真萬確。「如果把那幫印尼人拉攏過來呢？」納瓦捏著下巴說。

「拉攏過來？」

「嗯。」納瓦笑了一聲，「杜特他們儘管比我們活得好一些，但說到底也是漁奴，我就不信他們不想離開班納吉島過自由自在的生活。」

「雖然有道理，可我們不知道杜特怎麼想。」拉明攤手道。「請他來談一談就是了。」納瓦雲淡風輕地說。

「這個得慎重。」拉明皺起眉頭，「那傢伙和長腿關係不錯，如果假意贊同，轉而又去告密，我們就全完了。而且，如果他不同意呢？」

所有人都看向了納瓦。

納瓦深吸了一口氣，「那就拚了！反正都是死，與其在班納吉島像狗一樣被他們弄死，或在海上被扔了餵魚，倒不如這麼死！」

「是！拚一把！」

「拚了！」幾個人表示贊同。

「怎麼樣？」納瓦看著拉明。

拉明想了想，點了點頭，隨後我就成了他們關注的重點。「阿古，甲板上的情況你最熟悉，跟大家說說他們的人手和佈置。」拉明對我說。

我把情況說了一遍：二層一共十二個人，劍魚公司五人，印尼人七人；長腿和杜特一個房間，塞瑪爾、一個印尼人、長腿的一個手下在輪長室，剩下的七個人分住在三個房間裡，每個房間都有一個劍魚公司的人。三層船長室是希瓦和兩個手下，從二樓到船長室，只有一條路。

「如果杜特答應了，我們勝算很大；如果不答應，那就拚一場。」納瓦說。

「只有這樣了。」拉明同意了。

「接下來就是怎麼請杜特了。」納瓦看著我，「這個還得讓阿古跑一趟。」

納瓦騙杜特前來的理由很簡單，也很聰明——船員中有人得了瘟疫。在海上，這可是大事。果不其然，當我把這個消息告訴杜特時，正在陪長腿喝酒的他立刻跳了起來。

「幾個人？」杜特大聲道。

「我不知道，好幾個都挺嚴重的。」我裝出一副驚慌失措的樣子。

杜特看了看長腿，很為難。

長腿踢踹了杜特一腳，「難道讓我過去嗎?!染上瘟疫的人立刻丟下海!其他人隔離!」

杜特捂著屁股，滿臉堆笑，「好嘞，我這就去。」

杜特便帶著兩個手下，咕咕噥噥地進了船艙，兩個手下旋即被按倒在地，杜特脖子上壓了一根尖銳的魚叉，被押了過來。

「納瓦，拉明，你們他媽的不想活了?!」杜特罵道。
「誰都想活呀。」納瓦笑起來，示意放開杜特，然後摟著他坐下，嘀嘀咕咕了一番。
「不可能！根本不可能！」杜特聽完直搖頭。
「有你們的配合，我們成功的可能性很大！」納瓦笑道。「他們有槍！」
「他們沒有防範，只要我們計畫得好，裡應外合，很快就能搞定。」納瓦摸著下巴說，「劫船成功，所有人都能恢復自由。到時候把船開到港口，船上的東西都歸你，你可以腰包鼓鼓找個沒人知道你的地方安度晚年。」
「要是我不同意呢？」杜特看了看周圍。
「你說呢？」納瓦聲音沉冷，抓過那根魚叉，杜特面色鐵青。拉明在旁邊接話，「杜特，難道你還想回班納吉島繼續過那樣的日子？」
杜特啞口無言，良久，他抬起頭道：「你們不怕我假意答應，上去就告訴長腿？」
「怕呀，怕極了。」納瓦呵呵直笑，「如果真那樣，我們也只有拚一把，如果我們成功了，你們死路一條；如果我們失敗了，你也討不著什麼好，回班納吉島繼續做他們的狗，然後死在那裡。」
「兩條路，任你選。」拉明趁熱打鐵道。
杜特想了很久，使勁拍了一把大腿，「好!你說的，到時候船上的東西都是我的！」
「一定！」納瓦和拉明都笑起來，三個人開始商量具體計畫。

幾乎所有的主意都是納瓦出的，拉明和杜特負責執行：杜特讓人打開船艙，放出漁奴，然後兵分四路——杜特和拉明裡應外合先殺掉長腿和他的手下，剩下的人分為三隊，一隊殺掉在輪長室看守船舵的那個劍魚公司的人，進而控制整條船的航行；一隊破壞船上的通信系統；一隊由納瓦領頭直接衝向船長室。動手的時間選擇在後半夜，那時候正是人最容易放鬆的時候。

計畫制訂完畢，杜特出了船艙，我們在底下等待午夜來臨。納瓦估計得不錯，杜特沒有出賣我們。

半夜，船艙門被打開，拉明、納瓦帶著人，一聲不吭地快速爬了出去。我沒有出去，拉明讓我留在船艙裡，可能覺得我年紀小，幫不上什麼忙。

外面風雨交加，雷電轟鳴，我一個人站在船艙裡，屏聲靜氣地聽著外面的聲響。剛開始的十幾分鐘格外安靜，然後，砰的一聲，槍響了！有人喊：「劫船了！這幫婊子養的竟然敢劫船！」

槍聲四起，探照燈被打開，外面燈火通明。十分鐘後，槍聲總算平息，納瓦高聲喊著，「都出來吧！」

那一刻我知道，他們成功了。我從船艙裡爬上去，甲板上、二層的走廊上，還有通往船長室的通道上躺著不少屍體，鮮血順著欄杆往下流。

漁奴們從各個角落往甲板匯聚，納瓦、拉明和杜特帶著幾個人，手中拿著槍，希瓦、長腿還有兩個劍魚公司的人跪在船舷邊。

後來我從拉明那裡聽說了當晚的具體情況——輪長室的戰鬥十分順利，幾分鐘就得了手；杜特和拉明裡應外合殺掉了二層長腿的兩個手下，結果另外一個手下出來撒尿，發現了情況，當場開槍報警，接下來就亂了——長腿被圍在屋子裡，拚命往外開槍，希瓦和兩個手下從船長室裡衝出來幫忙，打死了幾個漁奴，最後被亂槍打回去。

隨後雙方激烈交火，長腿射完子彈後被活捉，納瓦親自帶著幾個人冒著火力殺進船長室，最終俘虜了希瓦。最值得慶幸的是，通信系統在希瓦前去求助之前被破壞了，否則後果不堪設想。

二十分鐘內，印尼漁奴一個沒死，泰國人死了兩個，緬甸人死了三個，劍魚公司的人三死一傷，三個被俘。漁奴在納瓦周密的計畫下大獲全勝，在甲板上歡呼舞蹈。

納瓦肩頭中了一槍，被人簇擁著，成了英雄。

「納瓦，你這是幹什麼？」長腿跪在甲板上，鼻青臉腫，滿臉堆笑，「想回家說一聲就是了，沒必要這樣吧。」

「說一聲，你就能放我們回家嗎？」納瓦冷笑道。

「都是兄弟，何必呢？」長腿一臉諂媚，「我們現在就能送你們回家。」

「還是我送你回家吧。」納瓦走到長腿跟前，忽然抽出刀捅進長腿的心窩。

長腿的臉先是震驚繼而痛苦，隨即低頭看著胸口的刀柄。「去你媽的！」納瓦抽出刀，一腳將長腿踢進海裡。周圍的人興奮得嗷嗷亂叫。

「剩下的怎麼處理？」杜特拎著槍問，威風凜凜。「殺了！全殺了！」

「餵魚！把這幫混蛋餵魚！」人群大叫著。

長腿的兩個手下嚇得直接尿了褲子，希瓦跪著，頭高高揚著，一聲不吭，倒像個男人。

「今天，都得沾沾血！」納瓦把刀子遞給杜特。

杜特接過刀，捅死了一個傷患，隨即將那傢伙扔進海裡，將刀子遞給拉明。拉明照辦，處決了另一個。甲板上只剩下希瓦。

整個過程裡，他一點驚慌的神色都沒有，只是冷冷地看著。「還剩下一個，誰來？」納瓦把血抹在臉上，瘋狂地叫著。人群安靜下來，相互看著，沒人上前。這時，希瓦大笑起來。「你們認為劫船成功了，就萬事大吉了？」他直搖頭，「這裡還是爪哇海！船上隨時都要和公司聯繫，只要公司發現異常，就會通知周圍的船隻，你們一個都逃不了！」

之前還歡天喜地的漁奴們全都愣住了。

「你們可以殺了我，但到時候，你們將比我們痛苦一千倍、一萬倍！垃圾！你們這幫垃圾！天生就是餵魚的命！」希瓦笑罵著。

「殺了他！」

「弄死他！」

人群被激怒了，喊叫起來。納瓦舉起手，喊聲瞬間平息。「這麼說，還真不能殺了你呢。」納瓦蹲在希瓦跟前獰笑，「得請你幫忙送我們出去。」

希瓦還想說什麼，被納瓦用槍托砸暈。

「拖到二層找個房間看牢了！杜特，帶你的人把通信系統趕緊修好，其他人各就各位，開船！越快越好！」納瓦大叫。

船上的人四散開去，各自忙活起來。死的人被丟進海裡，船上各處很快被清洗得乾乾淨淨，就像什麼都沒發生過一般。

暴風驟雨裡，梵天號修正航線，全速前進，發瘋一般衝向西北方，只為儘快駛離爪哇海。

船上成了漁奴們的天下。照理說，他們成功了應該高興才是，但沒人說笑——希瓦那番話如同陰雲一樣籠罩在人們心頭，梵天號只要在海上，危險就在。

納瓦、杜特和拉明佔據船長室，我去給他們送食物的時候，納瓦正衝著杜特大喊大叫。

「修不好是什麼意思?!」納瓦五官猙獰。

「當時你說破壞通信系統，誰想著還要修好？兄弟們下手重了，直接給毀了。」杜特委屈地說。

納瓦把桌子上的一個花瓶摔得粉碎，「希瓦那婊子養的說得沒錯，所有出海的船每天都會定時向公司總部報告消息，如果聯繫不上，他們就會覺察出來發生意外，肯定會派船前來查看！」

「那怎麼辦?!」

「我怎麼知道?!本想著修好通信系統，讓希瓦應付，你們倒好，直接給毀了！」

「我們也不知道呀！」

「你們全都是飯桶！」納瓦氣急敗壞地罵道。「接下來怎麼辦？」拉明問。

「佛祖保佑吧！還能怎麼辦?!」

「希瓦那傢伙……」杜特抓了抓頭，「要不要殺了？」

「殺個屁！你豬腦子呀！」納瓦指著杜特破口大罵，「留作人質，萬一劍魚公司的人過來，我們手頭還有他，也許對方還不會輕舉妄動，殺了他，人家就全無顧忌了！」

「好，留著，留著。」杜特直點頭。

「滾！趕緊滾！豬腦子！一群豬腦子！」納瓦呵斥著。杜特臉上一陣青一陣白，低著頭出去了。

「讓你的人看好希瓦！你個豬腦子！」納瓦吼道。「算了。他也不是故意的。」拉明擺了擺手。

接下來的一天裡，梵天號上的氣氛變得很壓抑。劫船成功的喜悅消散後，每個人都變得心事重重。納瓦成了實際掌權的人，他手下人多，而且劫船受了傷，自視為我們的救命恩人、解放者，四處巡視，看到不順眼的人或者事便破口大罵，對杜特更是一點面子也不給。

漁奴們無所事事，吃飽喝足後就三三兩兩聚在一起聊天或賭博，納瓦也變得疑神疑鬼，禁止大家湊在一起，搞得很多人心裡不痛快。最讓我們擔心的還是希瓦說的話，按照里程，梵天號起碼還要三天才能徹底離開爪哇海，在此之前，誰都不知道會發生什麼。

希瓦被囚禁在二層的一個房間裡，用手銬銬著，杜特派了三個人在外面看守，二十四小時不離。我負責給希瓦送飯，那傢伙來者不拒，有飯吃飯有酒喝酒，吃飽喝足了就躺在床上睡覺，對自己的處境毫不擔心。

巴布亞和塞瑪爾被派到了輪長室，其他六個印尼人，包括杜特，都待在二層，小聲說著話，我過去他們就立刻閉嘴，總覺得他們在計畫著什麼。

第二天黃昏，我幹完活趴在甲板上吹骨笛，見杜特推門出來，似乎喝了酒，搖晃著上了船長室。十幾分鐘後，裡頭傳出爭吵聲，納瓦破口大罵。

杜特出來時，額頭似乎是被什麼東西砸了，正流著血。我急忙上前將毛巾遞給他，他接過抹了抹，嘴裡嘀咕著，「早知道這樣，就他媽不劫船了！」

這件事之後，大家也沒怎麼在意，一切如常。

我和巴布亞、塞瑪爾一起住在二層最拐角的一個房間。這天，他們兩個很早就回來了，坐在黑暗裡一聲不吭。塞瑪爾就不說了，劫船成功後的巴布亞很喜歡熱鬧，一般三更半夜才回來睡覺，我覺得奇怪，就爬起來問怎麼了。

巴布亞和塞瑪爾相互看了一眼，塞瑪爾輕輕地對巴布亞點了點頭。

「等會兒不管發生什麼，你不要出這間屋子，知道嗎？」巴布亞的聲音很低。

我打了個冷顫，「怎麼了？」

巴布亞猶豫很久，才吐露實情，「杜特要在半夜動手，殺掉泰國人。」

我嚇了一跳，忙問原因。

「當初納瓦答應劫船成功後，船和船上的東西歸杜特，大家各走各的路。之前杜特去找納瓦，要求開出爪哇海之後，在馬來西亞找個港口停船，納瓦一口拒絕，說必須要到泰國才行。

「杜特那幫人怎麼可能同意去泰國呢，中途會不會被劍魚公司的人抓住還不一定，所以回來一說，印尼人就反彈了，加上納瓦之前狠狠羞辱了杜特一番……」巴布亞歎了口氣說，「本來我和塞瑪爾不想摻和這事，可誰讓我們是印尼人呢……你是我的好朋友，我得跟你說，免得等會兒你被人誤殺了。」

我呆若木雞，還想說什麼，拉明出現在門前。「阿古，還有酒嗎？」他問。

「有。」我急忙站起來。「拿兩瓶。」拉明笑著說。

我把酒遞過去，拉明卻不接，讓我跟他一起去找杜特。來到杜特的房門口，見他正和三四個印尼人打牌。拉明把酒放在桌子上，杜特看都沒看。

「杜特，大家都是一條船上的，不要和納瓦一般見識，他也是急了。」拉明在杜特旁邊坐下來，「現在的確不能在馬來西亞停船，只有到了泰國才安全，到時你想幹什麼就幹什麼。」

「我去泰國幹什麼？人生地不熟。再說，到了納瓦的地盤上，他還不是想拿我們怎樣就怎樣。」杜特陰陽怪氣地說。

「也不能這麼說，總之大家再商量，我也會跟納瓦說清楚你的情況，看有沒有解決的辦法。」

「拉明，你人不錯，但納瓦那個混蛋……我不相信他。」杜特冷冷道。

拉明又說了一會，便帶我離開了。出了房門，我一直想要不要把巴布亞跟我說的事情告訴拉明。昏天黑地的，很難保證他們不被殃及。泰國人我無感，可拉明這一幫人，一直以來都對我不錯。思來想去，我決定得給拉明提個醒。等我把事情說了之後，拉明也嚇得不輕。

「真的假的？」

「真的。」我點了點頭。

「好，知道了。你回去吧。」拉明點了一根菸，走開了。

回到房間，我躺下來就睡。巴布亞可能以為我被嚇著了，也沒問。

大概過了一個小時，外面響起腳步聲，我探頭看了看，是阿里，納瓦的那個親戚，年紀和我差不多。

「杜特先生，我們老大有事跟你說。」

「幹什麼？」杜特語氣不善。

「說是跟你商量在馬來西亞停船的事，具體我不清楚。」阿里道。

「怎麼不早說，這樣不就行了嘛！」杜特邊念邊罵，光著上身走出房間，隨手披上一件衣服。

「船長室。」阿里說。

杜特點點頭，扶著欄杆上去了。

我爬起來，走到阿里跟前，發現很多泰國人出了船員室，雖然裝作在工作的樣子，可眼睛都盯著印尼人的房間。

我立刻覺得不太妙，捅了捅阿里，低聲問：「要出事了吧？」

「沒事。能出什麼事？」阿里斜眼看著對面道。

「別騙我了。」我扯了扯他說。

「老實待在房間，不該你問的別問。」我立刻明白了。

「等會兒，別傷害巴布亞和塞瑪爾好嗎？」我回頭看了看房間請求道。

「他們也是印尼人。」阿里說。

「這消息還是他們告訴我的。巴布亞和塞瑪爾是我的朋友，他們不會傷害任何人。」我睜大眼睛說。

「這事我說了不算，但我會盡力。」阿里吐了口唾沫回道。話音剛落，就聽船長室發出砰的一聲巨響，好像什麼東西打碎了，接著傳來搏鬥聲。

納瓦的手下立刻行動起來，掏出槍衝向印尼人的房間。與此同時，杜特的喊聲也從船長室傳出來，「動手！兄弟們動手！」納瓦也不甘示弱，「殺掉！殺掉這婊子養的！」

甲板上一片大亂，罵聲、毆打聲、哭號聲此起彼伏。有人要衝進我們的房間，被阿里制止了。

「這裡是我的人，忙你的去！」阿里雙手插腰攔在門口，那幫人掉頭走了。

我顫抖著望向船長室，只見杜特搖搖晃晃出現在門口，胸上插了一把刀，滿身鮮血。他似乎想要說什麼，終究還是沒說出來，雙腿一軟，便從樓梯上滾下，重重摔在甲板上，死掉了。

「媽的，想劫船?!不要命的東西！都給我帶出來！」納瓦面目猙獰地吼道。

船上的人再次在甲板上集結，杜特的五個手下哆哆嗦嗦跪著，沒有一個人出來抗爭。

「還有兩個呢?!」納瓦眼神掃過我旁邊的巴布亞和塞瑪爾。阿里跑到納瓦跟前，低聲說了幾句。

「是嗎？」納瓦皺起眉頭。

「是。」拉明僵硬笑了一下，也說了幾句什麼。

「那就放過他們，我這個人還是賞罰分明的。」納瓦點點頭，然後從杜特的屍體上拔出刀。

「是自己跳下去，還是我送你們下去？」納瓦對那五個印尼人說。

船下是黑洞洞的大海，海上疾風驟雨，跳下去肯定沒命。五個印尼人呼天搶地，紛紛說計畫是杜特定的，他們也不想，還有人大罵希瓦，說是希瓦挑唆杜特幹的，和他們無關。

「這樣呀……」納瓦一副為難的樣子，「那真是太可惜了。」大家都不知道他這句話什麼意思。

「縮著頭把責任推到別人身上，真是沒種呀。殺劍魚公司的人時，我還挺佩服你們的。」

納瓦笑了一下，一刀捅進一個印尼人的脖子，隨後將他推進大海，「太可惜了。」

「都別愣著了，他們不敢自己跳，你們做做好事。」納瓦摸著臉上的血，對手下說。泰國人一擁而上。

刀子刺入身體裡的刺啦聲在黑暗中響起，緊接著是呻吟聲、落水聲，包括杜特在內的六個印尼人不消一刻便消失了。

「你們兩個老老實實的，別惹麻煩。」納瓦來到塞瑪爾和巴布亞跟前，惡狠狠道，隨後進了希瓦的房間。

那晚，希瓦被揍得很慘，差點死掉。

「拉明，人交給你了，你要是也被他煽動了，下場跟杜特一樣。」納瓦說完揚長而去。

發生那件事後，納瓦明顯提高了警惕。他帶著幾個手下佔據了船長室，並在通道處安排專人看守。拉明那幫人則搬到二層，住進印尼人之前的房間。除此之外，納瓦還把幾個手下安插進緬甸人的房間，擺明了監視的企圖。

希瓦被嚴加看管，我依然負責給他送飯。

第二天下午，我照常給希瓦送吃的，巴布亞一起去打掃房間。忙完了，我們倆站在門口聊天。

「聽阿里說，還有一天就能出爪哇海了。」巴布亞笑道。「挺好，起碼安全了。」

「停船靠岸之後，我打算找個餐館幹活，努力賺錢，爭取自己也開一個。」巴布亞瞇著眼睛說，語氣裡滿是憧憬，「我從小就喜歡做菜，手藝不錯。等我開了餐館，你吃飯免費。」

「那好呀。不過我飯量挺大的。」

「阿古，上岸之後，你有什麼打算？」

「打算？」他這麼一說，我愣了一下。

歷經千辛萬苦，就是為了去班納吉島找爸爸。這些天接連發生的事讓我忘記了初心——回到泰國，我哪裡找爸爸去?!

「怎麼了？」巴布亞急忙問道。

「巴布亞，我爸爸還在班納吉島上呢。」

「是呀！」巴布亞也反應過來，不過他很快又搖了搖頭「，阿古，說句你不願意聽的話，說不定你爸爸……早死了。」

我緊緊咬著嘴唇，差點落下淚來，「但也有可能……還活著。」

「難道你還想回到那個鬼地方去？」

我揉了揉鼻子，「我還是想知道他的下落，即便他死了。」

巴布亞摟著我，「阿古，別傻了。逃出來很不容易，如果回去，你只有死路一條。事情已經這樣，就別想了。」

這番談話之後，我心情一直很低落，幹活也不起勁。晚上給希瓦送飯時，我坐在門前，看著大海發呆。

「你爸爸叫什麼？」希瓦突然發問。

他的臉還青腫著，一隻手被銬，一隻手抓著米飯往嘴裡送。我沒搭理他。

「進入班納吉島的人，我都有印象，說不定我認識你爸爸。」

「真的？」我喜出望外。

的確如此。這傢伙是班納吉島上僅次於卡隆的存在，負責管理漁奴，爸爸如果進入劍魚公司，他也許真的知道。

「騙你幹什麼，我一個快死的人。」希瓦無奈地笑笑，「明天船就會離開爪哇海，我就沒用了，自然會被殺掉。」

他歎了口氣，從懷裡摸出一張照片，細細端詳。我掃了一眼，那是希瓦一家三口，他與一個容貌清秀的女子抱著一個嬰兒。這讓我鼻子一酸，想起爸爸媽媽和我的合照。

「我妻子，漂亮吧？」希瓦揚了揚手，「如果選美，肯定能得第一名。前年我們才結婚。這個是我兒子，剛會走路。」

他看著那張照片，滿臉都是幸福。

我突然覺得悲哀。明天這傢伙就會被拋入海中，遙遠的某個角落裡，照片上的那個女人也會像我的媽媽一樣，含辛茹苦地守著孩子，望眼欲穿地等著丈夫歸來。

「你爸爸叫什麼？」希瓦收起照片，看著我問。「丹曼。」

「丹曼？」希瓦想了想，隨即挺直腰板，露出驚訝的神色。「你認識？」我問。

「當然認識了！我們是老熟人。」希瓦忙道。我一聲不吭地盯著他，半信半疑。

或許是猜到了我心中的想法，希瓦笑起來，「你覺得我騙你？呵……不信也罷，你沒有理由相信我。」

他頓了頓，還是向我描述起爸爸的樣貌，並準確地說出了我家鄉的名字。

「十年前，你的爸爸來到班納吉島，在我手底下幹活。他少言寡語，但很堅強，為人也不錯，在漁奴裡聲望很高。」希瓦說。

我的內心波濤洶湧。這是這麼長時間以來，我第一次聽人提起爸爸。

「他……還活著嗎？」

「嗯，活著。」

我的心臟好像隨時會炸開，爸爸……還活著。「他在哪裡？」我噌地一下站起身來，雙拳緊握。希瓦噓了一聲，指了指外面，示意我小點聲。

「他在哪裡?!」我壓低聲音，整個身體都顫抖起來。「你沒見過他？」

「沒見過！」

「是了，你不可能見到他。」希瓦笑起來，「他領著幾百人，在班納吉島的另一面工作，為公司建新的漁港。不過……」希瓦指了指外面，「這艘船到了泰國，上了岸，你就……」

「我可以再上你們的黑船！再去班納吉島！」我握著拳頭說，「我要找到爸爸！」

「別傻了，阿古。」希瓦笑起來，「第一，即便你上了黑船，也不一定是劍魚公司的，像我們這樣的公司的船多的是。第二，即便你上了我們的船，說不定沒到班納吉島就死掉了。」他對我攤了攤手說。

我失望至極。

良久，希瓦再度開口：「阿古，我們做個交易吧。」

「交易？」

「嗯。」希瓦神情異常嚴肅，「我不想死，我還有妻子和兒子，我死了他們一定很難過，是不是？尤其是我的兒子，長大後恐怕連我是什麼樣子都不知道。」

我點了點頭。

「只要你放我走，我就帶你回班納吉島。我在那裡的地位你也清楚，你是我的救命恩人，一回去我就讓人帶你見你爸爸，然後送你們回家。我說話算話，拿我的兒子發誓！」

說完，他看著我，態度誠懇。

我的內心開始掙扎。我不知道該不該答應他，但一想到爸爸在班納吉島，就莫名地激動。

「怎麼放你走？」我為難道。

希瓦舉起手，晃了晃他的手銬，「半夜，等他們都睡了，你找來鑰匙放了我，船後有救生艇，我們在那裡集合，然後我帶你回班納吉島。放心吧，他們急著逃離爪哇海，不會追的。」

「可行嗎？」

「當然可行。你不想見你爸爸了？」希瓦歪著頭盯著我問。「好吧。」我咬了咬牙。

「一言為定。我等你。」希瓦躺在床上，不再說話了。我收拾好餐具走出房間，直至回到自己的房間，整個人都還飄忽著。

「怎麼了，阿古？」巴布亞見我這樣，走過來問。

「沒什麼。」

「還為你爸爸的事不開心呢？」

「沒有。」我轉過頭去，「巴布亞，如果爸爸還活著，我應該找他吧？」

「應該。但我想這種可能性很小吧。」我深吸一口氣，爬上床閉上了眼睛。

時間一分一秒地過去，夜裡十一點多，我起身走出門。希瓦手銬的鑰匙掛在拉明的褲袋上，我得想辦法拿到手。

拉明正在房間裡和幾個人打牌，我端了一盆魚湯放在桌子上，他們齊聲叫好。

「阿古，你怎麼知道我們肚子正餓著呢。」拉明笑起來。

「趕緊吃，還熱著呢。」我給拉明盛了一碗，故意一個踉蹌將魚湯灑在他的褲子上。

「哎呀呀！」拉明被燙得嗷嗷直叫，急忙脫褲子。

「對不起，對不起。」我連聲抱歉，接過他的褲子，「我幫你洗洗吧。」

「好，再拿條乾淨的來。」拉明喝著魚湯，繼續打牌。

我轉身出門，取下鑰匙，內心狂跳著來到希瓦的房間。門外，兩個緬甸人抱著槍，懨懨欲睡。

我推醒他們，「餓了吧，廚房有魚湯！」兩人見是我，笑起來，又看了看房間。

「沒事，那傢伙早睡了，還上了手銬。」我笑笑說。他們想了想，轉身離開了。

我走進房間，開了手銬，希瓦頓時跳起來。「外面有人嗎？」他低聲道。

「放心吧，被我支開了。」

希瓦走出門，看了看周圍，「走！」

我想跟他走，突然聽到拉明的喊聲：「阿古！阿古！」

「我先過去，船尾等你。」希瓦衝我擺了擺手，消失在黑夜裡。我心急如焚地來到拉明的房間。

「褲子呢？」拉明看了看我問。「哦，這就給你拿。」

我到洗衣房找了一條褲子，急忙又爬回二層送給拉明。拉明穿上褲子，好像發現了什麼，正要發問，忽然響起一陣馬達的轟鳴聲。

「什麼聲音？」拉明望向外面，隨即衝出去，大家也跟著他跑出房間。

轟隆隆！馬達聲在夜裡聽得格外分明，驚動了納瓦那幫人。「怎麼回事?!」納瓦在船長室門口大叫。

「好像是船尾的小艇！」

「誰?!」

納瓦大吃一驚，奪過一把槍，帶人衝向船尾。這時候，一艘小艇如同離弦之箭衝向海面。

「是希瓦那個混蛋！」有人認了出來。

「他媽的！」納瓦端著槍一通掃射，毛都沒打到。希瓦在眾目睽睽下越開越遠。

「要不要追?!」有人喊。

納瓦把槍扔在地上，「追個屁呀！他往回跑，我們難道還開船一直追到班納吉島呀！」

納瓦回頭，死死地盯著拉明，「他不是被銬著的嗎？你怎麼看的人？」

「我也不知道。」拉明有意無意地看了我一眼。

「不知道?!你的意思是那個婊子養的自己開了手銬，用了隱身術從你們眼前消失了?!」

納瓦氣破肚皮，陰沉地打量著拉明，「又或者，你們和他達成了什麼協定？」

「怎麼可能呢？我絕不可能放了他。」拉明辯解。

「說不定哦，」納瓦陰陽怪氣地冷哼一聲，「還沒出爪哇海，萬一劍魚公司的人追上來，你們放了他也算賣個人情，有備無患呀。」

「我可不是這樣的人！」拉明變得憤怒起來。

「誰說得清楚呢？我只知道希瓦被人放了！」納瓦吼了一聲。

轟！一聲巨響後，整條船都劇烈震動起來，船底冒出滾滾濃煙。

「怎麼回事?!」納瓦差點跌倒。

有人衝進船艙，很快跑了出來，「老大，不好了，發動機被人澆了油，點了火，壞了！」

與此同時，高速航行的漁船速度放緩，最後慢慢停了下來。「他媽的！」納瓦頓時火冒三丈。

眼看著要出爪哇海，關鍵時刻發動機卻壞了，所有人都慌了。「肯定是希瓦那傢伙搞的鬼。」有人提醒納瓦。

納瓦五官扭曲，但很快平靜下來。

「拉明，這事兒咱們得好好商量。」他朝拉明勾了勾手。

「的確得好好商量，我們的處境不妙了……」拉明點頭，沒等他走過去，納瓦突然抬起頭，對著他的腦袋開了一槍。拉明哼都沒哼一聲，一頭栽倒在地。

「把這幫混帳緬甸人都殺了！」納瓦大叫。

甲板上陷入混亂，槍聲雜亂無章地響了起來。火拼再次上演。不斷有人倒下，子彈在頭頂翻飛，發出尖銳的呼嘯聲。我嚇得縮到一個角落裡，突然覺得被人拉了一把。正要叫，有人捂住我的嘴。轉過臉，見是巴布亞和塞瑪爾。

「放走希瓦的是你吧。」巴布亞看了一眼甲板，那裡已經成了一片修羅場。

「就覺得你今晚不太對勁。你不該放了希瓦。」巴布亞惋惜道，「馬上就要離開爪哇海了……」

我羞愧得無地自容，悔恨的心情泛上心頭，是我害了整船的人。生辰八字圖暗示得沒錯，我天生不祥。

「別愣著了，趕緊走。」巴布亞低聲說。「去哪兒？」我顫著聲問。

「逃呀！你要在這裡等死嗎？納瓦人多勢眾，你們緬甸人堅持不了多久。」

我看了看四周漆黑一片的大海，能往哪逃？

「船尾還有一艘小艇，那是唯一的機會。走！」巴布亞彎著腰，朝船尾跑去。我和塞瑪爾跟在後面，一邊躲避著子彈，一邊飛快移動。

甲板距離船尾並不遠，來到近前，果然有一艘小艇。

梵天號一共有兩艘小艇，都用纜繩捆在後面。一艘已經被希瓦開走了，明顯是用斧頭之類的利器砍斷了纜繩，剩下的一個還完好如初。

「希瓦這狗娘養的狡猾得很，為了防止有人追趕，把刀具扔了。」巴布亞用力搖了搖結實的纜繩，「我得回去找把斧頭。」

我看了看身後的混戰，急忙制止他，「我去！讓我去！」

「我個頭小，他們發現不了。船頭有把斧頭，我知道在哪兒。你們等我。」巴布亞說完便彎著腰原路返回。

我和塞瑪爾蹲在黑暗中，心驚膽戰。巴布亞躲躲閃閃地摸向船頭，身邊不停有人倒下。

四五分鐘後，巴布亞拎著一把斧頭出現了，遠遠地衝我做了個鬼臉。

得手了！我總算放下了心。

就在這時候，我聽見一人喊：「老人，印尼那小子拎著斧頭，似乎要開走小艇！」

「殺掉他！」納瓦氣急敗壞地吼道。

子彈隨即掃向巴布亞，他被圍困在一個巨大的鐵皮魚箱後面，根本過不來。

「包抄！」在納瓦的指揮下，泰國人飛快向巴布亞跑去。巴布亞愣了一下，然後用力將手中的斧頭扔了過來。

「阿古，帶塞瑪爾走！」

「你呢？！」我叫道。

「別管我了！」他撿起身邊一具屍體上的槍，拉動扳機，瘋狂地對外面射擊。

「巴布亞！」我叫起來。

「走！快走！」巴布亞拽出戴在脖子上的木偶，他的布吉吉，笑道，「有它保護我，不會有事的！」

話音剛落，一顆子彈將他手中的布吉吉射得粉碎！巴布亞的身體顫抖了一下，然後血從他的胸口汩汩流出。

「巴布亞！」我喊了一聲，落下淚。

「走呀！阿古！帶塞瑪爾走！」巴布亞踉蹌著後退幾步，接著又開了幾槍，「快走！」

我忍著淚水撿起斧頭，和塞瑪爾跳上小艇，砍斷了纜繩。「阿古，一定要找到你爸爸！」

小艇落下的時候，我聽到了巴布亞的喊聲。

啪！小艇重重落在海面上，劇烈搖晃了幾下。我飛快地發動，小艇轟鳴著迅疾而去。

「那小子跑了！」

「打死他！那是唯一的小艇呀！」

子彈雨點般射過來，我和塞瑪爾抱著頭蹲下，艇身被打得啪啪直響。漸漸地，叫喊聲、槍聲越來越小，最終都消失了。

「巴布亞！」我站起身，看著黝黑的海面撕心裂肺地喊，但沒人回應。

風雨呼嘯，天地間只剩下灰白的海浪起起落落。

莫妮卡的講述（上）

我出生在德克薩斯州西部的一個山谷裡。那裡氣候乾燥，除了山谷就是平原，沒有多少河流，降水稀少，農業和畜牧業卻很發達。我的祖輩是墨西哥移民，他們在這裡買了一小塊土地，世代繁衍，到父親這一代，只有他一個男人。

父親是個不安分的人，不願一輩子被土地拴住，就跑去當了船員，想周遊世界，出人頭地。在海上待了很多年後，卻最終一無所有，窮困潦倒。母親是愛爾蘭人，我不知道她和父親是怎麼認識的。父親三十多歲的時候，他們回到那個山谷，從此安頓下來。

父親常常和母親吵架，喝醉了就毆打她，我摟著弟弟和妹妹，躲在衣櫥中瑟瑟發抖。那時候我就發誓，有朝一日一定要離開那個鬼地方，離開那個家。

唯一能讓我感到幸福的，是父親清醒的時候講述的海上故事，他到過的地方，見過的奇觀，無休止的風暴、巨大的魚群、吃人的深海怪物、唱歌的鯨……那是我從來沒有見過的。要知道，十五歲之前，我根本沒見過海。

父親說的最多的，是鯨。他說鯨是世界上最大的動物，是海中的王者。在我的想像中，那肯定是世界上最美的生物。

十八歲那年，我以優異的成績被一所學校錄取，總算要離開了。生日那天，父親突然說要送我一份禮物。我愣住，從小到大，我根本就沒過過生日。

那天，他完全變了個人，從箱子裡翻出很久不穿的西裝和雪白的襯衣，把亂七八糟的鬍子修理得乾乾淨淨。

我們乘車到了一座大城市，跌跌撞撞地穿過擁擠的人群和車流，完全是兩個鄉巴佬進城。父親帶我去公園，看電影，給我買冰淇淋，最後帶我去海洋館。

我第一次看到鯨，看著那個龐然大物緩緩游過，發出低緩的吟唱。

「聽到了沒，多麼美。」父親說。

「是的，很美。」我被迷住了，目不轉睛。

「牠們的歌聲遠比一般動物複雜，捕食、戀愛、發出警告、互通有無，全在這歌聲裡。你聽，牠們在說著情話呢。」爸爸笑起來。

在此之前，我從未見過他笑。

沉默了很長時間，他摸出一根菸，看了看周圍的人，又把菸收回去。

「莫妮卡，你知道我為什麼喜歡鯨嗎？」他在我背後說著話，呼出來的氣噴在我的脖子上，很癢。

「為什麼？」

「牠們是世界上最大的動物，我的意思是，牠們很有力氣，可以一尾巴打翻一艘船，但牠們又低調、內斂、溫柔，與世無爭，自由自在，有著屬於自己的世界。」

「嗯。」我不知道他想說什麼。

「頭上有星光，周身有大海，和人相比，牠們多幸福呀。」父親感歎。

「的確是。」我應和他。

「當然是了。」他頓了頓，「我一直在想人活著究竟是為了什麼。」

「為了什麼？」

「年輕的時候，我總覺得自己是世界之王，覺得自己前程遠大，會出人頭地，風光無限，世界會在我的腳下顫抖。」他嘿嘿笑了幾聲，語氣裡突然多了一絲自嘲，「我覺得，你的爺爺奶奶一輩子都在德州那個偏僻的鬼地方照料牲畜，滿身雞屎味。我不能過那樣的生活，我要成為獨一無二的人。」

「所以你就離開了家？」

「是的。我一塊錢都沒帶。」他摸了摸鼻子，「我去過很多地方，做過很多事情，漸漸發現自己才是個蠢貨。」

我沒說話。

「我拚命賺錢，開了個小公司，一年後倒閉，欠了一屁股債。後來我偷跑出來，上了一條船。」

「然後你就做了船員？」

「是的。」他搖了搖頭，「流氓、混混、酗酒……全是垃圾。我和他們一起滿世界跑。」

我看了他一眼。

眼前這個穿著過時西裝的落魄男人蒼老而落寞，頭髮已經斑白，和周圍的人格格不入。

「那工作很危險，說不準哪天就會連累死自己，賺的錢也不多。上岸後我們就像牲畜一樣湧進碼頭，只做兩件事：喝酒、找女人。」他聳了聳肩，「我就過著這樣醉生夢死的生活。」

「直到有一天……」他瞇起眼睛，看著眼前的鯨，「那晚天氣好極了，星光燦爛，海面平靜。我喝醉之後坐上甲板，鯨群突然出現。牠們吟唱，嬉戲，巨大的身軀躍出海面，瞬間又落進海裡……我好羨慕牠們呀。

「莫妮卡，那一刻我才明白，沒有人是世界之王。權力也罷，財富也罷，都只是過眼雲煙，生不帶來，死不帶去。唯一值得珍惜的，是時光。」他的手落在我的肩膀上，微微顫抖。

「我們活著，不要在乎別人怎麼看，不要在乎什麼財富、權力，真正要在乎的，是你是否擁有一個屬於自己的世界。就像鯨，有屬於牠們自己的星空和大海。不管世界多複雜，多不公，不管遭遇了多少挫折、屈辱、失敗，你在自己的詩意世界裡自然生長，任何人、任何勢力都無法干預，無法讓你屈服，因為它只屬於你。」

說實話，我一點都聽不懂他在說什麼。

「假如你在黑暗中獨自行走，到處都是荊棘和石頭，辨不清方向也看不見光明，你摔得鼻青臉腫，傷痕累累，這時你可能會退縮，可能會哭泣。這時候，有煙火在頭頂綻放，在黑暗中照亮前路，那時，所有的恐懼和傷痛都會漸漸消逝。那煙火就是我所說的世界。」

「你一定要找到這個世界。你要小心翼翼地建造它，維護它，給它光，讓它善良、正直、純粹，讓它茁壯成長，堅不可摧，就像鯨的大海，浩渺無邊。」

「莫妮卡，我不能告訴你怎麼去建造這個世界，因為我是失敗者。我只能告訴你，那世界是必需的，而且足夠美好。」他深吸一口氣接著說，「很多時候，我總覺得孤獨。我所說的孤獨不是指身邊沒有人，恰恰相反，我這輩子，身邊的人太多了，像蝗蟲一樣。我的意思是，從來沒有人理解過我，沒有人能夠和我說上幾句知心話，那種靈魂上的交流，你明白嗎？」我搖搖頭。

「即便站在熙熙攘攘的街頭，你也會覺得跟站在沙漠裡、火星上沒什麼不一樣。就是那種孤獨。」他攤了攤手，「這世界的熱鬧和繁華其實是個假像，你所要做的，就是認清自己，在精神上自給自足，讓它豐盛而美滿。」

我張著嘴巴，實在無法理解。

「好吧，你現在或許不會懂。」他笑了笑，摟著我離開了海洋館。「你為什麼和媽媽那樣？」回來的車上，我問他。

他露出憤怒的神色，很快又恢復了平靜。「其實，這不能怪你媽媽。世界上哪個女人不想過更好的生活呢。」他笑笑，然後轉過臉看向窗外，不再說話。車子經過荒野的時候，他喃喃道：「莫妮卡，我真想再去看一看大海，看一看星光下唱著歌的鯨呀。」

到家之後的第三天，我收拾行囊去了學校，開始新生活。離開時他來送我，站在大巴外面衝著我揮手，滿臉微笑。

陽光照在他花白的頭髮上，斑駁迷離。車子啟動，他離我越來越遠，最後倏忽不見。

一周後，弟弟打來電話，說父親用獵槍射穿了自己的腦袋。葬禮之後，我獨自去海洋館看那頭鯨，聽著牠的吟唱，我淚流滿面。我想念他，如此想念。

自此，我開始研究鯨，並成為一名海洋學家。

有一次，我在老師的實驗室裡聽到一段鯨的錄音，牠的吟唱十分特別。老師告訴我，那是世界上最孤獨的鯨，牠的發聲頻率遠遠高於同類，永遠無法和同類交流，牠就是52赫茲。這讓我想起了爸爸。也是從那時候起，我放下所有的工作，滿世界跑，在各個大洋裡追尋這頭鯨的下落。我只想親眼看到牠，看到這個一生孤獨的傢伙。後來，我到了泰國。

根據當時的研究資料，那個時節，牠將從印度洋穿過印尼海，最終游向太平洋。我在泰國休整，為接下來的旅途做準備，沒想到會遇見甘比諾。

我們的邂逅純粹是一場巧合。對他有好感，不僅僅因為他帶人把我從流氓手中救出來，更多的是，在某些方面，他長得很像我的父親。

我們在那個風景優美的地方待了一周，最終成為情侶。我們在海中嬉戲，在沙灘上散步，在開滿花的庭院裡看著太陽一點點落下去，看著月亮爬上半空。我從來沒有那麼幸福過，就像一艘漂泊了很久的漁船，終於找到可以停靠的港灣。

一周後，他要離開。在此之前，我對他的事情一無所知，包括身份、職業。當得知他要帶著自己的船穿越印尼海回國時，我欣喜萬分，因為那正是我的考察路線。我請求他帶上我，如果可能，最好能順便去一趟52赫茲可能會去的那片海域。

他同意了。看得出來，那時候的他是真的愛我。不過，他說上船之後，我所看到的一切，都要保密。

有一天半夜，他把我叫醒，說是時候離開了。我很詫異，為什麼要在三更半夜離開呢？我們上了石油公司那艘很漂亮的、現代化的大船——女神號。離開港口後，船並沒有立刻駛進大海，而是沿著海岸線行駛了一天，最終到了一個荒蕪的密林地帶。

我問他到那裡幹什麼，他不說。

到了晚上，一大隊人上船，神祕兮兮地將很多巨大的木箱搬進船艙。女神號隨即快速離開，向大洋深處全速航行。

我問過甘比諾那些箱子裡裝了什麼，他說是一些珍貴的礦石和設備。

那隊人一共十四個，個個人高馬大，身上有紋身，看起來不是善類。帶隊的人叫卡隆。甘比諾對他們很客氣，甚至有些討好，這令我很不解。

船航行了兩天，離開泰國海，進入馬來西亞附近的海域。有天早上，卡隆來找甘比諾，說他的手下可能出了問題。直到那時，我才知道他們是漁業公司的人。

據卡隆說，他之前安排了一艘叫梵天號的船前來接應，之前每天都有聯繫，但不知為何，從昨晚開始聯繫就斷了。甘比諾說或許是因為風暴，印尼海附近正有一場風暴經過。卡隆不這麼想，他說即便是風暴，他那位可靠的手下也不會如此，連公司總部也聯繫不上他們，可能出問題了。

接下來的兩天，卡隆一直為這件事忙，但毫無結果，最終要求甘比諾儘快進入印尼海。當時天氣很糟糕，風暴越來越大，但甘比諾不得不同意。

女神號乘風破浪，兩天後進入印尼海。那天下午接近黃昏的時候，我和甘比諾正在房間裡喝咖啡，卡隆興奮地跑進來，說船員發現了梵天號。所有人都去了甲板，包括我。

那時風暴已經減弱，灰濛濛的海面上，一艘船靜靜停泊著。

卡隆命令船靠過去，然後帶人上了那艘船，我和甘比諾跟在後面。梵天號甲板上的景象讓我愣住了：屍體橫七豎八地攤著，船上到處都是彈孔。活下來的有九個人，其中還有一個孩子，他們神情呆滯，看得出來已經苦撐了很長時間。

卡隆勃然大怒，詢問那些人到底發生了什麼事情。其中一個叫巴頌的泰國人站出來，講述了事情經過。

梵天號離開班納吉島時，船上一共四幫人：希瓦帶領的劍魚公司的人、泰國人、緬甸人和印尼人。當發現梵天號不是去捕魚而是駛向泰國方向時，有人打起了鬼主意。印尼人和緬甸人聯合起來劫船，戰況十分激烈，結果劍魚公司的人全軍覆滅，泰國人死傷慘重，但最終粉碎了緬甸人和印尼人的陰謀。對方剩下的幾個傢伙奪走了小船逃之夭夭。

卡隆氣得火冒三丈，當場拔出槍要處決這幫泰國人，被甘比諾阻止了。甘比諾不想摻和這些事情，只想儘快離開印尼海回國。卡隆卻說必須要做好梵天號的善後工作，因為這是他的財產。

當晚，女神號停在梵天號旁邊，那九個泰國人都被帶到了船上，卡隆通知班納吉島方面前來接應。處理屍體、維修船隻、聯繫溝通……他們一直忙到夜裡十二點。

卡隆和甘比諾在船長室商量接下來的航行，他的手下進來報告，說發現了問題。經過對梵天號的仔細檢查，發現有許多異常之處：第一，船上發生了火拼，卻只發現泰國人和緬甸人的屍體，劍魚公司的人和印尼人的屍體一具都沒有，如果扔掉的話，為什麼不全部扔了呢。第二，船上多處留有搏鬥、交火的痕跡，從血跡判斷，火拼發生了不止一次。第三，船長希瓦的航海日記被找到，最後的日期和巴頌所說的並不吻合。

卡隆告訴甘比諾，事情可能不是泰國人所說的那樣——那幫傢伙才是真正劫船的人。

甘比諾當時嚇壞了，不知所措。卡隆卻一點都不驚慌，只低聲對手下說了幾句。接下來，船上的人該休息的休息，該玩鬧的玩鬧，和平常沒什麼不一樣。

後半夜兩三點鐘，所有人都睡了，船上極為安靜。甘比諾拉著我躲到臥室，透過窗戶看外面的甲板。夜幕下，那九個泰國人從船艙出來，拿著槍衝向了船員室。接著，甲板上突然燈火通明，卡隆帶著他的人從四面八方湧出來，將那九個泰國人團團包圍。

雙方交火，五分鐘之後就結束了。八個泰國人被當場打死，那個叫阿里的孩子被活捉，帶到了卡隆身邊。卡隆對他嚴刑拷打，最終得知了梵天號上的真相。

惱羞成怒的卡隆開槍打死了阿里，將他拋屍大海，然後來找甘比諾，說要等班納吉島的人來了帶走梵天號才能繼續我們的航行。甘比諾當然不同意，他堅持天亮之後女神號必須按照先前的計畫開船，至於梵天號，反正也壞了，班納吉島的人會過來自行處置。

兩個人爭辯很長時間，最後甘比諾屈服。我們在那裡等了五六天，劍魚公司的人才到。

在這期間發生一件事。

種種事情發生後，我開始懷疑甘比諾是不是有事瞞著我，卡隆那夥人好像也來路不明。我問過甘比諾，但他不肯說。後來，我開始懷疑那些被抬上船的木箱。

有天晚上，我趁機溜進船艙，撬開了一個木箱，發現裡面根本就不是什麼礦石和設備，全都是古文物！

原來我上了一條走私船。

就在準備離開的時候，船艙深處傳來一陣響聲，我隨即被人捂住嘴巴，拖到了角落。我拚命掙扎，那人卻露出一副焦急、求饒的模樣，讓我幫助他。

那個人很可憐，穿著和那幫死去的泰國人一模一樣，但記憶告訴我，他不是那九個人中的任何一個。

我安靜下來，他也放開手。

他說他叫納瓦，和那些泰國人一樣，是劍魚公司的漁奴。他們之所以劫船，是想離開班納吉島那個地獄，回到自己的家。他說他膽子小，一直藏在梵天號的船艙裡，同伴被槍殺時他害怕極了，沒敢出去，後來趁著半夜偷跑到女神號上。

他還向我描述了班納吉島，講述了漁奴們的悲慘境遇。他求我不要將他的存在洩露出去，請我救他。

我很震驚，世界上居然存在那麼恐怖的地方嗎？

我答應幫助他。但我又能做什麼呢？船不是我的，我說了不算，而且甘比諾如果知道這件事，很有可能會告訴卡隆，到時納瓦就活不成了。

我讓他繼續躲在船艙裡，這期間我會給他帶去食物和水，一旦船在港口停靠，我就會想辦法幫他逃出去。他千恩萬謝。

女神號在那片海域耽擱了一個星期，等卡隆安排班納吉島過來的手下處理梵天號之後，我們的船才重新起航，開始橫穿印尼海。那時候，我以為噩夢該結束了，但沒想到，這僅僅是個開始。

阿古的講述（下）

從梵天號上逃離之後，我和塞瑪爾駕駛著小艇，在風暴肆虐的印尼海上漂泊。

我們格外小心，一方面要提防隨時可能碰到的漁業公司的船，另外一方面，還擔心船被風暴打翻。但最難熬的是饑餓和乾渴，要知道，小艇上沒有一點兒食物和水。也幸好有風暴，可以接雨水喝，我們利用船上一切可利用的東西，改造成接雨的容器，暫時解了乾渴之憂。

至於食物，只能求助於大海了——塞瑪爾有豐富的經驗，他把他的戒指改造成魚鉤，釣上來一些魚，雖然生吃很不舒服，但能保命。我們就這樣苦撐著駛向班納吉島。

塞瑪爾曾經問過我為什麼要回去，我沒告訴他。我的心情很糟糕，不想說話，只想快一點去找爸爸。

幾天之後，風暴停息，我發現油箱見底了，而且更糟糕的是，我們似乎偏離了航線。幾個小時後，燃油耗盡，船發出一聲悲鳴，隨即停了下來。

「這下糟糕了。」塞瑪爾站在船尾，搖了搖頭，「這應該是我第四十五次被拋棄在大海上。」

我很焦急。

「我們的水還能支撐一段時間，但要省著用，這片海域過往的船隻很少，而且我們的船又沒油了，洋流會將我們越推越遠。」塞瑪爾說。

「怎麼辦？」我問。

「還能怎麼辦？只能等待。」塞瑪爾攤了攤手說。我們坐在船上，開始了最難熬的日子。說來可笑，風暴來臨的時候，我們都會罵那鬼天氣，可是等風暴退去，太陽出現在空中時，我才發現那才是最可怕的事。赤道附近的陽光暴烈得如同射下來的箭頭，一會兒就能曬得人暈頭轉向。還有風，炙熱乾燥的風，吹在身上火辣辣地疼。

在塞瑪爾的指揮下，我們用帆布搭起一個簡陋的帳篷，如同兩隻蝸牛一般蜷縮在下面。大海無邊無際，無聲無息，起起伏伏的波浪將我們越推越遠。在那種環境下，你會一直覺得口渴。我們只剩下兩桶雨水，只能儘量省著喝，每人每天只能喝一小杯。

一開始，我不停地站起來，跳上甲板看周圍有沒有船隻經過，塞瑪爾躺在帆布下面嘲笑，說這樣根本沒用，純粹是浪費體力。他說得對，我很快就疲倦了。

白天熱得全身冒煙，晚上卻冷得要命，縮在船艙裡哆哆嗦嗦地看著星光，睏極了才會沉沉睡去，不過很快又會被凍醒。唯一值得慰藉的是塞瑪爾的陪伴。看著他躺在身邊，我意識到自己不是孤身一人，心情會稍稍好轉，覺得還有依靠。

日頭落下又升起，等待之餘，塞瑪爾開始跟我講述他當船員時發生的故事。很快我就發現，他說的全都是自己獨自在海洋中漂流、經歷艱難求生最後獲救的經歷。雖然沒有明說，但我知道他是在傳授生存技巧給我。

除此之外就是釣魚，那真是考驗耐心和毅力的事。魚鉤掛上可憐的一點魚肉，丟進海裡，然後就是一動不動地坐著，聚精會神等待獵物上鉤。

但收穫越來越少，有時候一天也釣不上一條魚。我餓得飢腸轆轆，五臟六腑似乎都被一雙大手抓扯著。力氣一點點從身體中蒸發出去，最終連動一下我都極不情願。

塞瑪爾坐在船尾火辣辣的陽光下安慰我，「不要急，說不定馬上就能釣到一條大魚。」天空一片雲朵也沒有，看得時間長了，會產生眩暈的感覺。下午，塞瑪爾釣到了一條大魚，他興奮極了，我急忙跑過去幫他拉扯，結果那混帳魚扯斷魚線，帶著魚鉤消失在海洋深處，剩下我和塞瑪爾面面相覷。

「看來吃不成魚了。」塞瑪爾舔了舔嘴唇嘆息。看著那張蒼老的臉，我知道苦日子真正來了。除了躺在帆布下睡覺，我們唯一能做的就是祈禱，祈禱神靈能派一艘大船經過，撈起我們。

兩天之後，水喝光了。

又過了一天，我覺得自己變成了烈日炙烤下的一條魚，絕望地張大嘴巴，渴望著水，哪怕一滴也行。塞瑪爾依然絮絮叨叨地給我講故事，但我已經聽不進去了。我的腦海中只有一個字：水！

夜晚不知不覺地來了，塞瑪爾終於安靜下來。周圍漆黑一片，星星和月亮藏進雲後，只剩下小艇有規律地起伏。

「今晚沒有星光。」塞瑪爾突然說了一句，聲音很輕。

「是的，好像是陰天。」我說。我的聲音也像蚊子一樣，小而沙啞。

「陰天好，說不定明天會下雨呢。」塞瑪爾笑了一聲。

我突然反應過來——塞瑪爾不是嚴重耳聾嗎，怎麼會……「你以為我真的耳聾嗎？」他咳嗽了一陣，「一個能在班納吉島活下來的老傢伙，還是懂得一些保命技巧的。」

「狡猾的老傢伙。」我說。

「你為什麼要回班納吉島？」塞瑪爾問。

「找爸爸。希瓦告訴我，爸爸在島的另一邊。」

「所以你放了他？」

「是的。我從緬甸跑過來，就是為了找到爸爸。」塞瑪爾苦笑起來，「你不該相信他。那傢伙……」

「他沒有說謊！」我有些憤怒，「他知道我爸爸叫什麼，知道他的一切細節！」

「這又說明什麼呢？」

「他認識我爸爸！」

塞瑪爾很久沒說話，然後緩緩道：「那支骨笛，還在你身上嗎？」

「在。」我將骨笛拿出來。

「還記得我教你的那首曲子嗎？」

「記得，怎麼了？」

「突然想聽了。」

我哭笑不得。這時候，他竟然還有這樣的心思。我拿起骨笛吹了一下，發現根本沒有力氣將它吹響。我坐起身，使出渾身力氣，也只能吹得磕磕巴巴。

「真是難聽呢。」塞瑪爾笑了，「你比我差遠了。」我也笑。

「我曾經認識一個人，吹得真好。他是個沉默寡言的傢伙，為人正直，我們一同出過很多次海，私底下關係很好。」

「這笛子是他的？」

「嗯。」塞瑪爾艱難地坐起來，靠在船舷上，「他說這是他家鄉的曲子，每次吹，就好像家人在身邊。」

「他也是漁奴？」

「是。跟你一樣，是個緬甸人。我們都很感激他。」

「為什麼？」

「那時候的日子遠比現在苦。每天都有人死，大家越來越絕望，只有他始終保持樂觀，給我們打氣，說要堅持下去，因為家人在等待我們。」塞瑪爾咧了咧嘴，「每次聽到他吹骨笛，大家就會重拾希望和活下去的勇氣。」

我看了看手中的笛子，它被摩挲得溫潤光滑。

「阿古，人活著，就會遇到各種各樣的挫折和艱難，比如我們現在。」塞瑪爾指了指大海說，「但都不要放棄。只要堅持下來，就一定能看到希望。」

「去它的希望。」我笑了一下，「那個男人後來怎麼樣了？我是說，他的笛子怎麼會跑到你的手上？」

「死了。」塞瑪爾異常艱難地說出這句話，轉頭看了我一下，「有一次出海，大概是十年前，漁奴們忍受不了希瓦無休止的毆打和虐待，決定劫船，但失敗了。」我愕然。

「他帶的頭，最後被希瓦綁在桅杆上，用刀子劃開了肚子。」塞瑪爾沉默了很久。

「他的屍體在船上暴曬了三天，作為對其他漁奴的警示，然後被扔下大海。」塞瑪爾頓了頓接著說：「其實準備劫船那晚，他似乎已經知道勝算不大。本來我也要參加的，但被他勸阻了。他說雞蛋不能全放在一個籃子裡，如果劫船成功，一切好說，如果失敗，不能讓大家全死掉。他把笛子送給了我。就是你手中那支。」

「阿古，那天晚上，他跟我說了很多話。他是一個沉默寡言的人，從來沒那麼多話。」塞瑪爾的聲音微微顫抖，「他跟我說他的家鄉，那是位於緬甸密林裡的一個村子，田野裡到處是盛開的花。說他的妻子、他剛出生不久的兒子，說他們分別時的合影。他說他已經記不清妻子和兒子的面容了，只記得合影時頭上那棵木棉樹開出的火紅花朵。」

我的身體如遭雷擊。

「在班納吉島，很少有人用真實姓名。那天晚上，他把名字告訴我，並且留下了家鄉的名字。他拜託我，如果能活下來，一定要去他家告訴他的妻兒，他愛他們，永遠都愛。」

我想哭，卻發現根本沒有了淚水。

「阿古，那個男人叫丹曼。」他溫柔地看著我，「你的爸爸。」

「不！」我撕心裂肺地叫喊，聲音卻嘶啞不堪。

塞瑪爾輕輕摟住我，他的身體很冷。

「阿古，你在班納吉島暗中打探你爸爸的時候，我就已經知道了。但我不能告訴你這個結果。人之所以能夠活著，是因為有希望，希望如同黑暗中的燈塔，指引我們回家的路，不讓我們沉淪。」

「那你現在為什麼告訴我？」

「因為他愛你，一直都愛你。你要活下去，為了他。」塞瑪爾咳嗽兩聲，指著我手中的笛子，「我教你的那首曲子，是他最喜歡吹的曲子。他說，那也是他妻子最喜歡的。」我顫抖著，緊緊握住那支骨笛。

「阿古，我曾經幾十次被扔在大海上，後來都得救了。但這一次，我的好運氣似乎用光了。」「別胡扯，我們會挺過來的。」我說。

塞瑪爾艱難地擺擺手，「閉上你的嘴，好好聽我說。我告訴你的那些技巧你要記得，不要放棄，你的路還長著呢，小夥子。」塞瑪爾的呼吸漸漸粗重，「船尾那邊，那堆繩索下，我留了一些東西給你，我死之後，你拿出來用，還有……」

塞瑪爾頓了頓，「別把我的屍體……扔進大海……」

「為什麼？你不是說在海上死的人，只有被扔下大海，靈魂才能騎著巨鯨自由自在地遨遊嗎？」

「蠢貨呀，你不記得我告訴過你……我在第三十二次漂流時是怎麼活下來的嗎？」我皺了一下眉頭，「你們在海上漂了一個月，靠吃同伴的屍體……」

「那的確夠噁心的。」塞瑪爾歎了口氣說，「但也沒辦法。」我立刻明白了他的意思。

「我不會那樣做！」我叫道。

「別蠢了！你要活下來，想盡一切辦法活下來！」塞瑪爾用力吼了一句，身體隨後重重落下，我急忙將他摟起來。

他看著頭頂，「今晚一顆星星都沒有。」

「明天會有的，我們一起看星星，看星光下的大海。」

「看了一輩子，總是看不夠……」塞瑪爾輕笑道，然後，笑容緩緩消失，最終凝固。

他就這麼死在我的懷裡。我目光呆滯地望著前方，那麼大的海，那麼空曠的海，只剩我一個人。

不知道過了多久，我放下他，來到船尾。繩索下是一個小塑膠桶，裡面裝著滿滿的水——屬於他的那一份，他一直沒有喝。我終於放聲大哭，像一頭受傷的野獸。

天亮了。沒有下雨，日頭依然毒辣。

我抱著骨笛沉沉睡去，只有睡眠才會讓我忘記身處何地，醒來時已經天黑。我驚訝地發現，夜空裡遍佈著璀璨的星斗。星光落在塞瑪爾乾枯僵硬的臉上，帶著一層螢光。

他只是睡著了。我想。

這世界，最終還是只剩下我一人。當年的占卜師說得不錯，我這樣的人，自出生開始就是個禍害。

「要活下去呀。」耳邊有聲音傳來。

是誰呢？司令、孟猜、巴布亞、塞瑪爾……很多人的聲音混在一起，在我的耳邊迴響。我抹了抹眼睛，起身走到塞瑪爾跟前，讓他平躺下來，用一塊帆布將他裹起，再用繩子仔細捆上拖到船邊，將他推進大海。

星光下，塞瑪爾緩緩下沉，最終消失在黑暗裡。

「再見塞瑪爾，如果遇到爸爸，告訴他，我也愛他。」我說。

幾天後，塞瑪爾留下的水也終於喝完了。乾渴和饑餓再次襲來，我已經記不清楚多久沒吃東西了。成群的海豚在周圍嬉戲跳躍，可愛極了，但我滿腦子都是牠們的肉，哪怕咬上一口也好呀。

以前在海上捕魚時，大船極速飛馳，會讓你忽略很多東西。很多時候我只是覺得大海遼闊無邊，讓人太過寂寞，其實海裡遠比陸地上熱鬧。數不清的生物怡然自得地生活著：背部隆起、鱗片細小的鮭魚，如同一支銀灰色的戰隊，秩序井然；肌肉發達的旗魚，身長有一公尺多，第一背鰭長得又高又大，彷彿船上的風帆；藍點馬鮫魚速度很快，彷彿發射後的炮彈，一晃而過；拖著長尾巴的海鰻、成群結隊的大甲鰺；體長七八公尺的巨型章魚……牠們在這個廣闊靜謐的世界裡匯聚、分離、出生、死亡，呼朋喚友，好不自在。而我和牠們不同，我是一個人，一個過客。我開始喝自己的尿，然後發現連尿也沒有了。有一次，我欣喜地發現海面上漂來一條死魚，我不知道那是什麼魚，應該是被鯊魚之類的攻擊過，足足好幾磅重。我將它撈上來，不管它已經膨脹發臭，兩三下吃進肚子，結果當天就開始發燒嘔吐。

我在昏昏沉沉中睡去，覺得自己可能要死了。身體一會兒冷一會兒熱，眼前時而豔陽高照，時而星空閃爍。人的身體在快要崩潰的時候，所有的感覺都會消失。乾渴、饑餓、疲勞、痛苦都不存在，甚至連軀體也不存在，只剩下靈魂，輕飄飄地懸浮著。

再一次醒來，我發現了鯊魚。牠們在船邊游弋，難道嗅到了我即將死亡的味道？但不知什麼原因，牠們沒有襲擊小艇，我還活著。

那天晚上，我被一隻海鳥吵醒。

那是一隻巨大的雪白色的海鳥，瞪大眼睛小心翼翼地盯著我。我也一動不動看著牠，像看著一位路過家門的旅客。牠或許以為我死了，開始在船艙裡悠閒散步，最後甚至跳上我的肚子。

我突然扯住牠的雙腿，牠嚇壞了，搧動著翅膀拚命掙扎，發出淒厲的叫聲。我早已經沒什麼力氣，但知道自己必須抓住牠，才能活下去。想到這裡，我惡狠狠地咬住牠的脖子，無暇顧及滿嘴羽毛，片刻後，微微發鹹的溫暖液體流入我的喉嚨。我大口大口地吮吸，直到牠死去。

稍稍恢復力氣之後，我又吃了它的肉，那肉又老又硬，根本無法下嚥。這一切之後，我突然哭起來。我不知道自己為什麼會哭，只是覺得孤獨。我也會很快死去，變成一具無人問津的冰冷屍體。

無數星斗浮在天幕，浩渺無垠的宇宙就在頭上，大海波光粼粼，美得令人心顫，可是沒有人與我分享。我摸出骨笛，開始吹奏爸爸和媽媽最愛的那首曲子。笛聲深沉嗚咽，像我的哭聲。不知道過了多久，身下的大海開始變形、扭曲。我似乎聽到什麼聲音，隨即便從小艇上掉了下去，海水將我包圍，眼前越發模糊。

那一刻，我終於感覺到了平靜。

沒有風聲，沒有波浪聲，萬點星光似乎隨我一起掉進海裡，幽深的水面下瞬時光明。我看到很多巨鯨，周身散發著絢爛光芒的巨鯨，牠們緩緩游過來，吟唱著、嬉戲著，每頭巨鯨的背上都坐著一個人。他們穿著潔白的長袍，頭髮如同海藻一般在水裡飛揚，閃閃發光。他們歡笑著舉杯暢飲，其樂融融。

我看到了孟猜，看到了拉明、巴布亞、塞瑪爾……還有一個男人，那個和母親一起抱著我站在木棉樹下的男人，他對我微笑，呼喚著我的名字，「阿古，阿古……」

不知過了多久，我睜開雙眼。

陰沉的天空裡黑雲聚集，隱有雷聲，成群的海鳥在頭頂盤旋鳴叫。這裡是天堂嗎？但我看到了小艇，在身邊晃晃悠悠。

然後，一聲低沉悠長的呼喚從身下傳來，我盡力恢復了意識，挪動身體，轉過臉去，看到一隻眼睛。一隻巨大的眼睛！

澄澈、乾淨、溫和的眼睛！我躺在一頭巨獸之上。

我嚇壞了，飛快爬起，看到一座浮出水面的白色山丘——一頭足足有三、四十公尺長的白色巨鯨！

牠唱著歌，變幻著各種不同的曲調，身體輕輕擺動，巨大的分叉的尾巴露出海面，像一張巨帆，白色的軀體斑斑駁駁，傷痕累累。

我怪叫一聲，本能地選擇逃命，氣喘吁吁地游上小艇，倒在船艙裡瑟瑟發抖。我從來沒有見過那麼大的鯨，從來沒有。和牠相比，我的小艇簡直如同大象面前一隻卑微的老鼠。

一想到那個怪物此刻就在身下，我只能絕望地閉上眼。牠用那扇巨大的尾巴拍打船身，地震一般。我坐起身，發現牠正安靜地望著我，似乎沒有離開的意思。

我再次躺下，決定耐心等待牠離開。

不知過了多久，天下起雨，冰涼甘甜的雨水簡直是瓊漿。我張大嘴巴狂飲，然後拿起水桶接水。那些可憐的海鳥不斷落在船上，似乎疲憊不堪，遇到這樣的天氣，我的船是牠們最好的休息地。我高興極了，開始捉捕，一隻又一隻。

水有了，食物暫時也有了。一陣忙碌，我累壞了，躺在帆布下沉沉睡去。再次醒來已經是晚上，風停雨歇，星光燦爛，周圍異常安靜。我爬起來四處看了看，巨鯨已不見了蹤影。

正當我鬆了一口氣，準備再次躺下時，一道粗長的水柱沖天而起，我被飆射出來的海水澆了一身。眼前波濤翻滾，一座「山丘」再次浮起。

是牠。牠一直都沒離開。

低沉、短暫的叫聲傳來，打招呼一般，然後是一長串的歌聲，像是訴說。

我站到船舷邊，踮起腳來觀察。和之前見到的鯨群不同，牠沒有同伴，孤零零的。

「滾開！滾開！」我大喊著。

呼！回應我的是巨尾掀起的海浪，將我的小船打得搖搖晃晃。看得出來，牠對我並無惡意，否則隨便一個動作就足以讓我船毀人亡。「真是個麻煩的傢伙！」我坐下來，不再管牠。小艇漂漂蕩蕩，牠緩緩跟上，始終與我保持十幾公尺的距離，不離不棄。那不曾停歇的吟唱回蕩在四周，時間長了，竟有些習慣了。

「那就一起歡鬧吧。」我的心情也輕鬆起來，撿起船艙裡的骨笛開始吹曲子。笛聲和鯨語在星空之下、大海之上交匯纏繞。牠似乎很喜歡我的笛聲，甚至會隨著樂曲的轉換而變換自己的音調。這個聰明的傢伙，竟然會應和！我咯咯笑，將笛聲變得更歡快、更急促。牠也加速歌唱，聲音越來越大，身體在海中翻滾起伏，最終迅速潛下去，然後在幾十公尺外躍起！

小山一樣的白色身軀凌空而起，在星光的照耀下，美得令人窒息！

那晚我們玩耍了很久，直到彼此都筋疲力盡。牠貼著我的船靜靜懸浮著，我趴在船舷上，伸手觸摸牠的身軀，傷痕累累但光滑柔軟的身軀。

牠一定吃了很多苦。

「我們做個朋友吧。」看著牠的眼睛，我說。

牠發出一聲低低的吟唱，輕晃了一下身體。我的心一時柔軟起來。

在這個世界上，我獨自一人，牠也孑然一身。那麼，我們就彼此陪伴吧。

接下來的幾天，我的生活變得有趣了。我們一起嬉戲，一起演奏，我甚至跳到牠的背上在海中游弋，牠的速度很快，但從不會讓我落入海裡。有時候牠很淘氣，會突然間失去蹤影，當我感到焦急的時候，牠便驀地從海底躍出，故意掀起海水給我來場免費的淋浴。

找不到牠時，我就吹骨笛，笛音一響，牠便很快浮現。牠喜歡我的笛聲，就像我喜歡牠的吟唱。

牠還會帶來海豚、魚群，安排一場「舞會」或是「歌劇」，鯊魚出現時，牠會主動驅趕。

哈哈，原來鯨那麼聰明。原來我可以那麼幸福。

我滿懷欣喜，不再孤獨、恐懼。我想，即便會死，有牠在身邊，我也會很安然。牠是大海送給我的禮物，神靈送給我的禮物。

這樣的幸福持續了很多天。

一天中午，我坐在牠的身上圍著小艇打轉，突然傳來汽笛聲，尖銳刺耳。牠嚇了一跳，快速潛下去。

猝不及防，我被帶入海中，喝了幾口海水之後拚命浮了上來。我費力爬上小艇，天海交際的遠處，一艘巨輪出現了！

那一刻，我雙膝跪倒。終於得救了！

莫妮卡的講述（下）

卡隆處理完梵天號之後，我們的女神號繼續開始航行。卡隆一直在和班納吉島方面聯繫，當得知他那個叫希瓦的手下在火拼中撿回一條命並且順利逃回班納吉島之後，他才高興起來。

我們的船走走停停，兩個星期後才離開印尼海，朝北太平洋開去。因為走私文物，甘比諾選擇的並不是常規的航線——女神號橫穿印尼海後向東北方向行進，經過馬紹爾群島後駛向北地，然後回國。

足足繞了一個大圈！

「北地人煙稀少，而且我在那邊有關係，比較方便。」甘比諾這樣對卡隆說。

我對他們的事情並不感興趣，只想儘快離開這條船，儘快踏上陸地。回國之後，我一定要好好和他談談。當時我這麼想。每天我都在研究手頭的資料，因為一路追尋而來，我並沒有發現52赫茲的身影。我讓甘比諾安排人在船頭放下了聲納探測器，只要牠在附近一百海浬之內，我就能找到那個讓我魂牽夢縈的精靈。

除此之外，我也信守承諾，照顧船艙裡老鼠一樣的納瓦。還不錯，昏暗、空氣污濁的船艙誰都不願去，他一直沒被發現。

一周後的一個晚上，我準備睡覺時，聲納接收器突然有了回應，那是一串低緩的吟唱。對於我來說，那聲音太熟悉了。

是牠！

我高興極了，跑去船長室找甘比諾，告訴他這個好消息。「太棒了！」甘比諾也為我高興，但聽說聲音的方位後，笑容便有些僵硬，「莫妮卡，那不是我們航行的方向，我們向北，而牠在南方。」

「我知道，但牠就在附近！」

「在哪裡呢？」

「一百海浬之內！」我說。

甘比諾使勁搖頭，「莫妮卡，我現在沒心思去找一頭鯨，我有很重要的事情要辦，十萬火急。」

「一百海浬，很快就能到。」

「莫妮卡，那是一頭鯨，不是一個固定的海島！那東西游來游去，難道我也要跟著牠四處亂跑？」

「這是我一生的願望，我找了牠十年。」我無比委屈，第一次衝他發火，「你到底愛不愛我？！」

「我當然愛你，寶貝。」甘比諾走過來，摟住我說。

「我要找到牠，求你了，哪怕只看一眼。」我祈求道。

甘比諾歎了口氣，然後笑了，「好吧，找到牠，我們就離開。」

「好。」我高興極了，給他一個吻。

第二天一早我就開始忙碌，不停地監聽、搜集52赫茲的吟唱，判斷牠的方位，然後讓女神號不斷調整航向，向牠靠近。卡隆對此有些不滿，但好在沒有採取什麼行動。

值得慶幸的是，52赫茲的吟唱一直沒有停歇過，我從來沒遇到過精力如此旺盛的鯨。女神號全速前進，快到中午的時候，我扔掉監聽耳機，跑到甲板上找甘比諾。

「牠就在附近！」我大聲喊道。

甘比諾叼著雪茄，正在和卡隆聊天，我激動的樣子讓他哈哈大笑，「那你的願望馬上就要實現了，祝賀你，親愛的。」

隨後，負責觀察的一個船員站在高高的船頭衝我們大喊：「前方！前方！」

「是鯨嗎？！」我大叫。

「不是！是一艘小艇！老闆，好像是我們劍魚公司的小艇！」

「我們的小艇?!」卡隆很吃驚，急忙取過望遠鏡，「真的是我們的救生艇！而且是梵天號上的！怎麼會在這裡?!」海面平靜，那艘小艇漂漂蕩蕩，在視線裡起伏。

「開過去！開過去！」卡隆大聲道。

女神號飛速駛近，所有人都湧到了甲板上。他們也好奇，梵天號上的救生艇為什麼會出現在距離印尼海如此遙遠的地方。

大船靠近時，所有人都呆住了——艇上一片狼藉，一堆海鳥的屍骨中，站著一個十幾歲的男孩，他有氣無力，形容枯槁，只目光呆滯地看著我們，臉上沒有笑容，就像一尊雕像。

上船後，卡隆對他進行了審訊。

我從未見過那麼沉靜的孩子。面對卡隆的憤怒和咆哮，他始終淡淡地講述，神色坦然。

卡隆本想把他扔進海裡，但聽說是他救了希瓦之後，便將他留在了船上。

「我是一個愛恨分明的人，你他媽的幹了唯一一件好事，是希瓦救了你的命。」卡隆說。

他先是被安排進雜役房，做清洗甲板、打掃衛生之類的雜事。我那時一心一意找52赫茲，工作間裡一團亂麻，甘比諾覺得我需要人手，就把他派來了。

從男孩上船的那天中午開始，52赫茲便消失了，再也沒有發出任何吟唱，哪怕是一聲。女神號在那片海域待了兩天之後，甘比諾對我說必須要開船了。這讓我很絕望，但也無可奈何。

離開的那個晚上，我喝了不少酒，在工作間裡反復聽著之前錄下的吟唱。

「這是鯨的歌聲。」阿古擦完窗子走到我身邊說。「對。」

「你為什麼要錄一頭鯨的歌聲？」他歪著腦袋問我，一雙大眼睛灼灼閃亮。

「我是一個海洋學家。」我點了一根菸，「我在找牠。」

「女人抽菸可不好。」他像模像樣地搖了搖頭。

我笑起來，「大多時候，人們抽菸不是因為需要，只是寂寞。」

「我寂寞的時候就不會抽菸。」看著四處散落的尋鯨資料，

阿古又問，「你為什麼要找牠？」

「可能和抽菸一樣吧。」

「大海裡那麼多鯨，你為什麼只找牠？」

「因為牠獨一無二。」

阿古點點頭，接著皺起眉頭，「為什麼獨一無二？」

我被這個小傢伙逗樂了，「因為牠是世界上最寂寞、最孤獨的鯨。」

接著，我將關於52赫茲的一切告訴了他。

他靜靜地聽，然後攤了攤手，「你是說，牠的歌聲永遠不會被同類聽到，牠沒有親人，沒有伴侶，沒有朋友？」

「嗯。在大海裡，牠孑然一身。你聽，牠的歌聲多麼孤獨。」阿古閉上眼睛認真聆聽，嘴角露出微笑。

「夫人，如果，我是說如果，你找到牠，接下來要幹什麼？殺掉牠，還是帶回去做研究？」

「當然不是。」我捻滅菸，看著外面的大海，「我只想看牠一眼，就像見老朋友一樣。」

「然後呢？」

「然後，轉身離開。我找了牠十年，與其說是研究，不如說是一份牽掛。見牠一眼，然後告別，開始我的新生活。」

「你和他們似乎不一樣。」阿古瞥了瞥外面的甲板，隨後拎起自己的水桶走到門口，轉身對我說，「女士，我不覺得牠孤獨。」

「哦？」我笑了笑，有些好奇。

他指指錄音器，「牠的歌聲裡，有星空和大海。」

他想了想，抬起頭繼續，「還有……有時候，很多人我們不一定非要遇見。世界那麼大，發生的事情那麼多，碰不到面很正常。只要……只要把他們放在心裡就行了。」

他的話讓我坐直了身體。

「我覺得人生像一場徒步旅行，要走很長很長的路。最好的旅行不是一定要到終點，而是擁有美麗的風景。」

「哦？」

「在滿是荊棘和泥濘的黑暗中行走，疲憊不堪快要放棄的時候，有煙火在頭頂綻放，那不是很美嗎？」

我點頭。

「所以，煙火就是這趟旅行中的美好風景。這樣的風景有很多。」他笑笑，「我們為什麼非得到終點呢？能擁有這些，哪怕在中途倒下，也很不錯了。」

我張大嘴巴，很難相信這樣的話是從一個孩子口中說出來的。「比如52赫茲，你覺得牠是世界上最孤獨的鯨，但牠或許不這麼認為。牠有牠的風景，有牠的星光和大海。不是嗎？」我無言以對。

「晚安，夫人。」他再次笑笑，走出去。

那天晚上，我睡了個好覺。我做了個夢，一頭巨鯨在星光下躍出海面，和著動人的笛聲吟唱，歡快，動人。

離開那片海域後，女神號按照之前設定的航線繼續前行，一周後在一座島嶼旁邊停下。卡隆說需要補充一些淡水，此外，船隻也要做常規的檢查。海上的航行向來枯燥無味，聽到這個消息之後，所有人都歡呼雀躍，紛紛乘小艇到島上玩耍。

那是座不大卻植物蔥蘢的島嶼，阿古陪著我也上了島，做一些常規的植物收集和研究。做完工作之後，我們沿著海灘散步。我問他小艇上發生的事，對他一個人的漂泊經歷，我很感興趣，但他什麼都不說。

「夫人，那並不是一件愉快的事。」他笑，沉默地看著大海。那晚，除了一小部分船員看守女神號，其他人都在海灘上宿營。他們升起篝火，唱歌跳舞，一直鬧到半夜才睡。我也累壞了，躺在帳篷裡看著星空，聽著海浪的聲響，很快就睡著了。

迷迷糊糊中，有人來到我跟前。

「夫人，我想找你談談。」是阿古，寬大的衣服被海風吹得圓鼓鼓的。

我坐起來，「這麼晚你還不睡覺？」他笑起來，「有事想問你。」
「什麼事？」
「關於52赫茲……你真的找了牠十年？」
「當然。」
「如果找到牠，你真的不會讓那幫人殺了牠嗎？」
「為什麼要殺了牠呢？牠的歌聲那麼美。」
他低下頭，想了很久，似乎在做一個很重大的決定。
「夫人，你答應我，今晚發生的事，你接下來看到的事，不能告訴任何人。」
「什麼事？」
「總之是美好的事。」他再次強調，「你得發誓，這只能是我們兩個人之間的祕密。」
我被他的神祕搞得哭笑不得，「好，我發誓。」他歡快地跳起來，「那麼，跟我走吧。」
「去哪裡？」
「一會兒你就知道了。」
我們離開帳篷，順著海灘走了很遠，到了島嶼的另一面。那裡幽暗寂靜，樹木在海風中搖晃。我朝四周看了下，沒發現有什麼特別之處。
「阿古，你帶我走這麼遠，就是看這些嗎？」我失望道。「別急。」他笑了笑，跳到海邊的一塊巨石上，然後摸出一支笛子，放在嘴邊吹起來。

笛聲悠揚歡快，又帶著一絲隱隱的憂傷。我跳上巨石，與他並肩坐下，突然想起他之前那些話。

不錯，生如逆旅，重要的是路上的風景。不要在意終點，多看看花開、雨落，看看碩大的煙火在頭頂綻放。一曲終了。

「你的笛聲很美妙，謝謝。」我站起身準備往回走。

「等等，再等等。我帶你來，可不是為了吹笛子給你聽。」他也起身，踮腳看著海面。我疑惑地順著他的目光看過去，海面平靜，波光粼粼。然後，耳邊突然傳來一聲低吟。

我愣住了。那聲音再熟悉不過！

幾秒鐘之後，一個巨大的身影從海中一躍而出。

「那就是你找了十年的52，」阿古笑著說，「我的好朋友。」說完，他從巨石上一躍而下，跳入海中，海浪瞬間將他吞沒，我失聲叫了起來。「阿古！阿古！」

很快，不遠處緩緩浮起一座「島嶼」，是52赫茲！

牠那巨大的身體呈現出罕見的斑白色，在星光的映照下發出近乎聖潔的光。阿古坐在牠的背上，朝我招手。

「夫人，下來吧！」他笑著。

那一刻，我的心似乎融化了，那畫面美得如夢似幻。

我從巨石上跳下，飛快地游過去。52赫茲卻發出一聲十分不友好的叫聲，浮出水面的大眼睛直愣愣地盯著我。

「52，這是我的朋友，她不會傷害你。」阿古趴下去，親密地撫摸著牠。巨鯨輕輕搖動著身子，回應他的動作。

我試探著爬了上去。

這麼多年，我第一次和鯨有這麼親密的接觸。就像多年前，第一次和父親在海洋館看到這種生物一樣，我激動得全身顫抖，潸然淚下。

「坐好了，夫人。」阿古衝我眨眨眼，隨後用力拍了一下巨鯨，「52，我們走！」

巨鯨高聲吟唱，身體猛地下沉。我迅速被海水吞沒，猝不及防中喝了幾口水，緊緊抓住牠的背鰭。片刻後我們躍出海面，迎著星光快速前進，像是在飛。我們嬉戲，歡笑，彷彿進入上帝的遊樂場。

「夫人，你說得對，牠是獨一無二的。」阿古大叫著。那是我最幸福的時刻。

上岸之後，阿古揮手，讓牠回到深海。巨鯨一次次搖著尾巴，最終戀戀不捨地游向遠處。

「簡直是奇蹟。」我喃喃道。

「夫人，這件事一定要保密哦。」阿古諄諄告誡。「一定。」我笑道。

然後，我們碰到了甘比諾。

「你怎麼跑到這裡來了？我擔心極了！」他看看我，又看了看大海。

「散散步。」

「是嗎？」甘比諾看著我們濕漉漉的衣服，「不是散步那麼簡單吧。」

「順便游了泳。」

「我剛才好像聽到了什麼聲音，好像是鯨。」他說。

「是嗎？如果是那就太好了。但我沒發現。」

他點了點頭，轉過身，「回去吧，以後別亂跑，太危險。」我和阿古相視一笑。

三天之後，女神號繼續航行。接下來的日子平淡無奇。

我們穿過馬紹爾群島一路向北，進入廣闊無邊的北太平洋。

52赫茲一直悄悄跟在女神號後面，這讓我很驚訝。按照先前對牠的研究，儘管北太平洋是牠每年都要去的地方，但路線並不應如此。究其原因，我覺得應該是阿古。

牠在跟著阿古。

對我來說，這是件值得高興的事——我終於可以親近牠，開始計畫了多年的研究。

那段日子過得很充沛，也很快樂。白天，我在工作間裡搞研究，晚上，等所有人沉睡之後，我就會找機會放下救生艇，和阿古一起下海和52玩耍。不過我們很小心，不會弄出巨大聲響。

「為什麼52的歌聲，同類聽不到呢？」有一次，阿古趴在我的工作臺上，托著下巴問。

我笑。

「夫人，一頭鯨能活多少年？」

「壽命一般都會在五十歲以上，最多能活到九十到一百歲。」「那豈不是和我們人一樣。」

阿古驚訝道，「52呢？牠現在多少歲？」

「從目前的研究來看，四十多歲吧，正值中年。」

「也就是說，牠孤獨地在海裡生活了四十多年。」阿古慨歎，又想起剛才的問題，「為什麼別的鯨聽不到牠說話？」

「52和別的鯨不一樣，你仔細觀察過沒有？」

「當然，我很熟悉。」

「你沒發現牠長得很特別嗎？」

「是的，首先，牠太大了。之前我見過不少鯨，個頭都比不上牠。其次是牠身體的顏色，那種斑白。」

我點頭，「如果我猜得沒錯，52應該是藍鯨和長鬚鯨雜交的後代，這種雜交產生了某些變異，造成了個頭、顏色的獨特性以及獨特的歌聲頻率。」他似懂非懂。

「你是怎麼和牠認識的？」我放下手中的筆問。

「這個說來就話長了，夫人，你不會願意知道的。」阿古擺出一副大人的樣子，很快轉移了話題，「有個問題我一直想問你。」

「什麼？」

「你為什麼會和他們在一塊兒呢？」阿古看著外面，「還有，我發現你有時會偷偷去船艙，卡隆禁止別人靠近那地方，有次我要去清掃，差點被他揍了一頓。我發誓，我沒有監視你。」

「這個，說來也話長。」我笑起來，「不過我向你保證，我和他們不是一夥的，不會幹壞事。」

阿古笑，「這個我相信，你是個好人。」

「今後你有什麼打算？我是說上岸後。」我指了指外面，卡隆那幫人正在甲板上喝酒，「如果你願意，我可以帶你走，或許，你是否願意給我當助手。」

「不。」阿古搖頭，「我要跟著他們回去。」

「為什麼？」我驚訝萬分，「別以為我不知道他們的事，所謂的漁業公司不過是個吃人不吐骨頭的地獄，你還要回去嗎？」

「夫人，我有時候挺羨慕52的。」阿古坐下來，認真地看著我，「牠雖然看起來孤獨，但自由自在。我不一樣。」

「怎麼不一樣？你還是個孩子，跟著他們回去是不會有好下場的。」

「或許吧。但我會努力活下來，努力長大，然後去辦一件事。」

「什麼事？」

「抱歉，夫人，這件事我不能告訴你。我只能說，我和班納吉島的一個人，有些恩怨需要了結。」

「你一個孩子，有什麼恩怨？」

「這是我的事。」阿古表情變得嚴肅，「等我辦完那件事，或許可以去找你。」

雖然不知道他的身上到底發生過什麼，但我知道他心意已決。

北太平洋上的航行索然無趣，但因為阿古和52，我開始害怕這場旅行的終點。但一個月之後，女神號終於接近北地海域。在距離目的地還有一周左右時，船上的氣氛緊張起來。

一天黃昏，我和阿古在甲板上散步，瞧見甘比諾和卡隆湊到一起。

「情況有些不妙。」甘比諾對卡隆說。「怎麼了？」

「我剛收到北地那邊的消息，這段時間是尤皮特人捕鯨季的最後一段時間，那片海域上滿是海岸巡邏隊的船，雖然他們的目的是監督捕鯨數量，但也會搜查路過的不明船隻。」甘比諾看起來很焦急，「如果他們上船，我們的貨物就……」

「那是你的地盤，這種事情你要負責。」卡隆很不客氣，「為了這些貨，我可是損失慘重！」

「我當然明白，所以得想個辦法。」

「什麼辦法？」

「當然是矇騙海岸巡邏隊的辦法！如果他們發現不了，自然好，但如果發現了，得確保他們上船之後發現不了那批貨。」

「船就這麼大，貨挺多，怎麼能不發現呢。」卡隆諷刺道。「藏起來。」

「藏起來？」卡隆看了看船，「我想不到能藏到什麼地方。」

「是呀，東西太多了，得藏在一個大傢伙裡面。」甘比諾笑笑，「如果藏在魚肚子裡呢？」

「別開玩笑了！」卡隆狂笑，「魚肚子？你的意思是讓我們撈很多魚堆滿船艙？我們沒有這樣的時間，也捕不到這麼多大魚。況且，這條船不是捕魚船，沒有工具！」

甘比諾直搖頭，「不是你所說的魚。我的意思是……鯨。」

「鯨？」卡隆皺起眉頭，來了興趣，「這倒是個辦法，鯨的個頭綽綽有餘，我們可以在牠們的大腦袋上開個孔，將貨塞進去。哈哈，那完全就是個保險庫。」

「是呀，即便海岸巡邏隊上來了，我們也有理由，說是逮上來研究用的，別忘了，我們的船上有位國際一流的海洋學家，專門研究鯨。」

「太妙了！」卡隆大笑。

他們的談話讓我有一種不祥的預感。

「甘比諾，主意雖好，但怎麼實施呢？我的船有最先進的捕鯨炮，對付再大的鯨都沒問題，但你這艘女神號……」

「卡隆，幾百年前的捕鯨人沒有捕鯨炮，不也照樣滿載而歸？」甘比諾指了指女神號，「船裡有十幾桿魚槍，可以改造成捕鯨標槍，你們只需要像幾百年前的捕鯨人那樣，划著小船將拴上繩索的標槍紮進鯨的身體就可以了。」

「也只能這麼做了，不過應該沒問題。」卡隆轉身看了一眼身後的大海，「關鍵是，我們去哪兒找鯨呀？」

「這個不用你擔心。」甘比諾拍了拍卡隆的肩膀，然後朝我和阿古這邊看了一眼，「放心吧，我們會捕到一頭的。」

我不寒而慄，急忙拉著阿古走開，後來便一直待在工作間，連晚飯都沒有下去吃。透過窗戶，可以看到下面的甲板上忙成一團。

晚上八點多，甘比諾和卡隆帶著幾個人推開了門。「你們要幹什麼？」我急忙站起來。

「沒什麼，這事和你無關。」甘比諾給了我一個擁抱。

「我們找的是他。」卡隆指了指阿古，兩個漁業公司的人走過來，抓住了他。

「你們到底要幹什麼！」我想衝上去，卻被甘比諾緊緊拉住。「走！」卡隆帶著阿古快速下了樓梯，去了甲板。

「莫妮卡，不過是一個漁奴，你別管了。」甘比諾笑笑，「你們瞞了我。」

「什麼？」我睜大雙眼。

「那頭鯨。我看到了。」甘比諾點了一支菸，「船上的東西對我來說十分重要，只要成功了，我們後半生就吃喝不愁了。我答應你，這件事成功之後，我就和你結婚。」

「你要殺死52?!」

「一頭鯨而已。」

「混蛋！」我踢了甘比諾一腳，發瘋一般衝出去。夜空晴朗，一絲風都沒有。

女神號開啟了所有探照燈，將周圍的海域照得如同白晝。阿古被押到甲板上，拚命掙扎，但無濟於事。

「說，怎麼才能把那頭該死的鯨弄出來?!」卡隆大聲道。「你們見鬼去吧！我不會出賣52，牠是我的朋友！」阿古大聲道。

卡隆笑呵呵地走上去，狠狠給了阿古一拳。小小的身體橫飛出去，滿臉是血。

「看來得讓你吃點苦頭。」卡隆捏了捏拳頭，「要是不說，就別想活著看到明天的太陽！」

我衝上去抱住阿古的身體，但很快被甘比諾的手下拉走。「甘比諾，放了那個孩子！不要動那頭鯨！」我大喊。

但甘比諾置若罔聞，這讓我憤怒又心碎。

「你需要這個吧？」甘比諾來到阿古跟前，拿出一支笛子。是阿古的那支骨笛。

「我不會吹！就算把我打死，我也不會吹！」阿古冷聲道。卡隆使了個眼色，幾個手下走了過去。阿古挨了一頓揍，昏厥了好幾次，但毫無屈服的意思。

「硬骨頭。怎麼辦？」甘比諾快要崩潰了。

「放心吧，我有辦法。」卡隆陰險地笑，「既然那頭鯨和他關係這麼好，就一定會現身的。」

他們找來繩索將阿古綁起來，吊在船外。繩索放放收收，阿古被扔進海裡，片刻後又被拽上來，如此反復。但他始終不說話。

「殺掉他！我不相信沒了這傢伙，我就抓不住一頭鯨！」卡隆徹底失去耐心，暴跳如雷。一個手下拎起斧頭走向船舷，試圖砍斷繩子，讓阿古葬身大海。

我掙脫，哭喊，但所有人都無動於衷。

就在斧頭高高舉起的時候，轟的一聲巨響，一道粗長的水柱沖天而起，海面劇烈起伏，一座白色山丘緩緩浮現。

「哈哈，終於出來了！」卡隆欣喜若狂，「動手！」

甲板上一片混亂，三艘小艇被放到海面，工具也準備完畢，一幫人摩拳擦掌，興奮異常。甘比諾和卡隆也親自出馬，三艘小艇快速向52駛去！

「快走！快走！」阿古聲嘶力竭地喊。」

像往常那樣，52以溫柔的吟唱回應著他。

「走呀！他們要殺了你！快走！」阿古大叫著，「52，你這頭笨鯨，快走！」

52衝阿古緩緩游過來，想像往常一樣，帶著牠的朋友在大海中嬉戲，絲毫沒有注意到危險。

「走呀！」阿古哭了。

海面上，三艘小艇迅如閃電，將52團團圍住。甘比諾的一號艇在左，卡隆的二號艇在右，三號艇則堵住了52的退路。

接下來，我一生中最不願回憶的事情發生了。

「投槍！」在卡隆的命令下，三號艇的標槍手站在前方，高高舉起標槍。

噗！尖利的長槍狠狠紮在了52的背上。

牠痛苦地叫了一聲，尾巴高高揚起，拍打著水面，衝阿古不斷哀鳴。

「快走！」阿古奮力掙扎著，哭喊著。

「投槍！」三號艇呼叫聲不斷，又有兩桿標槍紮進52的身體。嗡……………

52被徹底激怒，儘管牠不明白那些人為什麼要這樣做，但似乎明白了阿古的意思。牠晃了晃身體，開始下沉，轉眼間就沒了蹤影，但三號艇放出的標槍卻緊緊跟隨著牠。

我明白，52正快速沉入深海，心情越發沉重。

過去的幾百年中，捕鯨人都是這麼操作的：他們將帶有繩索的標槍紮入鯨的身體，等著牠們沉入海底。鯨的潛伏深度是有限的，到了極限便會浮出來，接著拖著小艇飛奔。當牠們精疲力竭時，捕手們就會一擁而上，用鋒利的標槍將其殺死。

我似乎看到了52的命運。

三號艇上的繩索如同三條海蛇，飛快滑入海底，摩擦聲極為刺耳。海面恢復平靜，所有人都盯著繩子。

「只有三十公尺了！」有人喊了一聲。「二十五公尺」「二十公尺！」「……」出乎意料，52並沒有停止下潛，而且速度越來越快。「砍斷繩子！」三號艇的標槍手大驚失色。

「不能砍！」卡隆制止。

「老大，牠還在下潛，如果不砍……」

「不能砍，媽的，砍了牠就逃掉了！」卡隆大叫，「牠不可能潛得那麼深，馬上就會浮出來。」

「十五公尺！只剩十五公尺了！」「十公尺！」「五公尺！」

「砍斷繩子！」標槍手顧不得卡隆的命令，因為他比任何人都清楚，如果52繼續下沉，等待他們的會是什麼命運。

但是……晚了！

話音未落，繩子放到了盡頭，砰的一聲繃緊，接著，三號艇如同一個被大手握住、狠狠下拉的風箏，咣地一下被扯進水下！四個船員甚至沒來得及喊出聲，便沒了蹤影。

「媽的！人呢?!」卡隆站在二號艇的船頭，盯著海面叫道。幾分鐘後，水底發出一聲悶響，很多破碎的船板浮上來，接著是那些被嗆得七葷八素的船員。他們嚇壞了，拼命游向女神號。

「那頭鯨呢？」卡隆大叫道。

「在下面！在……」標槍手臉色蒼白。

這時候，一個巨大的陰影漸漸移動過來。標槍手愣住……他看到一個巨大的尾巴高高豎起，遮擋住月亮和星星的光芒，瞬間下落。

啪！一聲巨響！扇起的海水震得女神號劇烈搖晃起來。嗡！！！

52憤怒地哼叫著，再次出現。牠的背在流血，三桿標槍消失不見了。三號艇的四個船員則再也不見了蹤影。

「殺掉牠！」卡隆目眥盡裂，二號艇轟鳴著朝52衝過去。噗……

52再次沉沒。

「鯨呢？那頭鯨呢?!」來到52剛才出現的水面，卡隆叫道。二號艇隨即停下來，船員四處打量。

但是，海面迅速恢復平靜，四周靜寂無聲。「好像逃了。」有船員喊。

「不可能！牠會出來的！等牠再出來時，就沒那麼好運了！」卡隆舉著標槍，憤怒道。

等待，漫長的等待。

「似乎是逃了。」幾分鐘之後，二號艇的標槍手放下標槍。就在此時，我看到二號艇的船底，有水泡接連不斷地浮上來。

標槍手果然也很快注意到了。「老大！牠在下面！」

「在哪？」

「在我們的船底下！」

「見鬼！」

52再次出現，用牠那巨大、堅硬的腦袋狠狠撞擊小艇底部。

轟！巨響中，二號艇被高高頂飛到空中四散開去，船上的人哀號著落下，還未等他們反應過來，52巨大的尾巴再一次揚起……啪！

「魔鬼！簡直是魔鬼！」甘比諾嚇得要死，「快回大船！快回去！」一號艇對海面上倖存的人不聞不顧，掉頭就跑。

嗡……52在他們身後出現。

「跑！快跑！」甘比諾的聲音因恐懼而顫抖。

一號艇還沒到船邊，52就已經衝了過去，艇上的人選擇了跳水。幾秒鐘後，可憐的小艇成為一堆碎片。海面上漂浮著屍體，還有苟延殘喘的倖存者。

卡隆和甘比諾僥倖逃生，狼狽不堪地游回來。

52沒有趕盡殺絕，而是像一位打了勝仗、威風凜凜的將軍，巨大的身軀緩緩經過他們，來到女神號的船舷邊。

「幹得好，52！」阿古笑起來。

52歡快地吟唱，像受到表揚的孩子，邀請阿古一起下去玩耍。「52，我們不能在一起了。你得走了！」阿古一邊喊一邊哭，

「走！快走吧！永遠不要跟過來！」

52依然在吟唱，歌聲中充滿不解。

「走！快走！你這頭笨鯨！」阿古大叫，「走！我不喜歡你！別跟著我！走！」

52停止吟唱，巨大的眼睛浮出水面，不解地看著阿古。「走呀！你不是我的朋友！你這頭笨鯨！滾！滾回你的大海去！滾！」

52溫柔地呼喚，聲音裡充滿哀求。

「我只是拿你解悶罷了！怎麼可能和你做朋友呢。笨鯨，快滾！」阿古蹬著腿，甩出一

隻鞋，砸在了52的腦袋上。「永遠別來找我！」

52停止了吟唱，牠長久凝視著阿古，隨後緩緩消失在海面。「永遠都別來找我！52！」

阿古哭了，「再見，52！再見！你要好好的！你會找到更好的朋友！如果在海底遇到爸爸，告訴他，我愛他！」

起風了。

海風越來越大，淹沒了阿古的哭聲。

巨鯨的出現讓女神號損失慘重。不僅是三艘救生艇，還有七條人命。卡隆憤怒極了，揚言要處死阿古，我向甘比諾懇求，他幫了我。阿古被扔進甲板上的雜物房，等登陸之後再做處置。

這件事之後，我們又耗費了一周在附近海域尋找52，但一無所獲。卡隆建議把搜索的範圍擴大，或者找一頭別的鯨，但甘比諾拒絕了。

那一晚，他們兩人在我的工作間裡會面，表情嚴肅。「接下來怎麼辦？」卡隆很不耐煩，心情很糟。

「只有一個辦法，最笨的辦法。」甘比諾取來航海圖，「北地是我的地盤，我可以在他們內部安插人手。」

「海岸巡邏隊？」

「嗯。我們在北地海域外停留，先打探好消息，再像魚兒一樣穿過這張大網。」

「能行嗎？」

「相信我。」

卡隆攤攤手，表示同意，然後抬起頭，「夥計，我想跟你談另外一件事。」

「我們之間還有別的事嗎？」

「當然。」卡隆吹了個口哨，「這趟買賣我損失慘重，死了很多人……」

「這是你的事。」甘比諾似乎明白卡隆的心思。「之前的分成，我覺得很不公平。」

「文物是我弄來的，前前後後打點了不少，費了很多心思，當然還有錢。你負責運送，船他媽也是我的！」甘比諾敲著桌子，「七三分成，已經不少了！」

「這不僅是我自己的事，我的手下也不滿意。」卡隆靠著椅子，點上一根菸說，「你知道，如果他們鬧起事來……」

他瞥了瞥窗外。甲板上，劍魚公司的人正抱著槍四處走動。甘比諾深吸一口氣，似乎在強忍怒氣。

「你要分多少？」

「五成。」

「你他媽瘋了吧！五成？」甘比諾站了起來，額頭上的血管暴出來。

「要不，你跟我的手下去談？」卡隆瞇起眼睛，毒蛇一般盯著甘比諾。

甘比諾走到窗戶跟前，看著大海。幾分鐘之後轉過身，對卡隆擺了擺手，「好，五五分。

告訴你的人，別給我鬧事。」

「成交。」卡隆哈哈大笑，站起來跟甘比諾握了握手，吹著口哨出去了。

「無賴！」甘比諾將杯子扔在地上。「他們人多。」我提醒甘比諾。

女神號上，甘比諾身邊只有六七人，而劍魚公司卻有十幾人。「我當然知道！」甘比諾給自己倒了一杯酒，盯著外面說。

他喝了一口，嘴角突然露出一絲微笑。「怎麼了？」我越發覺得，他很可怕。

「沒什麼。」他吻了我一下，然後沉聲道，「莫妮卡，從來沒有人在我身上討到過便宜，從來沒有。」

「什麼意思？」

「東南亞有一個故事。一個男人在森林中救了一條巨蛇。巨蛇答應，如果遇到了困難，可以去找牠。結果這一年，男人的土地顆粒無收，幾近餓死，他想起巨蛇的話，就去森林中找牠。巨蛇說：『雖然我身無他物，但我答應過幫助你，就一定會實現諾言。』巨蛇將自己的一顆眼睛挖了下來，送給男人，『我活了一千多年，眼睛是我最珍貴的。你拿去吧。』男人抱著巨蛇的眼珠出了洞口，發現那竟然是一顆碩大的夜明珠。男人到城裡賣掉了這顆珠子，發了大財。接著，他轉念一想，打起了巨蛇另外一顆眼睛的主意。如果再賣掉一顆，他將成為最富有的人。他帶著手下，拿著武器，又進了森林……」

「結果呢？」我問。

「他們走進巨蛇的洞穴，再也沒有出來。」甘比諾笑，「貪心不足，就是這樣的下場。」

我沉默了。

接下來的幾天，女神號在北地海域外停了下來。甘比諾一直在和費爾羅石油公司的北地分公司聯繫、安排。

一個黃昏，女神號緩緩駛向北方。

甘比諾的計畫進行得很順利，依靠可靠的情報，女神號避開好幾組巡邏艇。夜半時分，遼闊的北地浮現在海岸線上。

然後，這艘船迎來了屬於它的噩夢。

病狼的講述

千百年來，我們尤皮特人就生活在這裡。我們需要的不多。森林裡有馴鹿，冰原上有海豹，大海裡有巨鯨，部落有女人和孩子，這些就足夠了。

外面的世界和我們沒有多少關係。我們在這裡，在星光、冰雪和大海中生活，怡然自得。或許在你們看來，這樣的生活很貧窮，但我們很滿足。千百年來，我們就這樣生活，守護著祖先對巨鯨發下的誓言。對世界，我們充滿敬畏。

但你們毀了這一切。

一百多年前，你們闖了進來，玷污了這片純潔的大地。你們掠奪資產、奴役我們的族人，大肆捕鯨，還要在海岸和陸地開採石油，豎起巨大的嘈雜的井架。你們要發財，卻不顧我們的死活。

尤皮特是個很有忍耐力的民族，否則我們不可能在這片惡劣、寒冷的地方生存下來，但忍耐是有限度的。巨鯨就是我們的底線！

我們靠鯨活著，不單單是因為牠把自己的身體奉獻給我們，提供給我們食物，更重要的，牠是我們的精神支柱，是我們的神靈！沒有了巨鯨，尤皮特人將徹底消失。

所以，當費爾羅石油公司要在北地的海面上豎立井架時，激起了所有尤皮特人的怒火。我們向來不是個團結的民族，眾多部落散落各處，彼此沒什麼聯繫。但那一次，大家緊緊抱在了一起，因為巨鯨。

整個北地的尤皮特人聯合起來阻止費爾羅公司，不僅請了公正的律師向政府控告，還自發組成了護鯨隊。成年男人被編進隊伍，在陸地和海面上巡邏，時刻監視費爾羅公司的人，讓他們無法按照原計劃進行。

我聽說費爾羅公司的人很頭疼，他們之前花了很多錢，為的就是撈到北地冰層下的「黑金」。那段時間，我們僵持起來。哪怕是丟掉性命，我們也要保護巨鯨。

兩年前的一個晚上，石油公司的一個人來到了弓頭村，是甘比諾最信賴的一個手下。我們當時很憤怒，差點把他丟進海裡，他卻嘻嘻哈哈找到了颶風，說是有一件重要的事情想和我們商量。

當晚，颶風在他的帳篷裡舉行了一場聚會。因為事情很隱密，參加的人並不多。颶風、閃電、瘋熊、我，還有白鯨都在場。哦，那時候的白鯨還不是這個孩子，而是颶風的長子。

「甘比諾派人來，和我們談判。」颶風坐在火堆旁，雙眉緊蹙。「他又想出多少錢收買我們？」白鯨諷刺地大笑，「讓他們帶著那些骯髒的錢，滾出北地。」
你們沒有見過白鯨。他是弓頭村最偉大的獵手和領袖，正直、勇敢、聰慧。如果說颶風是我們的精神領袖，那白鯨就是我們的實際領導者，深得大家的尊敬。颶風對他也極為疼愛，將他視作接班人。
「這一次，和以往不同。」颶風笑了笑，「甘比諾說，如果我們替他完成一件事，石油公司將撤出北地，放棄開採石油。」
這個消息讓大家十分吃驚。
「不會是謊言吧？」白鯨提醒颶風。
颶風搖頭，「他派人送來了協議合約，只要我們幹完了這件事，他就簽字。」
白鯨拿過那份合約，仔細看了看，「的確是份可靠的合約。」
「這傢伙讓我們幫他幹什麼？」閃電問。
颶風沒有馬上回答，只是注視著面前升騰的火焰。帳篷裡一片安靜，只能聽到外面呼嘯的風聲。
「幫他殺幾個人。」颶風冷冷地說。我們愣了，面面相覷。
「殺人？胡扯！我們憑什麼要幫他殺人！」白鯨第一個表示反對。「我的話還沒說完。」
颶風擺了擺手，示意白鯨先冷靜下來，「幾天之後，有一艘船將來到希望角。除了甘比諾之外，船上還有另外一夥人，一夥來自海洋另一端的強盜，甘比諾這麼稱呼他們。」

「我們怎麼知道那些人是強盜還是無辜的人？」白鯨問。

颶風笑起來，「能和甘比諾混在一起的，會是無辜的人嗎？」大家都點了點頭。

「甘比諾說，這夥人完全屬於見不得光的存在，即便是殺了，也不會引起政府的注意，更不會有什麼懲罰。只要我們完成了，他就讓石油公司撤出北地。」颶風盯著大家，「你們覺得呢？」長久的沉默之後，白鯨第一個開了口。他反對這件事，堅定地認為殺人這種事情不是正義的。閃電也表示反對，瘋熊和我贊同，其他人意見不一。

所以，大家等待颶風決定。

他嘆著氣，「孩子們，時代不同了，尤皮特人如今就像海面上的那些冰川，不斷融化，搖搖欲墜。我們慢慢丟掉傳統，被外來的東西吞噬。如果巨鯨消失了，我們也就徹底毀滅了。」

大家心情沉重。

「我們在巨鯨的神佑下，在這裡生活了千百年，不能讓尤皮特這個民族毀在我們手裡。」颶風落下淚來，「如果做這件事情能保住巨鯨，那就做吧。即便神靈怪罪，我一個人承擔就好了。」

他是我們的大巫師，也是精神領袖，他這麼說，事情也就定了。弓頭村的男人們被迅速組織起來，一共四十多人。那天晚上，我們扛著木架皮舟，到了希望角的冰川上，等來了甘比諾的那個手下。

他告訴我們，幾小時之後，一艘船將在這裡停靠，我們需要做的，就是摸上船去殺掉那幫人，甘比諾會做好配合。

那晚天氣陰沉，海面上風很大，也很冷。我們等了幾個小時，果然看到一艘船駛進那片海域停靠下來，甲板上傳來歡呼聲，接著好像舉行了酒會，熱鬧得很。

我們將船上的情形看得清清楚楚：甘比諾和他的人都穿著石油公司的工作服，剩下的那些穿得花花綠綠，很好認。我們打算直接衝過去，但被白鯨阻止了。他認為如果衝過去，即便勝了，我們也會有很大損失，所以他制訂了計畫：我們被分成兩組，第一組十幾個人，由閃電帶領，划著木架皮舟到船後方，以截住去路；剩下的人登船。行動時間定在後半夜，等船上的人睡覺了再動手。幾個小時後，酒會結束，船上的人熄了燈，返回房間睡覺，海面上一片昏暗。

我們小心翼翼地放下木架皮舟，按照計畫行事，半小時後到了船下。甘比諾的手下放下繩梯，所有人快速爬上去。

白鯨領著人最先從後方爬上去，剛上船，槍聲便傳來，是瘋熊。這傢伙向來莽撞，沒等我們後面的人爬上去就採取了行動。船上的人驚醒，一場混戰開始。

那艘船並不大，幾十個人擠在上面開槍，片刻後就被硝煙籠罩。

不得不承認，那幫傢伙心狠手辣，雖然人數比我們少，但槍法很準，佔據了有利地形負隅頑抗。我們打得很艱苦，不斷有人傷亡。

甘比諾帶著他的人加入了戰鬥，將莫妮卡教授交給了我，讓我保護她的安全。混戰中，她帶著我去了一個小房間，砸開門救出了一個孩子，也就是阿古。莫妮卡拜託我照顧好阿古，自己卻跑向船艙。

我本來想跟她過去，但被敵人的火力壓制住了。等我脫身後，發現莫妮卡帶著一個男人從船艙裡爬出來。那人雖然和敵人長得很相似，也穿著差不多的衣服，可莫妮卡說他不是壞人，要我一起救下來。

那個人就是納瓦。

當時的戰鬥很膠著，一片槍林彈雨。在我們猛烈的攻擊下，卡隆帶著剩下的幾個人強行突圍，朝我們衝過來。我被擊中了肩膀，莫妮卡、阿古、納瓦都落入了他們手中。

甘比諾發瘋一般大喊著，要求救下莫妮卡。白鯨帶人衝過來，他以為納瓦是卡隆的同夥，便向他射擊。

但是……納瓦先一步舉起槍，在所有人面前，殺掉了白鯨。弓頭村村民徹底被激怒，白鯨是我們的領袖，他的死讓所有人紅了眼睛。大家不顧生死，拚命廝殺。卡隆的手下全部被打死，最後只剩下他自己。那傢伙手裡拿著兩把槍，分別對準莫妮卡和阿古，納瓦站在他旁邊，已經倒戈。

這時候，海面上駛來幾艘小艇，是北地石油公司的支援。事實很明顯，卡隆陷入了絕境，但他有人質。甘比諾無可奈何，要求卡隆放了莫妮卡，只要照做，甘比諾就承諾放了他。但那傢伙不同意，要求甘比諾將他送到安全地帶。

就在這個時候，納瓦從後面開槍，殺掉了卡隆。為什麼？我想他只是想活命。救下莫妮卡，甘比諾或許會饒過他。他的想法是對的。甘比諾很滿意，但我們尤皮特人可沒有。瘋熊開了一槍，嚷著衝上去為白鯨報仇，但被納瓦靈活躲過。絕境下的他只能再次成為劫持者。他押著莫妮卡和阿古到了船舷邊，大嚷著讓甘比諾派來小艇，放下繩梯。

甘比諾正猶豫，納瓦突然對阿古開了一槍，作為警告。那一槍打在了阿古的大腿上，他疼得大叫了一聲，叫聲淒慘。警告產生了效果，甘比諾命人放下繩梯，備好小艇。

就在此時，一聲巨響從船底傳來！女神號被什麼東西狠狠撞了一下，天搖地動。很多人猝不及防橫飛出去，落進了海裡，包括納瓦、莫妮卡和阿古。

我嚇壞了，死死抱著欄杆。船開始傾斜，甲板上出現巨大的裂縫。接著，又是一聲巨響……大船從中部一分為二，火花四射，很快發生了爆炸。

所有人都往海裡跳，我也是。大家拚命游，想快點離開那艘快速下沉的船。

我狼狽地爬上一艘木架皮舟，看到甘比諾在我不遠處。他站在一艘小艇上，手裡拎著來福槍，盯著海面大喊：「這個混帳東西一直在跟著我們！出來呀！我宰了你！」

然後他發瘋一樣對著海面開槍。

我以為這傢伙瘋了，海面上什麼東西都沒有。片刻後，一扇巨大的尾巴揚出水面。巨大的陰影緩緩籠罩，甘比諾剛轉過身，巨尾狠狠拍了下去。一聲巨響，小艇瞬間稀巴爛，甘比諾也不見了。過了一會兒，甘比諾在我附近的海面浮上來，渾身是傷，還失去了一條腿。

我將他救上來，此時，女神號徹底沉沒了。

甘比諾死狗一樣躺在我旁邊，發出痛苦的惡狼一樣的號叫。我給他做了簡單的包紮。

這時，納瓦押著莫妮卡和阿古，駕駛著一艘小艇瘋狂逃竄，海面上一片混亂。幾分鐘後，颶風和瘋熊帶著幾個人開著另一艘小艇過來了。

「看到那個殺死白鯨的混蛋了嗎？」瘋熊咆哮著問。我點點頭，上了他的小艇，指明納瓦逃跑的方向。「我要殺了那混蛋！」瘋熊大叫著，開足馬力狂追而去。

納瓦逃得很狼狽。他的船開出去一段距離後，遇到了閃電那幫人，一通激烈交火之後，他打死了兩個族人，但被包圍了。

「你們敢過來，我就殺了這個女人，還有這孩子！」他停下船，衝著我們喊。

「隨你便！我要剝了你的皮！」瘋熊開船衝過去。

當我們都認為一場對決要開始時，海面上飆射出一道巨型水柱！與此同時，納瓦那艘小船就像斷了線的風箏一般，被高高頂上了天，隨後重重落下，砰的一聲爆炸了。

大家徹底呆住——巨鯨。

我們見過很多鯨，也捕過很多鯨，但從來沒有見過這樣暴力的殺人鯨！鯨都很溫順，不會是這樣！

「有人！是那個女的。」有人喊。

莫妮卡第一個浮出水面，她沒受傷，只是昏了過去。大家七手八腳將她撈了上來。

隨後，海水開始翻滾，不斷有氣泡冒出。不知牠的下一個目標是誰。

「出來了！準備開火！」瘋熊大叫。

黑洞洞的槍口對準那片海，所有人屏聲靜氣，一座「山丘」緩緩浮出水面。

你們永遠無法體會到我們當時的心情。

極光之下，大海之上，呼嘯的風中，一頭巨鯨破水而出，俯視著所有人。牠發出一聲低沉悠遠的吟唱，我們齊齊放下槍，不由自主雙膝跪地。

白色巨鯨。

牠和我們千年傳說中的巨鯨，幾乎一模一樣。

牠的頭頂，兩隻眼睛中間，躺著昏迷的阿古。誰都看得出，巨鯨對他極為愛護。牠小心翼翼地將腦袋放平，儘量不讓阿古滑下來。牠對我們熟視無睹，一遍遍地溫柔吟唱，似乎想要喚醒他。

颶風看著巨鯨和阿古，緩緩閉上眼睛。

「他是巨鯨選中的人，是神靈之子。從今以後，我們就叫他『白鯨』吧。」

颶風親自划著木架皮舟來到巨鯨跟前救下阿古。他嘀嘀咕咕對巨鯨說了很多話，最後，巨鯨緩緩沉入大海。

我們搜尋了海面，沒有發現納瓦，大家都認為那傢伙肯定死了。我們打撈屍體，處理現場，把卡隆那幫人的屍體丟進了冰縫。

甘比諾對著大海痛哭流涕，當時我們以為他心疼那艘船，不知道有大批文物沉入海底。他和莫妮卡被送入醫院，如約遵守了協議，停止了石油開採。

我們埋葬死去的族人，把阿古帶回村子。颶風對他極為疼愛，選定他為自己的接班人——未來的大巫師，還親自為他紋了臉。

那件事情發生後，也有警察來調查過。我們始終守口如瓶，也就不了了之了。直到今天，我還在想兩年前的那個決定到底是對還是錯。我們付出了慘重的代價，死了很多族人，包括白鯨。甘比諾那個混蛋雖然暫停了石油開採，但事情風平浪靜後，他撕毀了契約，捲土重來。

不過，這件事讓我們親眼看到了傳說中的巨鯨，古老的傳說和千年誓約是真的。我們將繼續相信和傳承。

希瓦的講述

我沒什麼要說的，你們說得已經夠多的了。

在你們看來，卡隆是個十惡不赦的混蛋。但對我來說，他是親人，唯一的親人。

我出生在貧民窟，從小和父親相依為命。父親為人老實，終日早出晚歸辛勤勞作，但還是很難讓我們過上溫飽的日子。後來，很多人去一座小島上淘金，據說很賺錢，父親就帶著我去了。

那是一個荒蕪的島嶼，滿是蚊子、毒蛇和猛獸，還有隨時可能奪取人性命的各種傳染病。父親去礦洞裡開鑿礦石背上來，我則在村子裡幫人幹雜活。

礦主是個兇狠貪婪的人，對待礦工很苛刻，動輒拳腳相加，而且經常克扣工資。

有一天，我正在替人擦鞋，有人告訴我父親死了。

他在礦洞深處發現了一塊拇指大小的金塊，偷偷藏在了自己的嘴裡。再過幾天就是我十歲的生日，他說過，會給我買一套像樣的衣服。

結果，金塊的事情還是被礦主發現了。那個混蛋用拐杖將那塊金子搗進了父親的肚子裡，然後將他倒吊在樹上，放出了他的獵犬……

我哭著將父親支離破碎的屍體拼湊起來，將他埋葬之後，就離開了那座島。我發誓一定要宰了那個混蛋，替父親報仇。

我加入當地的黑社會，殺人、搶劫、綁架，什麼都幹過，靠著心狠手辣很快出了名，找我的人也絡繹不絕。一次，有人要我替他殺掉一個叫卡隆的人，報酬相當豐厚。我跟蹤了他一個月，看準時機果斷下手，殺掉他的三個手下，最終卻被他抓住。我以為自己會死，但卡隆對我這個年紀不大卻小有名氣的殺手很感興趣。

「我幫你殺掉那個混蛋，你以後跟著我。」他說。

我以為他在開玩笑。可幾天後，他笑咪咪地把那個礦主的腦袋放在我的腳下。

從那天起，我把性命交給了他。

他的確是個混蛋，這點我承認，但他對我很好。他將我撫養大，給我信任和關愛，就像父親對待自己的兒子一樣。

他就是我的親人，是我在這個混蛋的世界上唯一的親人。

梵天號被劫後，我逃回班納吉島，和卡隆取得聯繫。他說他要親自跑一趟，讓我留在班納吉島看家。

我一直在等他回來，但是幾個月過去了，音信全無。我動用所有的關係打探這件事，知道了女神號船毀人亡的消息，查看了警局的詢問記錄之後，我就知道肯定是甘比諾對他下了黑手。卡隆死後，劍魚公司很快四分五裂。漁奴的黑幕被大肆爆出，政府派人進行搜查，漁奴被救了出去，公司解散。他辛辛苦苦建立起來的漁業帝國也煙消雲散。

我接管他留下來的帳戶，帶著一幫手下離開班納吉島，下定決心為他報仇。我花了一年時間將這件事搞清楚，然後在北地潛伏下來，做好計畫，尋找時機。

一個偶然的機會，我發現了納瓦，那個混蛋竟然沒有死。本來我想殺了他，後來覺得這個人有些用處。呵……誰知道，兩年前，一槍殺掉卡隆的居然是他。

接下來的事情你們都知道了，我很佩服這位警官。你們抽絲剝繭地調查，我知道，很快你們就會發現兩年前的事，所以抱著魚死網破的決心，以劍魚公司的事情為誘餌，想把你們支回警局，贏取復仇的時間。誰知……呵，多此一舉了。

該殺的人都殺了，該報的仇也報了。除了阿古之外，對你們，我無話可說。

阿古，塞瑪爾那個老傢伙說得沒錯，你爸爸是我殺的……對此我很抱歉。但如果再給我一次機會，我還會殺掉你爸爸。你知道為什麼嗎？

那傢伙帶頭劫船倒是其次，關鍵是他弄壞了我房間裡的一幅畫。那是父親留給我的唯一的遺物。所以他必須得死。

事到如今，我也沒什麼遺憾了。如果非要說有的話，就是那頭鯨，我要是早些把牠殺掉就好了。

尾聲

香菸燃燒到盡頭，直到燙到了手，大屁股才反應過來，慌忙將其扔掉。大廳裡燈火明亮，照在一張張或沉默或吃驚的臉上。

這些長長的講述，如同一條條不斷奔流的小溪，逐漸匯集、壯大，一瀉千里，最終匯入汪洋大海，淹沒所有人。

「儘管聽起來很不可思議，但……」大屁股站起身，看了看喬，「可以結案了。」

喬點頭。此時此刻，他和大屁股一樣，絲毫沒有破案之後的興奮。內心好像被灌了鉛，格外沉重。

大屁股拿出手銬。

「等等。」希瓦笑了笑。

「還有什麼要補充的，回警局再說。」大屁股道。

「我會跟你們回去。」希瓦轉頭望向阿古，「我有件東西給你，是你父親的。」

阿古的臉上帶著驚喜和幾分猶疑，緩緩走了過去。喬警覺地站起來，「不要過去！」遲了。

希瓦一把將阿古扯了過去，用強有力的手臂牢牢鎖住他，右手裡尖銳的叉子對準了阿古的喉嚨。

「先生們，麻煩給我讓開一條路。」希瓦眨了一下眼睛說。大屁股和喬懊惱又憤怒。

「你這個婊子養的！我警告你，你跑不了！」大屁股舉起槍。希瓦微笑，手上微微用力，尖銳的叉子刺破阿古的脖子，鮮血緩緩流下。

「讓開！」大屁股無奈地吼了一聲。大廳裡人群分開，希瓦站起身。「給我準備一艘小艇。」他說。

「混蛋！」大屁股對喬撇了撇嘴，然後轉過臉瞪著希瓦，「我不會放過你。」

喬大步出門，衝向船塢。

希瓦拖著阿古出了旅館大門，大屁股帶著一幫人跟在後面。「先生們，待在那裡別動！否則我不介意讓這個可憐的孩子去見他的父親。」希瓦歪著頭，小心著離開。

大屁股暴跳如雷，返回大廳拿起電話：「給我接海岸巡邏隊……」

船塢裡，喬站在棧道上，手裡舉著一把鑰匙。「先生，把你的槍扔過來。」希瓦說。

喬丟過槍，希瓦接住。「鑰匙。」

喬依命行事。

「謝謝。」希瓦大笑，把槍抵在阿古腦袋上，和他一起上了小艇。「希瓦，你逃不掉的。」喬大聲說。

「那可不一定。」希瓦搖了搖頭，「我從來不會坐以待斃。再見，警察先生。」然後便發動小艇，揚長而去。

幾分鐘後，大屁股帶人氣喘吁吁地跑過來，莫妮卡也跟在後面。

「混蛋！」看著開出去的小艇，大屁股跺著腳罵道。「警長，他逃不掉。」喬說。

「我當然知道！我通知海岸巡邏隊了。抓住這傢伙，我剝了他的皮！」大屁股說。

喬笑了，「沒有海岸巡邏隊，他也跑不掉。」

「哦？」大屁股疑惑地瞅著喬，隨即恍然大悟，「那艘小艇！」

「是的，那艘油箱破了的小艇。」喬聳了聳肩。

「病狼，別愣著了，趕緊給我弄一艘艇！」大屁股捲起袖子，「我要狠狠教訓他！」

很快，十幾艘小艇風馳電掣而去。

「那傢伙太快了！」大屁股捂住嘴巴，一副要嘔吐的樣子。

「他堅持不了多久。」喬說。

十幾分鐘後，希瓦的小艇突然停了下來。

「哈哈，沒油啦！」大屁股發出一聲歡呼。十幾艘艇迅速趕上，將希瓦圍住。

「我說過你逃不……」話音未落，暈頭轉向的大屁股趴在船邊劇烈嘔吐起來。

「再給我一艘艇！敢耍花樣，我殺了他！」穿著救生衣的希瓦舉槍對準阿古的腦袋。
「怎麼辦？」大屁股端著槍，問喬。喬蹙著眉不說話。
「警長，開槍吧！打死這個混蛋！」阿古大喊。
「閉嘴！」希瓦扇了阿古一巴掌，朝天空開了一槍。「快把艇開過來！」希瓦大聲道。
喬聳了聳肩，「似乎是沒辦法了。」
大屁股衝病狼擺擺手，示意他把艇開過去。
但是站在船頭的病狼似乎沒看到大屁股的手勢，他圓睜雙眼，看著海面。
「病狼，把小艇開過去！」大屁股喊道。「警長，海裡……」
話音未落，低沉的吟唱在眾人的耳邊響起。
「是52。」莫妮卡望向海面。
灰色的海水深不見底，根本看不到巨鯨的蹤影。
「等的就是你！」希瓦大叫，然後朝昏暗的海面開槍，「畜生！出來！」
海面出現巨大的水泡，海水如同開了鍋一般沸騰起來。「出來！滾出來！」希瓦繼續開槍。
轟……一聲悶響後，原本平靜的海面，捲起一道水浪，撞向小艇。希瓦腳底打滑，摔倒在船艙裡。他找到槍，手忙腳亂地站起來，想抓住另一側的阿古，卻突然眼前一黑……
星星和極光都消失了，巨大的尾巴高高揚起。
啪！伴隨著震耳欲聾的巨響，小艇被攔腰打斷，飛濺的海水從天空落下來，如同一場驟雨。「快開過去！救人！那小子呢？！」大屁股抹了把臉，回過神來大喊，尤皮特人紛紛跳下水。

大屁股趴在船舷邊，臉色蒼白。當他吐得昏天黑地的時候，眼前的水面咕嚕一聲。一具穿著救生衣，腦袋被打得稀巴爛的屍體浮了上來。

「媽的！」大屁股嚇得直接站了起來，「你被逮捕了！殺人！還有，嚇唬警長……」

大屁股嘟嘟囔囔，拿出手銬將屍體銬在小艇的欄杆上。

「白鯨！」

「白鯨！」

潛入水中的尤皮特人此時紛紛鑽出水面，大聲呼喊。

「找到了嗎？」莫妮卡一臉焦急。

「沒有！」病狼回答。

「情況不妙呀。」大屁股對喬搖了搖頭。

這時候，莫妮卡安靜下來，伸手扯了扯大屁股的衣袖，「警長，你聽。」

「我他媽什麼都沒聽到！」

「你仔細聽！」

大家安靜下來。

那聲音低緩輕柔，如同一根在空中舞動的琴弦，跳躍著，飛揚著……隨後聲音越來越大，越來越清晰，好像有其他樂器加入進去，漸漸豐富、宏大、明亮，最終匯聚成一首昂揚的交響曲……

轟！船隻劇烈抖動，平靜的海面突然綻放出一朵碩大的浪花，花蕊中，一座「小山」出現了。巨鯨的皮膚閃閃發光，牠游弋，舞動，歌唱，如同神靈筆下一個美妙絕倫的符號，昭示著這世間最美好的存在。

巨鯨的額頭上，端坐著一個瘦小的身影。他伸展雙臂，迎著風與極光，宛若精靈！

「偉大的巨鯨啊！」

尤皮特人紛紛跪倒，雙手合十，熱淚盈眶。

「白鯨！」

「白鯨！」

「白鯨！」

他們呼喊著。也許是在呼喚那個孩子，也許是在呼喚神靈。

轟！

遠處，阿古和52不停跳躍、疾馳，就像尤皮特人的古老傳說中講的那樣。

「在一切歌聲裡，鯨的歌聲最為動聽，因為牠的吟唱，折射出星空和大海。」莫妮卡看著眼前的景象，呆呆地說道。

「在一切足跡中，大象的足跡最為尊貴，因為牠的大腳，總選擇最困難的那條路。」喬走上前，與莫妮卡並肩而立。兩人相視一笑。

病狼爬上小艇，將手搭在大屁股肩上喃喃自語——「當初，一切都是虛空。神創造了大海、陸地和星光，也創造了萬物生靈……」

大屁股將病狼的手推開，「我知道，我知道！媽的，你們這個傳說，聽得我的耳朵都要長繭。」

「警長，這不是傳說。」病狼搖搖頭，指著前方道，「我以前也以為這只是個傳說。但現在，我看到了事實。」

「是的，事實！偉大的事實！真夠絮叨的。」

大屁股還想說什麼，突然臉色一變，抱著欄杆再次嘔吐起來。

「我討厭大海！」他嗚咽著說。

後記

曾經有很長一段時間，我反覆做著同一個夢——波光粼粼的海面之上，一頭巨鯨在星空裡游弋。那畫面很美，常常讓我在醒來之後悵然若失。

人活在世上，如同經歷一場長途跋涉。在黑暗中行走、迷路、摔倒的時候，只能聽到自己的心跳聲，常常會覺得孤獨。

精疲力竭的時候，轉過一個山口，可能就會看到璀璨的星光和絢爛的煙火。

小時候，我經常會找一塊向陽的坡地躺下來，對著天空發呆。天無邊無際，藍得令人心醉，周身是鋪展延綿的村莊、河流、田野，還有熙熙攘攘的芸芸眾生。

他們都在經歷著自己的旅行，有著各自的路途，平坦的或曲折的，辛酸的或愉悅的，世代如此，生生不息。

我之所以那麼喜歡鯨，是因為這種世界上最大的動物，最有力量的動物，揚起尾巴就可以打翻一艘船的動物，卻生來低調內斂，溫和優雅，牠們有著屬於自己的寬廣世界，在星空之下，大海之間……

阿古說：「很多很多話我不能告訴任何人。我就像一棵深谷裡的樹，開著自己的花，落著自己的葉。那都是我自己的事。」

每個人總會有屬於自己的故事，有很多話埋藏於心底很難對他人訴說。於我而言，鯨便是這樣的存在。

這一次，我把我最愛的鯨寫下來，是想將這個故事講給我的兒子聽。

多吉，爸爸要告訴你：你來到我們身邊，是世間最美的事。如同鯨的吟唱，如同大海與星光。

鯨背上的少年

國家圖書館出版品預行編目（CIP）資料

鯨背上的少年 = Whale rider / 張雲著 . -- 初版 . -- 新北市：有樂文創事業有限公司出版：遠足文化事業股份有限公司發行，2025.08

416 面；14.8×21 公分

ISBN　978-626-99525-9-5（平裝）

857.7　　114008680

作　　者｜張　雲

副總編輯｜林祐萱
主　　編｜陳美璇
責任編輯｜林映妤、林祐萱
美術設計｜蕭旭芳
版型、排版｜唯翔工作室

出　　版｜有樂文創事業有限公司
地　　址｜235 新北市中和區宜安路 173 號 3 樓 311 室
電子信箱｜ule.delight@gmail.com、電話｜（02）8668-7108

發　　行｜遠足文化事業股份有限公司（讀書共和國出版集團）
地　　址｜231023 新北市新店區民權路 108-2 號 9 樓
電子信箱｜service@bookrep.com.tw
電　　話｜（02）2218-1417
傳　　真｜（02）2218-1142
郵政帳號｜19504465（戶名：遠足文化事業股份有限公司）
客服電話｜0800-221-029 團體訂購｜02-22181717 分機 1124
網　　址｜www.bookrep.com.tw

法律顧問｜華洋法律事務所／蘇文生律師
印　　製｜博創印藝文化事業有限公司

定　　價｜450 元
初版一刷｜2025 年 8 月

ISBN｜978-626-99525-9-5（平裝）
ISBN｜978-626-99525-7-1（EPUB）
ISBN｜978-626-99525-8-8（PDF）